丝路明珠 红色记忆

——新疆兵团第十二师民间故事荟萃

中共新疆生产建设兵团第十二师委员会宣传部 编

新疆生产建设兵团出版社

图书在版编目(CIP)数据

丝路明珠　红色记忆：新疆兵团第十二师民间故事荟萃 / 中共新疆生产建设兵团第十二师委员会宣传部编 . -- 五家渠：新疆生产建设兵团出版社，2021.7（2024.4重印）
　ISBN 978-7-5574-1303-3

Ⅰ. ①丝… Ⅱ. ①中… Ⅲ. ①民间故事－作品集－新疆 Ⅳ. ①I277.3

中国版本图书馆CIP数据核字（2021）第160547号

丝路明珠　红色记忆：新疆兵团第十二师民间故事荟萃

出版发行	新疆生产建设兵团出版社
地　　址	新疆五家渠市迎宾路619号
邮　　编	831300
电　　话	0994-5677185
发　　行	0994-5677116
传　　真	0994-5677519
印　　刷	永清县晔盛亚胶印有限公司
开　　本	787毫米×1092毫米　1/16
印　　张	25.5
字　　数	220千字
版　　次	2021年7月第1版
印　　次	2024年4月第3次印刷
书　　号	ISBN 978-7-5574-1303-3
定　　价	98.00元

《丝路明珠 红色记忆——新疆兵团第十二师民间故事荟萃》编委会

主　任：刘　军
成　员：王晶晶　王杰华

目 录

军垦故事

一〇四团第一个温室大棚建成记 …………………………(3)

一〇四团"乌兰牧骑"诞生记 ……………………………(6)

万亩桃园诞生记 ……………………………………………(9)

南戈壁"一炮成功"开荒造田 ……………………………(12)

轰动国内外的第一个机械化大春耕 ………………………(15)

现代化国营农场诞生记 ……………………………………(18)

西郊现代农业样板垦区开创记 ……………………………(20)

屹立于亚洲中心的农牧场 …………………………………(23)

一个团场两种体制 …………………………………………(26)

第一台拖拉机 ………………………………………………(29)

龙显西山 ……………………………………………………(31)

破冰引水 ……………………………………………………(34)

压龙口 ………………………………………………………(36)

鞋　袜 ………………………………………………………(38)

垒雪墙　淘大粪 …………………………………………（40）

舍身救人 ……………………………………………………（42）

守坝夫妻 ……………………………………………………（44）

土豆比着石头长 ……………………………………………（47）

诺　言 ………………………………………………………（49）

滚石头 ………………………………………………………（51）

三年种活的防风林 …………………………………………（53）

以"旬"为单位的工作制 ……………………………………（55）

官兵一致 ……………………………………………………（57）

穿越封锁线 …………………………………………………（59）

写给王震部长的信 …………………………………………（62）

"肖三让"的故事 ……………………………………………（65）

空军变"海军" ………………………………………………（68）

烈火英雄 ……………………………………………………（71）

胡德芬请缨 …………………………………………………（74）

替姐从军 ……………………………………………………（77）

打虎将彭德朝 ………………………………………………（80）

张唐的"三宝" ………………………………………………（83）

八枚军功章 …………………………………………………（85）

战利品成奖品 ………………………………………………（88）

"红小鬼"王金荣 ……………………………………………（90）

天　路 ………………………………………………………（93）

一顿饭五斤饼 ………………………………………………（95）

气死牛 …………………………………………………………… (97)

不一样的麦草方格 …………………………………………… (99)

"将军树" ……………………………………………………… (101)

水磨坊 ………………………………………………………… (103)

独臂老兵 ……………………………………………………… (106)

苍蝇嘴　蚊子腿 ……………………………………………… (109)

老戏骨 ………………………………………………………… (111)

羊　倌 ………………………………………………………… (113)

夫妻堵柴口 …………………………………………………… (115)

和田骏枣"老兵红" …………………………………………… (117)

地名故事

柴窝堡风口区利用地下水发展井灌农业 …………………… (121)

火山后垦区"万亩粮仓"诞生记 ……………………………… (123)

家瓷窑的前世今生 …………………………………………… (125)

老君庙的故事 ………………………………………………… (127)

天鹅之乡的由来 ……………………………………………… (130)

下四工 ………………………………………………………… (133)

幸福合作社的幸福事 ………………………………………… (136)

农家庄子一家人 ……………………………………………… (139)

三坪地名的来历 ……………………………………………… (143)

三坪有个"安南工" …………………………………………… (145)

有两百多年辉煌屯垦史的红色土地 ……………………………………（149）

西山烽火台 ……………………………………………………………（152）

牛毛湖煤矿的名称由来 ………………………………………………（155）

桃李庄名称来历 ………………………………………………………（157）

高货郎村名称来历 ……………………………………………………（159）

北亭史话 ………………………………………………………………（160）

我家门前有条唐朝路 …………………………………………………（163）

老兵镇 …………………………………………………………………（165）

"三八线" ………………………………………………………………（168）

盛世才西山别墅与兵团老战士的奉献情怀 …………………………（170）

民族团结故事

兵团第一代羊倌后代讲的故事 ………………………………………（175）

马背医生的"传帮带"史话 …………………………………………（178）

西山"沂蒙嫂" ………………………………………………………（181）

两只来历不明的老母鸡 ………………………………………………（183）

"神秘"的送花人 ……………………………………………………（186）

一幅暂时空白的画 ……………………………………………………（189）

大馒头带来的"蝴蝶效应" …………………………………………（192）

一块花布娶到新媳妇 …………………………………………………（195）

民族小队指导员 ………………………………………………………（197）

"父子"情深 …………………………………………………………（200）

琴瑟和鸣 ··(202)

人物故事

大学生村官的"奶牛致富经" ··················(207)
民兵深夜水渠舍身救人记 ······················(210)
万里赶牛记 ··(212)
雪夜孤身斗狼记 ····································(216)
中国美利奴军垦型细毛羊培育记 ············(218)
毛巾当鞋穿 ··(220)
冻土撞死人 ··(222)
盛开的啤酒花 ··(224)
三根钢卡固胸骨 ····································(227)
没有遗像的英雄 ····································(229)
千里接马 ··(231)
比人命金贵 ··(233)
飞身撬水闸 ··(235)
水漫胶靴 ··(237)
乌书记成了"吴书记" ····························(239)
不是兵的兵 ··(243)
焦裕禄鼓励他留在新疆 ·························(245)
葛秀珍的小作坊 ····································(248)
自制汽车 ··(251)

"硬书记" ……………………………………………………（255）

张寿华拜师 ……………………………………………（258）

"兵团黄埔军校"的元老与精英们 ……………………（261）

头屯河农场诞生了全军第一位女拖拉机手 …………（265）

从抗美援朝军人到军垦人 ……………………………（269）

头屯河农场第一个卫生所与它的创始人 ……………（272）

头屯河农场培养的第一位汽车驾驶员 ………………（275）

细流沟灌技术诞生记 …………………………………（278）

泥浆姑娘 ………………………………………………（281）

囡囡的"凶"姥爷 ………………………………………（284）

周硕勋的三劝之行 ……………………………………（287）

邹政委堵水 ……………………………………………（290）

生活故事

大风口四道岔的风吹雪 ………………………………（295）

垦区深夜走错夫妻房 …………………………………（297）

老鼠做媒 ………………………………………………（299）

占座风波 ………………………………………………（302）

手绢传情 ………………………………………………（304）

蚊子爱上"飞刀手" ……………………………………（307）

黑白双煞 ………………………………………………（309）

飘着羊粪味的涝坝水 …………………………………（312）

活的"土粮仓" …………………………………………（314）

沙河子的"八家户" ………………………………………（316）

"白水灰路黑泥坑" ………………………………………（319）

雨天顶着晴天晒 …………………………………………（322）

一颗鸡蛋 …………………………………………………（324）

翁婿选址 …………………………………………………（327）

棉花和铁的故事 …………………………………………（330）

"游击学生" ………………………………………………（333）

雪中送炭邻里情 …………………………………………（336）

龙王招女婿 ………………………………………………（338）

背着石头上学 ……………………………………………（340）

背着柴火去教书 …………………………………………（342）

推迟一天的婚礼 …………………………………………（344）

西山三宝 …………………………………………………（346）

儿时的自制玩具 …………………………………………（348）

打土块接房子 ……………………………………………（350）

夜班饭 ……………………………………………………（353）

两个班长"练兵记" ………………………………………（356）

老闫写史 …………………………………………………（359）

"兵二代"的爱情 …………………………………………（362）

永远的守护 ………………………………………………（366）

"结草衔环"的故事 ………………………………………（369）

蒋元洪教女 ………………………………………………（371）

一封信的托付 …………………………………………（374）

特别的看望 ……………………………………………（377）

爱的力量 ………………………………………………（380）

沙海老兵的第一次旅行 ………………………………（383）

最后一件军装 …………………………………………（386）

抓虱子 …………………………………………………（388）

盐水当菜 ………………………………………………（390）

找对象 …………………………………………………（392）

哑巴媳妇会说话 ………………………………………（394）

军垦故事

一〇四团第一个温室大棚建成记

讲述者：李全德，男，汉族，75岁，第十二师一〇四团退休干部
采录者：李晓
采录时间：2020年4月18日
采录地点：第十二师一〇四团南社区会议室
流传地区：第十二师一〇四团团部

20世纪90年代初期，作为农垦领域大后方的乌鲁木齐城市后花园一〇四团，为了服务好乌鲁木齐市民的"菜篮子"，也为了给一〇四团职工开辟一条新的增收致富渠道，一〇四团决定调整种植结构，发展高效农业，组建蔬菜站，兴建蔬菜温室大棚。经过调研勘察规划，最后选定在南戈壁兴建。这

是一片不长草木的荒原,没有一棵树。之所以把温室大棚的选址定在这里,一是这里有水源,二是这里有广阔平坦的土地,光照充沛,非常适合建设温室大棚。

温室大棚地点选好了,规划3000亩,先期建设1000亩。团里选派当时新疆农业大学毕业的技术员李全德担任技术站的站长,带领团里新分配来的6个大学生做技术指导,各连队也积极动员选派了180名职工参与,每户分3亩地建大棚。1991年7月10日进站,9月13日试种南区1万亩地,眼看着蔬菜苗渐渐破土生长,没想到当年11月13日,突然刮了一场13级大风,180个大棚绝大部分塑料薄膜被大风刮走。职工眼看着辛苦努力的心血付之东流,一个个哭天抢地。

这还是一〇四团20年没有遇到的大旱之年,自然灾害面前,人类是脆弱的。眼看着蔬菜站第一次开建就横遭如此厄运,团领导说:要治坡,先治窝,一定要把人心稳住。心急如焚的团领导对李全德说:"老李啊,你一定得盯住,菜篮子工程绝不能放弃,全乌鲁木齐的市民都期待着我们的蔬菜呢,一定要把职工的情绪安抚好,有什么困难团里顶着!"李全德听着领导的话,咽下涌到眼眶的泪水,挨家挨户去做工作。蔬菜站的职工有困难,缺什么就帮助什么。高压线被压坏,无法抽水,便用大水桶拉水送过来,同时送来粮食与清油。

大自然是无情的,但集体的温暖是有情的。关键时刻,团里为蔬菜站伸出援手。受灾的群众心暖了:"在我们最困难时,团里并没有忘记我们,我们没有被抛弃!"就这样,180位职工原本打算退却的心总算安定下来了。

环境是要人改造的,要想在戈壁荒滩种下蔬菜,就要有一种敢与天斗、与地斗的精神。第一年没有经验,蔬菜温室没有达到预期的成功。第二年,即1992年开春,总结头一年的经验,蔬菜站积极植树造林,三行榆树,三行杨树,种了90米宽,1370米长的基建防风林带,450亩基干林防护网。当年冬天,再次刮起8～9级的大风。由于事先做了林带的防护,阻碍了"风魔"的进攻,损失降低了很多。

  每次大风灾过后,李全德站长都带领五、六、七、八连的职工重新打温室薄膜,连夜熨烫好,天明拉到地里重新安好。后面再遇到刮风,就再重新做,最多的时候,一个冬天连做带捂重新做了三次。毁坏的庄稼也是如此,毁了种,种了毁,有的补种了三次。为了减轻风力,团里送来了草帘子,职工抱来了家里的被子。

  看着那450亩的基干林,站长李全德就像看着自己的孩子,蔬菜旱,旱一季,树若旱,就绝不是一年的损失了。为了这些温室大棚的蔬菜,绝不能让这些树旱死,一定要精心管护好这些树,只有管护好这些防风林,才能让温室大棚逐渐稳定发展。就这样,历经3年艰苦卓绝、战天斗地的奋斗,终于在1994年4月份,第一批成功种植的蔬菜,在五一节前后被采摘下来,送到了乌鲁木齐市民的餐桌上。至此,一〇四团在万古荒原上开辟的第一个温室大棚算是成功建成,乌鲁木齐人的菜篮子工程从此有了强有力的保障。

一〇四团"乌兰牧骑"诞生记

讲述者:张洪书,男,汉族,70岁,第十二师一〇四团退休干部

采录者:李晓

采录时间:2020年4月18日

采录地点:第十二师一〇四团团部会议室

流传地区:第十二师一〇四团团部

大家都知道,"乌兰牧骑"是属于内蒙古草原蒙古族的文艺表演形式,但一〇四团却诞生过一支独具兵团特色的"乌兰牧骑"。

20世纪50年代,一〇四团的前身天山九场与天山牧场在建场初期,由于

生产任务繁重，业余文化生活单调，只在逢年过节举办小型文艺晚会，由有文艺才干的干部与战士自编自演文艺节目，让大家开心乐呵一下。随着生产的发展，职工队伍也不断发展壮大，大家渴望业余文化生活的愿望更加迫切。如何丰富职工的业余文化生活，天山牧场的领导非常重视，想尽一切办法努力丰富团场职工文化生活。

　　天山牧场哈萨克族群众较多，他们性格开朗幽默，豪放乐观，每到秋季收获季节，他们会自发聚集到一起，开展民间阿肯弹唱，以表达丰收的喜悦心情。为了更好地调动牧民的生产积极性，结合当地民族特点，天山九场的领导决定以"寓教于乐"的形式丰富当地牧民文化生活。在团党委领导的支持下，南山牧场在1956年1月正式组建了适应牧区特点的"文艺轻骑队"，由左文生负责。文艺队在牧场挑选了12名文艺才干突出的青年，除了5位少数民族青年，其他均是来自北京、天津、上海、武汉与河南的知青，大家组成了一支"乌兰牧骑"式的文艺宣传队。1965年3月，这支文艺宣传队正式命名为"南山牧场毛泽东思想宣传队"，在行政上归属基建队，业务上归属政治处。文艺队是半脱产，实行劳艺结合，农忙时参加生产，农闲时排练。宣传队以内蒙古"乌兰牧骑"为榜样，采用汉语与哈萨克语两种语言演出，走入群众，深入基层牧区，宣传党的方针政策与生产建设中涌现的好人好事，演出农牧民喜闻乐见的文艺节目。

　　文艺队员们思想积极，甘愿奉献，有时半夜接到演出通知，简单收拾好演出用品，说走就走。牧区道路不便，条件艰苦，出行基本乘马车，有时大部分路途还需要徒步行走。宣传队每次下去都自带帐篷，背扛着演出器具，来到牧区除了演出，还为牧民们带来各种小人书，女文艺队员们还为牧民们洗衣服、理发，甚至送牧民就医。牧民们高兴地拉着文艺队员的手说："谢谢你们这支文艺队，我们多少年没有看见这么精彩的文艺节目，多亏了你们的到来，不仅给我们带来了欢乐的文艺节目，还带来了党的思想光辉。"

　　正是南山牧场的这支"乌兰牧骑"宣传队，像一支特别战斗队，又像一台播种机，去基层牧区宣传毛泽东思想与政策方针。他们以天山草原为舞台，以松林、毡房为背景，以马匹、骆驼与牦牛为交通工具，深入牧区、田间与军营慰问演出100多场。在1965年国庆节与自治区10年大庆的双庆活动中，这支新疆特色的"乌兰牧骑"代表农六师欢迎中央代表团，精彩表演获得现场热烈掌声，得到了当时副总理贺龙的接见并合影留念。

正是一〇四团的这支"乌兰牧骑"，创作了众多脍炙人口的优秀舞台剧目和文艺作品，以寓教于乐的形式宣传党的政策与群众先进事迹，以多种宣传形式活跃了兵团文化生活，为一〇四团前期的发展建设做出了不可磨灭的贡献。

万亩桃园诞生记

讲述者：高迪，男，汉族，35岁，第十二师一〇四团广电中心主任
采录者：李晓
采录时间：2020年4月18日
采录地点：第十二师一〇四团石火山附近
流传地区：第十二师一〇四团团部

火山后垦区的"万亩粮仓"，从20世纪60年代中期起，历经30年的发展，到1998年，火山后垦区已逐渐由当初种植粮食为主改变为种植果树为主，开始大面积种植推广桃树。2007年，乌鲁木齐城市逐步扩大，这片火山后的地域在兵地融合的发展中，成为乌鲁木齐市经济开发区的管辖地界，当年的"万亩粮仓"已经成为历史，取而代之的是"万亩桃园"。

万亩桃园位于乌鲁木齐沙依巴克区西南，东临216国道，西临萨尔达坂乡，北靠国家AAAA级景区九龙生态园。这里距离市区约18公里，四面环山，气候温和，空气清新，非常适宜种植果树。职工离开历经10年开创的火山后桃园后，对于桃树种植依然情有独钟，在转战南区后继续种植桃树、葡萄与蔬菜苗圃。其中六连与七连桃树种植面积最大，达7800亩，种植了4个品系25个品种蟠桃、油桃与水蜜桃。

多年后，如今这里的农家乐休闲农业逐步成型，万亩桃园每年吸引游客百万人以上，生产的鲜桃已达绿色食品标准，含糖量14%~16%。春天，万亩

丝路明珠 红色记忆
——新疆兵团第十二师民间故事荟萃

桃花陆续盛开,游人络绎不绝;夏秋季,早中晚陆续成熟的蟠桃、油桃与水蜜桃大量上市,游人如织,自己动手采摘桃子。

在桃园内,近几年配合旅游开发的需要,团党委先后投资1200万元,发展公建桃园1946亩,由连队职工承包,逐渐完善设施,又陆续修建了桃园围栏、田间道路、看护房、徒步道与观景台,修建了象征意义的"大话西游万亩桃园"门牌与齐天大圣孙悟空巨型塑像。

为了促进职工多元增收,鼓励职工走种养结合的路子,团里投资800多元万建设了桃树滴灌系统,实现了节水灌溉;还鼓励连队职工在桃林下养鸡,积极发展林下经济。职工饲养了鸡鸭鹅,每年都有万余只桃园鸡出栏。负责这里旅游开发的金德汇旅游公司先后投资500多万元,开办了13座大型欧式度假村,集住宿、娱乐与餐饮一体,为乌鲁木齐市民提供了一个夏季休闲避暑的好去处。

为了更好地宣传产品,一〇四团每年组织举办桃花节相亲会,将赏花、品果、采摘、卖桃结合起来,一〇四团别具特色的万亩桃园旅游观光采摘一日游,正成为乌鲁木齐市民夏季旅游的一个热点,每到夏末桃子成熟季节,乌鲁木齐市区群众扶老携幼开车自驾前来采摘。

经过数年的努力,目前的万亩桃园正被打造成一个集旅游休闲、农业观光与果蔬采摘为一体的综合性农家乐园。2006年,桃园别墅中心被国家旅游局评为全国农业旅游示范景点。万亩桃园已经成为享誉乌鲁木齐的后花园。生态园区、农家乐、采摘园等多种经营形式,已成为了团连队职工增收致富的新渠道。

丝路明珠 红色记忆
——新疆兵团第十二师民间故事荟萃

南戈壁"一炮成功"开荒造田

讲述者：白长福，男，汉族，77岁，第十二师一〇四团退休干部

采录者：李晓

采录时间：2020年5月2日

采录地点：第十二师一〇四团团部办公室

流传地区：第十二师一〇四团团部

1959年秋，在党和国家"大办农业、大办粮食"的号召下，天山九场在南戈壁掀起了开荒造田、兴修水利的大会战。南戈壁位于乌鲁木齐市南郊，距离市区20公里，南与永丰乡接壤，北到西山公路，这里土层薄，坡度大，戈壁多，夏天酷热，冬天寒冷，春季少雨，每年从11月开始到次年的4月，大风刮个不停。

这一年秋收工作一结束，南戈壁开发建设指挥部在老三队进驻，分3个组，第一组负责勘察地形与规划，第二组负责人力与设备调动，其中特别组建了一个爆破班，第三组负责后勤物资供应。规划建设总干渠一条，南接青年渠向北穿越216国道直达铁成贵垦区，一条支流引入牛毛湖，14条斗渠形成一个水利网，整个渠西需要采用多点打眼装药，集中一次炸响，定为"一炮成功"。

这个冬天异常寒冷，气温多在零下37~40摄氏度，零下32摄氏度就算

是暖和的天气。劳动时大家戴着口罩，双层手套，眉毛睫毛都是结冰的白霜。早上到工地时，大伙握着铁锨的双手冻得僵硬麻木，但干劲很足，干着干着就热了起来，一会满头大汗开始脱棉袄。到饭点了，炊事人员挑着馒头走3公里送到工地时，馒头已经冻得冰石头一样，大伙就站着啃冰馒头，吃完了继续劳动。当时大家吃的是定量粗粮，根本吃不饱肚子，一位20多岁的年轻人就用多喝水来充饥，饿了就喝水，每天能喝一大桶水，大家便叫他一个外号"水桶"。

  这个冬季的某天，总指挥一声令下，轰隆一声，尘土、石块冲天而起，还不等硝烟散尽，参与会战的职工就冲进去人工清理渠土。就是在这样艰苦的条件下，参加会战的人从清晨干到日落，没有一个人叫苦叫累，一天清土达到100立方米，其中一位河南籍的女职工很能干，被称为"铁娘子"，她一个人一天的清土量就达到了50立方米。

在修渠战斗中，班长王铁山在用十字镐清理冻土块时，一不小心砸伤脚，鲜血止不住地顺着毛毡鞋向外渗流。休息了两天，伤还没好，王铁山就拄着拐杖来到工地继续参加建设。

经过一个冬天的苦战，天山九场成功开垦了荒地3632公顷，开挖干渠12千米，农网水利配套基本成型，南戈壁垦区初具规模。兵团战士不怕艰苦、团结奋战的精神，为生产建设者树立了榜样，"一炮成功"开发南戈壁垦区的事迹轰动了全疆，这种爆破与挖掘相结合的高工效方法，在全自治区与全兵团被学习推广。

轰动国内外的第一个机械化大春耕

讲述者：蒋平复，男，汉族，89岁，第十二师头屯河农场退休干部
采录者：李晓
采录时间：2020年5月11日
采录地点：第十二师头屯河农场
流传地区：第十二师头屯河农场

1952年3月，冰雪开始消融，八一机耕农场开展建场以来第一次春耕大会战，农场全体战士开赴生产第一线，在魏户滩原地主庄园处建立了田间工作站。

拖拉机履带碾压吞没着杂草，在杆杆红旗的指引下开出了第一犁，3个机组连续耕作的轰鸣声引来不少路过的老乡与附近农民，有骑马而来的，有走亲串友的，大家都被这威力强大的"铁牛"耕出的大片土地所震撼。经过半个月全场职工日以继夜的苦战，八一机耕农场顺利完成了早春播种作物2400亩的任务。

4月26日《新疆日报》头版头条报道《新疆军区八一机耕农场战士日夜劳动，春播工作胜利完成》，并于5月11日在《新疆日报》整版刊出八一机耕农场的13幅春播机耕作业照片，从而引起全疆各界人士的高度关注。

从4月开始，陆续有自治区、乌鲁木齐市各级机关和企事业单位组织人

丝路明珠 红色记忆
—— 新疆兵团第十二师民间故事荟萃

民群众专程来农场实地参观。他们在田间第一次目睹了拖拉机耕种的巨大威力,对用先进机器代替古老的人力耕种这一新事物有了感性认识。八一机耕农场作为第一个机械化农场开始起到引导示范作用。

在日以继夜的春耕高潮中,农场上下齐心协力,运输组的马车队往田间运送肥料和种子;大田班的小伙子赶修水渠,日夜浇灌荒地;后勤保证给养供应。司务长任延福千方百计搞好伙食让战士们吃饱吃好;场长张芝明还亲自挑担子到田间为机务人员送饭送水以鼓舞士气。全场上下团结一心,终于在4月底完成为五一劳动节献礼的春耕任务。

八一机耕农场使用先进机器耕种这一新闻,引起了中央媒体的关注,1951年秋天,《解放军画报》第9期刊登多幅机耕作业照片,1952年3月《新疆解放军报》发表了王玉胡长篇文章《女拖拉机手张迪源》。从1952年4月起,《新疆日报》陆续发表了《拖拉机开动了》《访八一机耕农场》《头屯河畔的日日夜夜》《毛泽东思想教养下的战士们》《访女拖拉机手张迪源》《八一农场的成长》等近十篇长篇通讯和春耕生产的整版图片,7月发表《八一机耕农场试用联合收割机效果良好》《迪化市各族各界人民代表三千余人前往参观》等新闻报道。

1952年10月1日我国邮电部发行的《伟大的祖国》第二组"建设"特种邮票中,选用了八一机耕农场秋播冬麦的图片,作为全国国营农场的形象代表,八一机耕农场的影响力遍及全国。与此同时也吸引苏联真理报记者在1951年冬来农场采访,中国西部新疆屯垦戍边的新闻引起了国际社会的关注。

如此集中地宣传报道一个农场,充分展示了国家对新疆军垦事业的高度重视和走农业机械化道路的决心,而各族群众通过实地参观,更体会到人民军队艰苦奋斗建设边疆的力量,倍感振奋鼓舞。八一农场第一个机械化大春耕奠定了头屯河农场在新疆生产建设兵团屯垦戍边史上的开创性地位,意义深远。

丝路明珠 红色记忆
——新疆兵团第十二师民间故事荟萃

现代化国营农场诞生记

讲述者：蒋平复，男，汉族，89岁，第十二师头屯河农场退休干部
采录者：李晓
采录时间：2020年5月11日
采录地点：第十二师头屯河农场
流传地区：第十二师头屯河农场

从20世纪50年代后期起，头屯河农场的农、林、牧、副和园艺各业的经营都获得长足发展，粮食作物单产高，品种好，小麦良种、杂交玉米与苜蓿种子被调出支援附近农户和兄弟农场。

农场自1951年建场起发展牲畜饲养,并纳入生产计划,先后从国内外引进优良种畜杂交繁育,如1951年引进乌克兰大白猪杂交改良,1953年引进阿勒泰种羊、高加索羊,1957年引进斯特罗姆牛,1964年引进黑白花奶牛,通过杂交改良与纯种繁育,牲畜存栏大幅增长。

林业苗圃育出的榆树、银白杨、白蜡树遍栽各地;种猪场、奶牛场、养鸡场培育出的优良种畜运往全疆各地;建立了机械化饲料加工车间,实施了人工授精、机械化挤奶等新技术。

在园艺业方面更具成效,率先开辟桃园种植,生产的水蜜桃深得乌鲁木齐市民的喜爱,引种的华莱士白兰瓜在甜瓜中堪称甜度第一,种植的少籽大黄番茄新品种是蔬菜中的佼佼者;此外还从西安植物园引进5个法国薰衣草品种试种成功,扩大种植面积500亩,还成功提炼出精油样品被列入国家项目。

副业方面,农场建立了自己的煤矿,解决了全场的燃料供应;修建砖窑自己烧制红砖,成立基建队修建房屋。1954年第一栋砖木结构宿舍完工;1959年场部办公室和大食(礼)堂建成;1961年正式通电,解决了照明和动力困难,至此农场的面貌发生了根本变化。

随着土地面积扩大数倍,利用多年积累的技术优势,改造和开发新并过来的耕地,在垦区的统一规划下,大搞农田水利建设,建立机械化生产队,推行五好生产队建设和以细流沟灌为主的先进种植技术,使农场朝着具有规模性的正规国营农场快速前进。

由于头屯河农场自1955年划归八一农学院,作为实习农场进行全面规划建设,并承担学生的生产实习任务,生产规模稳定在7000余亩,科研开发出"细流沟灌法"和成套机具,推进了现代农业的发展,为1964年并入西郊垦区扩大发展规模,成为现代化的正规国营农场打下坚实基础。

经过军垦战士两代人的多年努力,一个"麻雀虽小,五脏俱全"的与时俱进、具有较大影响力的现代化国营农场矗立在头屯河畔。

丝路明珠 红色记忆
——新疆兵团第十二师民间故事荟萃

西郊现代农业样板垦区开创记

讲述者：蒋平复，男，汉族，89岁，第十二师头屯河农场退休干部
采录者：李晓
采录时间：2020年5月11日
采录地点：第十二师头屯河农场
流传地区：第十二师头屯河农场

八一机耕农场自1955年秋天正式划归八一农学院领导，成为八一农学院头屯河实习农场，担负起实习农场的职责。从1956年起由农学院派出的专家组驻场进行全面规划，将农田划成九区，安排了小麦、玉米、豆类、牧草的逐年轮作以保持土壤肥力，同时对支、斗、农、毛各级水渠进行规划，确定了防风林带的布局方向与树种，对道路、居民点进行初步划定。

20世纪50年代后期，在党的"向科学进军"号召下，农场掀起了技术革新的热潮，围绕农业生产的需要，不断改装革新旧机具或自制新机具，以解决生产急需。机耕队职工与实习的大学生共同设计研制成不少项目，如小麦割晒机、茎秆运送车、洋芋播种机、悬挂刮土器、康拜因茎秆车，以及改装康拜因收获大豆、苜蓿籽等。

尤为重要的是为细流沟灌新项目配套研制了从开沟、播种到镇压的全套机具，保证了这一新灌溉方法的最终成功；技术革新的开展，不仅满足了

农业技术的新需求,而且大大提高了农业机械化水平,使农场保持了农机技术的领先地位。

至此,全场职工开始按规划进行农田改造与林、水、路的配套建设,使农场逐步走向正规的生产经营局面,不仅开始改变建场时的"风大沙多,土地瘠薄"面貌,而且作物产量逐年提高,种植面积稳定发展,初步满足农业大学生们对现代农业的实习需要。

随着建场时的一批老战士相继调去支援兵团各师团,一批新的科研技术人员又补充到农场。1954—1955年,相继三批农学院农业与园艺专业毕业的学生分配来到农场,参与了与农科所合作的农业科研项目,如玉米自交试验、马尔采夫耕作法试验、牧草试验等,农场的蔬菜瓜果生产也得以迅速发展。这些大学生有的肩负起科研开发和园艺技术工作,为农场的农业规划的实施与技术管理做出了积极贡献,有的大学生在农场坚持数十年而成为农业技术骨干,为农场发展献出了青春。

在补充技术力量的同时,农场也吸收了来自五湖四海的人才。1953—1955年,山东、河北、湖北、安徽、江苏、天津等地的知识青年的到来,带来了新技术与新思想,他们逐步成为农场建设骨干,为农场的发展奉献了青春。

为了适应农学院教学实习的需要,在干部专业化的培养方面,更着重考虑专业,一批学有所长的专业干部力量的加强和基层机构的建立使农场经营管理大为改观,农场一年比一年有所发展和提高。

农场地处天山北麓冲积扇地带,坡降大而土层薄,按传统方法灌溉时土壤冲刷流失严重,不仅浪费水量还严重影响收成,原农田规划时将条田设计成东西方向,沿等高线进行畦灌,但这种方法灌水时串沟严重而行不通。

为此,从1957年起,以崔新丰为首的农业科技人员与水利、农机技术人员协同探索研究新的灌溉方法,经过多次反复设计、改制机具和田间试验,终于探索出细流沟灌新技术,即边开沟边播种,沟距60厘米,沟形为瓦形浅沟的新耕种方式,在灌水时将水流同时细分为数十股细流灌向每一个瓦形浅沟,既防止了土壤冲刷,又使禾苗均匀吸收水分。

前后经过数年的不断实践、不断改进,从沟形变化、机具设计、播深控制到毛渠修建、水流大小都获得了满意效果。这一新方法定型后不仅在全场全面推广,使灌溉劳动强度大为降低,节约用水一半以上,作物产量大为提高,而且推广到北疆不少地区。青海、甘肃等地也派人前来学习取经,实践证明这一方法对大坡降沙壤无盐碱地区是一个节水增产的好灌溉方法。

1963年,自治区党委为推进新疆地方农业的现代化发展,决定在乌鲁木齐西郊建立大型样板垦区,成立了自治区农垦厅西郊管理处,由原农垦厅的五一农场、农学院的头屯河农场、乌鲁木齐县的三坪农场以及西山农场共4个农场数十万亩土地,共同组成西郊垦区。与此同时,从天龙、农垦厅、乌鲁木齐县等部门调集一批技术力量,共同开发建设西郊垦区。

当时西郊管理处提出一个口号:兵团方向、公社特点、全面发展、稳步前进。头屯河农场从1964年进入西郊垦区后,获得了历史大发展的机遇。

运用科学技术人才,发展现代新农业,大大推动了农场现代农业的发展,为1964年并入西郊垦区壮大发展规模,成为现代化的正规国营农场打下坚实基础,使得农场现代农业发展突飞猛进,逐步迈上新的历史阶段。

西郊垦区的发展不仅为1965年自治区成立10周年大庆增添了光彩,更为地方现代化集体农业树立了榜样。西郊管理处一度改名西郊总场,后变为乌鲁木齐农垦局,即现兵团第十二师的前身。

屹立于亚洲中心的农牧场

讲述者：魏杰，男，汉族，88岁，第十二师西山农牧场第一任场长、乌鲁木齐原市委常委
采录者：党荣理、王卢俊茹
采录时间：2020年4月19日
采录地点：第十二师西山农牧场
流传地区：第十二师西山农牧场

1992年，当距乌鲁木齐市中心约30公里的永丰乡包家槽子村附近被确定为亚洲大陆地理中心的时候，与其毗邻（仅5公里）的西山农牧场一下子又火了起来，被称为"屹立于亚洲中心的农牧场"。这个当初在困难时期肩负重要使命而建的农场，此时已初具规模，小有名气。

1959年10月，自然灾害越来越严重，我国国民经济遇到前所未有的困难，自治区党委对乌鲁木齐提出要求，在乌鲁木齐周边建设几个农场，保障乌鲁木齐的粮食和副食品供应。1959年11月，经自治区人民委员会批准，组建西山农牧场。

28岁的魏杰在农垦厅工作，担任基建处技术员，在建设规划工作方面显示出了一定的才能，正踌躇满志。有一天，农垦厅领导把他叫到办公室谈话，领导说："小魏啊，现在厅党委决定给你一个光荣而艰巨的任务，让你到乌鲁木齐县东风人民公社三坪生产队，与该队党支部书记丁寿华一起筹建农牧场。"

丝路明珠 红色记忆
——新疆兵团第十二师民间故事荟萃

魏杰听后既高兴又忐忑，主要是怕辜负了领导的期望。领导看出了他的想法，鼓励他说："不要怕，给你配一个强的班子，有什么问题厅里会大力支持，你可要好好干啊。"听完领导的一席话，魏杰有了信心与底气。站起来说："听从厅里的安排，一定尽心尽力，全力以赴。"就这样，他走马上任，一干就是一辈子。

魏杰来到西山时，毫不夸张地讲，这里是一片戈壁滩，一块不毛之地，人烟稀少、荒凉萧条。当地老社员中流传着这样一个顺口溜："地上不长草，天上无飞鸟，风吹石头跑，人都能刮倒。三里五里不见人，只见豺狼赶着黄羊跑。"

1959年12月，潘菊熙与湖北支边青年一起来到此地时，大风连刮三天，飞沙走石。这里冬季漫长，不积雪，春季多风跑墒，夏季短暂，昼夜温差大，气温多变。当时，有一些自然水道与人工渠道，都是土沙渠，渗漏严重，造成本就紧缺的水资源浪费。在这样的地方建设农场，困难可想而知。

1960年3月22—25日，在位于原二队老场部的老社员马宝家的一间土房子里，农场召开了第一次干部和党员大会，原三坪生产队200余人转入农场,其中88名社员(青壮年劳力)转为农场正式职工,再加上20世纪60年代初从湖北、江苏、河南等地来的支边青年及自流人员,组成了西山农牧场最初的建设力量。农场在此设立,因为附近有一个上万人的西山煤矿,又考虑到不能单纯以农为主,遂命名为西山农牧场。

初期,干部职工住在地窝子里,喝涝坝水,主要吃高粱、大豆和玉米面,天未亮出工,天黑才收工,边开荒、边修渠、边浇地、边抢雪和雨墒播种。人们起早贪黑地劳作,用铁锹挖出沙土,用十字镐夯撬出石头,用榆树条子编抬把子和筐子,捡地里翻出来的石头。大家的口号是:"挑的挑、抬的抬,拿出愚公移山的精神来,奋战40天,七沟八梁变良田。"

就这样,在农场党委的领导下,没有土地就在戈壁滩里开垦;土壤贫瘠就改良,苜蓿作物空地轮作;为了节约水,修防渗渠,从漫灌到渠灌再到滴灌;没有合适的作物,就引种栽培,从单一的小麦到目前的几十个品种;风沙大,就植树造林,从房前屋后到马路两边再到田间地头;没有住房,从地窝子到平房再到楼房;没有工业副业,从一个小的加工厂到服装、农机、畜牧、蔬菜基地等等。

90年代中期以后,农牧场新一届领导班子,利用改革开放的大好形势与亚洲地理中心的热点,领导西山农牧场全体职工,突破传统农产品单靠销售赚钱的路径,推出"生态+城郊旅游"产业,重点发展"桃园经济"、千亩温室设施农业观光采摘区、田园牧鸡特色养殖、万亩高新节水农业观光示范区、万亩退耕还林生态休闲区以及烽火台小镇四星级农家乐等一大批田园综合体产业,吸引了乌昌两地的消费群体,使职工群众从产业链延伸中受益,社会富余劳动力实现充分就业,团场职工实现多渠道致富。

现在,到亚洲地理中心旅行的游客,都要到这亚洲中心的农牧场看看。

一个团场两种体制

讲述者:康志荣,男,回族,74岁,第十二师西山农牧场休退干部
采录者:党荣理
采录时间:2020年4月17日
采录地点:第十二师西山农牧场
流传地区:第十二师西山农牧场

在20世纪80年代以前,我国是以公有制为主,集体所有制为辅,按劳分配的所有制形式。具体到一个单位或者一个地方,均是属于其中之一,可西山农牧场却是两种体制共存。当时的西山农牧场就是"一个团场两种体制"。

1959年5月,康志荣看到太平大队的乡亲们兴高采烈地议论着什么大事,一打听,原来太平大队要整体移交到西山农牧场了。他和队上的人们一样高兴,可以成为农牧场职工了。可过了几天,又听说管理由西山农牧场统一管理,但体制保持原有的不变。人们迷茫了,犹豫了,闲话漫天飞。有的说:"这有什么意思,反而多了一层管理者,不要归农场才好。"有的说:"不管怎样,归农场毕竟要比原来归永丰渠乡好。"康志荣态度却异常坚定,心想:自己年龄还小,好好努力,会成为农牧场正式职工的。

的确,体制的不同,带来的是分配方式不同。属公有制的,是拿工资,属

集体所有制的是挣工分,按生产队里的工分进行收益分配。大家都是种地、同样的劳动,但收益有很大不同。特别是到了受灾之年,更是天壤之别。

这时,农场也有很多人有不同的看法。有的职工怕自己的收入及福利待遇受到影响,就说:"这叫什么,四不像,还是不合并好。"有的领导也认为:"这样难以管理,会出现争执。"但是,农垦厅党委和农牧场党委力排众议,开导大家:"这样有利于资源整合与合理分配,更有利于积聚力量,扩大生产规模。"经过激烈的讨论,大家统一了思想。

划归过来后,太平大队社员心情安稳了。没有了怨言、更没有抵触,一样的按农牧场要求种地、收割,完成粮食上交订额,完成各项生产任务。冬休时,修渠、植树造林、平整土地,他们一样积极主动参加。许多人没有退休工资,年龄大了,干不动了,自然在家休息,由子女赡养。他们说:"都是在社会主义的中国,都是在中国共产党领导下的国营农场,当家做主,没什么两样。"

党和政府并没有忘记他们及他们做出的贡献。平时，团场积极想办法、和上级协调，解决因分配方式不同而带来的困扰和矛盾。农牧场职工也是积极主动地帮助刚划归过来的生产队，克服困难。

在新疆、在新疆生产建设兵团，一个团场两种体制在许多团场存在，虽然已成为过去，但这种形态下的农场生活，给人留下了深刻的印象与有益的启示。

第一台拖拉机

讲述者：潘菊熙，男，汉族，79岁，第十二师西山农牧场退休干部
采录者：党荣理
采录时间：2020年4月19日
采录地点：第十二师西山农牧场
流传地区：第十二师西山农牧场

西山农场刚成立的时候，农垦厅分来了一台东方红54链轨拖拉机。农场职工和附近的村民谁也没见过拖拉机，更没见过拖拉机耕地。

当拖拉机开来时，轰动了整个农牧场。"快看呀，拖拉机来了，拖拉机来了！"人们一边喊一边向拖拉机跑去。可到了跟前，铁链子的履带滚动着，脚下的土地颤抖着，拖拉机冒着白烟，发出"嘟嘟嘟"的吼叫，人们吓得四处乱跑。就这样，大家挤着到前面看，又怕伤着自己，就像被水浪冲着一会儿向前，一会儿向后。妇女们尖叫着，大声喊着自家孩子的名字，怕不小心伤着了。男人们看着拖拉机手神奇的样子，都想上去摸一把。

看到拖拉机耕地，更是令人惊奇了。拖拉机一发动，机头一立着的管子冒着烟，随即轰鸣吼叫起来，履带压得地都在颤动。可干起活来，那多少头牛也无法比。"那犁大啊，一犁下去就是一道沟，一会儿就一大片，省了多少人力和畜力！"壮劳力们感叹着。

丝路明珠 红色记忆
——新疆兵团第十二师民间故事荟萃

大家编了顺口溜:"拖拉机轰轰叫,整夜翻地不睡觉。一天翻出几百亩,铁牛本事真不小。要喝水,又吃油,翻出好多大石头,人来捡,人来搬,十年八年捡不完。黄胶泥、盐碱滩,三年五年变粮川。"

军垦故事

龙显西山

讲述者：熊继武，男，汉族，87岁，第十二师西山农牧场退休干部
采录者：党荣理
采录时间：2020年4月17日
采录地点：第十二师西山农牧场
流传地区：第十二师西山农牧场

在1962年农闲时节，许多去西山的人，从远处就可看到一条黄色"巨龙"飘荡在西山农牧场附近。人们都非常惊奇，也不敢前去探望。等过了很长时间才传出，是西山农牧场在修防渗渠，全体职工出动，一字排开，一人一段，共5.5公里，同时开工，尘土飞扬，飘浮在空中，远看就像一条黄龙在舞动。那修渠的场面是红旗招展，人声鼎沸，渠道里热气腾腾；挖沟、摺土、清底，搬的搬、抬的抬、打的打。挖土声，号子声，欢笑声连成一片。

魏杰亲自带队，挑选精壮劳力挖渠。冬天天寒地冻，零下28摄氏度，冻土和石头，十字镐没办法挖，一挖一个白印子。许多支边青年从来没干过这样的活，一天能挖鸡窝大，手上打起大血泡。看着进度非常缓慢，领导组织大家研究解决办法，摸索着用火烧解冻，把干草和羊粪点燃，解冻一块挖一块。

1962年冬天，潘菊熙被分配到农场头坪口挖主干渠，每个人一天要挖三方土。挖开下面也全是大大小小的石子，蹦得满天飞，打得人脸都受伤。指

丝路明珠 红色记忆
——新疆兵团第十二师民间故事荟萃

导员魏琴生挖渠时,一十字镐下去,一个石头弹起来把他的门牙打掉了两颗。有年冬天,陈福生两口子在工地干活,两个儿子没饭吃来找妈妈,耳朵和脚都冻坏了。1965年修渠,徐久50多岁了,老婆好不容易怀孕了,劝老婆不要来工地,可他爱人仍然坚持上工,直到生产前一天。

当时物资供应紧张,为了能备足修渠的建筑材料,潘菊熙和一伙儿年轻人一起到水泥厂去搬水泥。说是去搬水泥,其实和抢差不多,水泥厂生产线上的水泥刚一下来,大家就赶紧搬到马车上,就这样拼抢了2个多月,攒够了修渠的水泥。

熊继武在质量控制组工作,负责水渠的测量、施工标准的制定、施工过程监督与验收。他严格按照标准施工验收。他回忆说:"渠最深的地方,底部的土,要经过9次向上传,才能到达地面。"费时费工可想而知。土渠挖好,底帮夯实,自制洋灰(水泥)预制板。干砌卵石弧形底,混凝土预制块砌边坡,每道工序都来不得半点马虎。砌好后,手搬石不出,脚踢石不动。

开始进度慢,过几天,熟能生巧就快了,许多技术活都是学着干、干中练,渠成了,也培养出几名出色的水利工程技术员。

从1960年到1968年,每年都要修渠,从开始的引水渠到防渗渠再到水泥渠,自力更生、艰苦奋斗,使农牧场的粮食产量有了大幅度提高。从亩产20~30斤,到亩产300斤;从完全靠返销粮到以后的逐年减少,1966年完全不用返销粮,给国家上交粮食也是逐年增加。修渠筑坝,农牧场从严重缺水到自给自足,最后每年还给红雁池水库送水1500万立方。

水渠修好了,水坝建成了,真正是一条巨龙驻守西山。

破冰引水

讲述者：熊继武，男，汉族，87岁，第十二师西山农牧场退休干部
采录者：王卢俊茹
采录时间：2020年4月17日
采录地点：第十二师西山农牧场
流传地区：第十二师西山农牧场

春耕前，为了保证土地的墒情，要先给耕地春灌，可是渠道被坚冰封住，无法引水。1961年2月中旬开始，农牧场组织全场职工，到渠道里挖冰雪，疏通渠道。按照任务每人挖1.2米宽，挖到渠底，把冰雪、树草、石头等杂物全部清理出来，堆积在渠边稍远些的地方。要求用10天左右把渠道清理疏通干净。

天寒地冻，为了赶工期，人们都带上干粮，从早干到晚。清理完渠道，气温达到零度以上，就开始放水，放下来的水一到晚上就冻成了冰，到第二天上午12点过后，气温升高，冰又化成了水，其中仍然有大块、小块没有完全融化的冰，被大水裹挟着一路向下游冲去，经常会把渠道冲垮，又要组织职工打冰。

打冰工具都是自制的，杆子比铁锹把子稍粗些，头类似于十字镐，比十字镐的头要稍长些。人们站在渠道两边，一路顺着渠道砸渠道里的冰。大

家一起喊着口号,互相鼓劲加油。渠道边都是冰雪,时常有人不小心就滑进渠道里,整个下半身都湿透了,冷风一吹冻得发抖,也顾不上管,继续站在渠边打冰。

有一次,丁寿华场长带着七八名职工巡查、维护8公里老渠道。这种巡查维护一般都是在3月破冰之后,人们一路巡查,发现有冬天被大风刮进渠道的树枝、杂草等,就用耙子搂出来,以防堵塞渠道,影响输水。3月份的天,气温还是很低,水还是冰得刺骨。走到一个窝风处,渠道里堵满了树枝杂草,丁场长连一双八成新的黑皮鞋都没来得及脱,直接跳进冰水里。职工看到了,震撼又感动,纷纷跳下渠道,清除杂物。

打冰一般都是从上午12点开始,一直打到晚上12点,职工们随身带着干馍馍,从衣服里摸出来,已经冻成了冰疙瘩,饿了啃一口,渴了抓一把雪,每天重复这样的艰苦工作,直到3月中旬温度升高。

压龙口

讲述者：熊继武，男，汉族，87岁，第十二师西山农牧场退休干部

采录者：党荣理

采录时间：2020年4月17日

采录地点：第十二师西山农牧场

流传地区：第十二师西山农牧场

    西山农牧场灌溉用水有两个渠道，一部分是乌鲁木齐河河水进入大西沟、青年渠，输送到头坪口分水闸，再配进太平渠。另一部分水到老渠龙口（现潜坝位置）。每年用水高峰期，也是河水流量较大的时候。在老渠龙口还没有分水闸，为了能拦住这些水，西山农牧场选派年轻人组成筑坝分水组。

    大家提前在家做好木三角，来后先把木三角插入河底泥土里，再把树枝、麦草放在之间，后用大石头压上，堵上做成拦河坝。有一次，熊继武和同组职工来青年渠筑坝分水。他们在青年渠上横挡一棵大白杨树干，他自己腰里捆根粗麻绳，站在上面插板、取板、测水、配水。由于水流湍急，浪花又大，插板时不小心，脚下一滑，差点掉下去，是伙伴们用绳子赶紧把他拉上来的。"想起来真后怕。"熊继武说。

就这样，每次也只有小部分水能被拦进渠道，大部分水都从坝上跑掉了。七八月份，大洪水下来，把整个简易坝都冲走了，农场再组织人，赶上马车、带上木三角、砍些树梢，重新压坝拦水。每年少则两三次，多则四五次。

当时，大家把做简易坝分水的工作叫压龙口，后来修筑了潜坝，再不用人工压龙口了。

鞋　袜

讲述者：潘菊熙，男，汉族，79岁，第十二师西山农牧场退休干部
采录者：党荣理
采录时间：2020年4月17日
采录地点：第十二师西山农牧场
流传地区：第十二师西山农牧场

20世纪五六十年代，人们常常在袜子底部缝上耐磨厚实的底子，脚趾和脚后跟也都用布包裹起来缝好。一是因为耐穿，可以用的时间长一些，二是为了保暖，特别是冬天就更实用了。即使是这种鞋袜，也是穿在鞋子里面的，很少有人把袜子当鞋穿。在第十二师西山农场就有人把鞋袜当鞋穿。

1961年冬休时的一天下午，潘菊熙和马鹏飞去西山煤矿拉煤炉专用煤。当时机耕队在七连老庄子，距拉煤点有15公里左右，道路都是土道，路窄且坑坑洼洼，还要经过一个4公里长的大风槽子，一路荒无人烟。装好车准备返回时，车怎么也发动不着了。当时的车是手拉皮带发动的，两个人手臂都拉肿了，也没发动起来。经检查是磁电机出了故障，变压器线圈被击穿。整个拉煤点再无其他人员与车辆，必须回机耕队领取新的磁电机。商议后，马鹏飞留下看守车与煤，潘菊熙回去取新的磁电机。这时天已黑了，饿着肚子的潘菊熙，踏着星光，深一脚浅一脚地向回走。当走到六队中槽子时，刮起

大风,他只得低下头,缩着身子前行。屋漏偏缝连阴雨,毡筒把脚磨破了。为了快点赶路,他心一横,脱掉毡筒,把袜子当鞋穿。就这样,脚不知被石子硌了多少次,被野刺扎了多少下,最后脚麻木了,夜行两个半小时才到达队里。领上新设备后,换上棉鞋,随便吃了点东西,又急匆匆地向拉煤点赶。等换好电机,回到机耕队时,已是第二天上班的时间了。

等回到家,看到那双许多破洞的袜子底时,潘菊熙无限感慨,要不是有这双鞋袜,这双脚就要废了。从此,袜子当鞋穿的故事,也在农场流传开来,那种带着厚底的袜子就越发流行了。

垒雪墙　淘大粪

讲述者：马月忠，男，回族，72岁，第十二师西山农牧场退休干部
采录者：王卢俊茹
采录时间：2020年4月26日
采录地点：第十二师西山农牧场
流传地区：第十二师西山农牧场

1964—1965年，西山农牧场和全国一样，开展农业学大寨运动，种了20亩实验田，也叫丰产田。冬天，这里东风刮起来十分狂野，造成的危害也大。为了保护冬麦苗、保增产，六队职工想各种各样的办法。大家用水渠上的雪，挖成半人高的雪块子，堆到冬麦地东面，垒成雪墙。别说，还真起作用，站在堆有雪墙的地里头，风小多了，小麦苗安静了，悄悄生长呢。

为了改良土壤，领导带领十几个青年突击队队员，去畜牧队、西山煤矿工人村子的所有厕所淘大粪。刚开始大家都有畏难情绪，没有人下去。后来，几个年轻的共青团员先带头跳了下去，其他人也争先恐后往下跳了。大家负责淘，安宏寿负责运送，他开着一个二五的拖拉机，把大家淘出来的粪全都拉到六连。

冬天大粪都结冰了，大家就挖那个冻疙瘩。用十字镐、铁锨挖，还开展

起挖粪比赛了,就好像我们挖的不是大粪,而是金银财宝一般。有的人开玩笑说:"今天不要吃饭了,大粪都吃饱了。"引起哄堂大笑。

春天,再把那些冻大粪全都打碎,上到地里,抛撒均匀。

雪墙作为人造防风带,对冬麦幼苗起到了很好的围挡保护作用;大粪增加了土壤肥力,结果那一年的麦子长势非常好,亩产达到了300多公斤,六队也被评为先进生产队,大家感觉非常光荣。

舍身救人

讲述者：王卢俊茹，女，汉族，38岁，第十二师西山农牧场文体广电服务中心工作人员

采录者：党荣理

采录时间：2020年4月19

采录地点：第十二师西山农牧场

流传地区：第十二师西山农牧场

1971年春天，农场的人们忙于为春耕春播做准备，从地里捡石头向外运，从地外往地里运粪肥。4月27日，身为西山农牧场试验站、五队、六队联合党支部书记、试验站领导小组组长的薛兴昌和两名女职工同乘一辆马车，从地里向外运石头，马车不慎撞倒了路边的一根电线杆，倒落下来的电线杆不偏不倚正砸在马背上，马受了惊吓，顿时狂奔起来。

坐在马车上的薛兴昌，时年只有35岁，正是年轻机敏的时候，本可以选择自己跳车保全性命。而他，为了两名职工姐妹的生命安全，他临危不惧，毫不慌乱，使出全身力气拉紧马缰绳，拼命想使马停下来。但是，受惊的马出于疯狂状态，跑得太快，正在用尽全身力气拉马的薛兴昌，身体失去了平衡，不幸从马车上摔下去，跌落在马车前，沉重的马车辘轳从他的身上轧了过去。薛兴昌脑部和胸部受伤严重，经抢救无效，英勇牺牲，献出了自己年

轻而宝贵的生命。

在薛兴昌的极力挽救下,坐在马车上的两名女职工安然无恙,而支援边疆建设的薛兴昌却将生命献给了新疆,将自己的生命永远地定格在了35岁。他用自己的行动诠释了共产党员的价值,用自己的生命在人们心中树立起了共产党人的光辉形象,值得我们永远铭记和怀念!

守坝夫妻

讲述者：王卢俊茹，女，汉族，38岁，第十二师西山农牧场文体广电服务中心工作人员

采录者：党荣理

采录时间：2020年4月19日

采录地点：第十二师西山农牧场

流传地区：第十二师西山农牧场

潜坝是乌鲁木齐河上的一座坝，距西山农牧场场部大约25公里，西山农牧场所有的农业、林业用水都要经过潜坝输送。所以坝的安全，水的安全十分重要。

2000年，成建国和俞秀芳来到西山农牧场潜坝担任守闸口的任务。从第一次来到潜坝守坝至今，已经过去18年了。每年4月，成建国和俞秀芳就要上山守坝，一守就是8个月，没请过一次假，被农牧场全体职工称为"守坝夫妻"。

守坝的时候，夫妻俩每天的工作就是观察水量、排沙、泄洪。每年6—8月是汛期，水流量大，泥沙含量也高，坝上每40分钟就要排一次沙，24小时不能间断。每到这个时候，成建国夫妻俩就不能回家，在大坝上铺个褥子睡觉，方便随时起来守闸。

以前那个闸门都是人力拧的,特别费劲。后来换成了电控开关,方便了操作,但人还是不能离开半步。潜坝离南山近,天也冷得早,开春晚。每年烧火生炉子都要烧到端午节前后才停。长期生活在寒冷、潮湿的环境中,成建国和俞秀芳都患上了关节炎、风湿病,一到10月份就要戴上护腰了。

有一年汛期下大雨时泄洪,成建国的手不小心被水闸压伤,当时血流了很多,仅在医院包扎了一下,第二天又投入工作。现在,他的左手小拇指已经看不出指纹了。

在离大坝不到200米的地方,两条小路通往两间不大的砖房,这就是成建国和俞秀芳在大坝上的家。山上的路不好走,成建国和俞秀芳锄草、铺砖,自己开辟出了两条小路。其中一条路有一段台阶,因为每天要上下无数次,台阶上的砖块已经残破不堪,让这段上山的路更不好走了。成建国说,他每天都在这条路上巡检,一年磨破一双球鞋是常事。在汛期时,每天一听到"来水了"就要立刻冲到坝上开闸,夜晚拿上手电急着上山,路又难走,夫妻俩在这条路上没少摔跤。

　　让成建国记忆最深的是儿子2岁那年的汛期,夫妻二人在坝上坚守了3个月没去看过儿子。那时候条件艰苦,路途远,也没车,他们长期在坝上回不了家,见不到父母和孩子。

　　这日日夜夜的平凡坚守,是生活更是责任。18年来,他们夫妻俩守在坝上,没有请过一天假,没发生过一例安全事故,年年确保潜坝和泄洪闸的正常输水、安全排沙以及农场的安全度汛。

军垦故事

土豆比着石头长

讲述者：石进才，男，汉族，35岁，第十二师西山农牧场唯一种地的80后职工

采录者：党荣囤

采录时间：2020年4月19日

采录地点：第十二师西山农牧场

流传地区：第十二师西山农牧场

20世纪八九十年代到21世纪初，在乌鲁木齐蔬菜市场，人们最喜欢购买的是西山农牧场的土豆，又大又圆皮又光，清炒脆，炖上煮绵。

在戈壁滩上开垦的土地，土层薄，地里石头多。虽然经过20多年的不断改良、捡挖石头，可地里的石头好像是长出来的一样，永远也捡不完。可就是这样的土地，种出的土豆又大又好，职工们常说："这里的土豆比着石头长。"

五连有个叫石进才的职工，18岁开始种植土豆，种了20多年，是农牧

场土豆种植专业户,种植土豆让他发了家,致了富,也是因为种植土豆娶上了媳妇。他能吃苦,又积极学新技术,受到乡亲们的好评。

有一年,石进才和另一种植户打了赌:比谁家拣出来的石头多,谁家土豆产量就高。谁赢了,谁请吃大餐。两家人都很用心地捡石头,松土层,一个比一个精细。这年春耕,比过去哪年捡的石头都多,都大。秋收时,土豆长得也特别大,产量特别高,两家没比出高低来。就在这一年,他们的土豆卖得特别火,许多到地头拉土豆的人,来晚了都拉不上了。石进才只有抱歉地给客商介绍其他人的土豆。就这样,"土豆比着石头长"就成了西山农牧场土豆的广告语。

石进才经过多年实践,在栽培技术上总结出许多好的经验。比如:种土豆要选地,要轮作;土壤疏松通气良好有利于块茎膨大,防止块茎腐烂;土豆地要与小麦轮作,等等。所以,他种土豆选择土层较深、石头较少、肥力中等以上的沙质土壤,还增施有机肥不断培肥。

农牧场种植土豆,从人工种植,到机械种植。经过几十年育种,现在的脱毒马铃薯呈椭圆形,表皮光滑,白皮白肉,芽眼浅,块形整齐、均匀,大中薯率高,产量高,品质好。这里的马铃薯淀粉含量为12%~14%。马铃薯蛋白质营养价值高。马铃薯块茎含有2%左右的蛋白质,薯干中蛋白质含量为8%~9%。

诺　言

讲述者：刘菁波，男，汉族，24岁，第十二师西山农牧场文体广电服务
　　　　中心工作人员
采录者：党荣理
采录时间：2020年4月19日
采录地点：第十二师西山农牧场
流传地区：第十二师西山农牧场

1959年，一个朝气蓬勃、风华正茂的热血青年来到了当时还是一片不毛之地的西山农牧场。当年，西山农牧场自然条件比较差，风沙大，土层薄，石头多，当地职工种田没经验，导致农业单产一直上不去。于是，满腔热血的他立志用科学技术去帮助职工致富。在这块自然条件恶劣，且从未被开垦过的处女地上，他在心中立下诺言，要创造出一个奇迹——科技兴农。

1937年，杨凤先出生在河北省廊坊市，1956年

丝路明珠 红色记忆
——新疆兵团第十二师民间故事荟萃

考入新疆农校,毕业后分配在乌鲁木齐市农垦局西山农牧场。科技兴农,是牧场的一项宏伟工程。身为一名科技工作者,高级农艺师杨凤先身感担子的重量。喊破嗓子,不如干出样子。他走到哪里,就把科普知识宣传到哪里,从这个队到那个队,从这块地到那块田,长途跋涉,苦口婆心,他的足迹踏遍了牧场的沟沟坎坎,不少职工家庭留下了他语重心长的话语。他常对年轻的技术员和他的学生们讲:搞科普工作,要做到"二勤""三不怕","二勤",即一要腿勤,经常下去,调查研究;二要嘴勤,凡是需要推广的新技术、新品种,要经常向群众宣传;"三不怕",即一不怕苦、二不怕脏、三不怕险。可说起来容易,做起来难。

20世纪60年代初,他在戈壁滩走饿了,就经常跑到地里吃上一把生蚕豆,结果患上了十二指肠溃疡。每逢春秋的中午、下午、凌晨,胃一空就会发作,每次疼得他坐卧不宁,所以每天口袋里都少不了干馒头。

俗话说"自古忠孝难两全"。70年代,他远在河北的父母相继病重,当时,正值春播夏管大忙季节,在事业与亲情的天平上,他毅然把砝码放在了事业的一边。过后,他赶回老家,遗憾地抱着双亲的骨灰盒大哭了几场。

1992年冬季和1993年春,他进行温室种植推广,常去问题比较多、技术力量薄弱的温室蹲点。风里来、雨里去,同职工交流经验、指导科学种植。职工罗占军、孙济东由于没按技术要求去做,导致黄瓜出现了"花打顶"。杨凤先得知消息后,第一时间采取措施进行挽救,终于又获得了好收成,得到了职工们的一致认可与好评。

时光荏苒,60年弹指一挥间,曾经荒凉的戈壁已发展成一个现代化小城镇,却不见当年许下诺言之人,杨凤先把宝贵的青春年华无私地献给了自己热爱的这片土地。

军垦故事

滚石头

讲述者:王明义,男,汉族,87岁,第十二师西山农牧场退休职工
采录者:王卢俊茹
采录时间:2020年4月19日
采录地点:第十二师西山农牧场
流传地区:第十二师西山农牧场

新中国成立后,妇女翻身得解放,在各行业大显身手。"妇女能顶半边天"早就成为共识。那时候西山农牧场的妇女干起活来丝毫不比男子逊色,真可谓是巾帼不让须眉。大家拧成一股绳,心往一处想,劲往一处使,干出了让领导称赞的好成绩。

1960—1961年,场部搬迁,要盖两栋办公用的房子,需要许多石头。畜牧队的妇女承担了上山打石头、往回运石头的任务。打下来的都是那大块的石头,运输车只能倒到山跟前,徐爱莲和姐妹们几个人根本就搬不动那些石头,大家商量后,决定用滚的办法搬运。左右各一人护着,后面大家一起滚。丁场长说:"畜牧队的妇女真行呀！这么大的石头咋弄到车上呀?"妇女们说:"用手往前滚,慢慢滚,慢慢滚到车上。"房子修好后,大家都说:"那两栋房子都是畜牧队的妇女滚石头修成的。"

三年种活的防风林

讲述者：康志荣，男，回族，74岁，第十二师西山农牧场休退干部
采录者：党荣理
采录时间：2020年4月19日
采录地点：第十二师西山农牧场
流传地区：第十二师西山农牧场

处在一片戈壁荒滩上的西山农牧场，刚建时只有三坪生产队的村庄和土渠两旁有少许树木。树少，风沙大，造成农场的水土流失十分严重，因此，植树造林对于抵御大东风的侵袭、防止水土流失以及改造戈壁荒滩的面貌有着极其重要的作用。

1961年4月，场党委决定利用春天的大好时节，带领大家在一队（现农四连）首先进行植树造林。场长魏杰和副场长丁寿华亲自上阵，带领400名干部职工，来到乌库公路的两边，划定上下5公里的范围，植树运动开始了。

按照规定：畦田有规格，横竖一条线。大家在追求进度的同时，各队搞起质量竞赛，保时间保质量，返工的很少。经检查合格后验收，植树面积165亩，栽树30000株，5天全完成。这年夏天天旱缺水，最终大多数都没成活。大家没有泄气，来年再种。

1962年春，场党委决定在新修的主干道两旁栽防风林，改善气候，把东

丝路明珠 红色记忆
——新疆兵团第十二师民间故事荟萃

风挡住。决定先在道路东边栽十行小白杨和一行沙枣树。在大家的共同努力下,用工3500个工时,当年共完成植树40000株。1963年,又栽种了道路西边的防风林。可这些树也大多没成活,人们开始有了不同的看法。

三年植树,领导决心大,群众热情高,种了许多树,成活却不多。目睹这种情况,大家编了顺口溜:"春天植树热情高,夏天无水把树浇,秋天树皮被啃掉,冬天拔来当柴烧。"大家思想有了动摇,有人说:"这样的自然条件,还种什么树,这不是瞎耽误功夫吗?"也有人说:"得先想办法把水引来才行。"

就这样,1962—1963年大修防渗渠。1964年修好后,增加水量500万立方米。这年栽的树才得以专人管护、专水供浇,到了秋天林带才像个样,农场的面貌有了初步改变。

现在的西山农牧场林木遍地,绿色满目,防风林也成了这里值得炫耀的一宝。

以"旬"为单位的工作制

讲述者：王明义，男，汉族，87岁，第十二师西山农牧场退休职工
采录者：王卢俊茹
采录时间：2020年4月19日
采录地点：第十二师西山农牧场
流传地区：第十二师西山农牧场

1959年3月，潘菊熙积极响应国家号召，主动报名到新疆支援边疆建设。来后的第一项任务是参加水库（呼图壁大海子水库）坝底防渗漏工程，深挖基槽。因为当时水泥很少，大家就采用黄黏土回填基槽的方法，填一层压实一层，再填再压实，逐层如此。他们用红柳编成抬把子，砍来铃铛刺，把刺去了编成箩筐，用铁锹、十字镐挖土方；有的用抬把子抬土；有的用扁担、箩筐挑土，从800米开外的地方挑来黄土，把2米宽、1000多米长的基槽垫起来。

6月，又给后面来的支边青年建宿舍——挖地窝子。先在地上挖一个2米多深的，20~30平方米的坑，再在上面篷上木棒，铺上野草，留个窗户，用土封个顶。然后在坑的东南方向挖一个斜坡出地面当门。白天，潘菊熙的工作内容就是挑土筑坝，从100米以外的地方挑土，虽说那时候他仅有16岁，但他跟其他人一样干，卖力地干，拼命地干。

那个时候没有"一个星期"这个概念，以"旬"为单位，干十天才能休息一

丝路明珠 红色记忆
——新疆兵团第十二师民间故事荟萃

天,但要是在休息的那天刚好轮到值班,就要去打柴火,不能休息。就是在这样的高强度劳动下,没有人叫苦喊累,没有人偷奸耍滑,每个人都你追我赶,唯恐落后。让潘菊熙至今难忘的是洪泽保和孙景义这两位支边青年,他俩每人挑4个箩筐,飞奔于土堆和大坝之间,因超额完成工作任务,劳动表现突出,被评为农垦厅劳动模范。

官兵一致

讲述者：潘菊熙，男，汉族，79岁，第十二师西山农牧场退休干部
采录者：王卢俊茹
采录时间：2020年4月19日
采录地点：第十二师西山农牧场
流传地区：第十二师西山农牧场

在潘菊熙的印象里，领导什么时候都和群众一样，同吃同住同劳动，一样排队打饭，一起喝蒸锅水，自己洗碗。睡觉、办公均在帐篷里。基建工程处副书记陈彦鹏，基建工程处二中队书记姜祖武，还有工程师张永政这些人跟大家一起劳动、一起聊天，他们一点架子也没有，跟大家相处得就像家人一样……当时，大家都是一样的，没有什么领导和其他人的区别。

"当时每个人一个月39块1毛钱的工资。为了加快工效，大家白天修大坝，晚上政治学习。每个人都干劲十足，劳动的场面真是如火如荼。当时受到的教育是学习不讲条件，工作只有保证质量，按时完成任务，不讲价钱，本着革命加拼命，拼命干革命的精神努力完成党交给的各项工作任务。"老职工都这样说。

1960年修呼图壁大海子水库大坝时，从5月一直干到11月中旬，老天不等人，眼看着天一天比一天冷，上级命令大坝一定要赶在上冻之前合龙。在

丝路明珠 红色记忆
——新疆兵团第十二师民间故事荟萃

合龙前,要把河沟里的水排干,没有别的办法,就只有靠人工把水舀出来。两个人用绳子把水桶绑上,站在2米多高的堤坝上,把桶放下去,打上水,再一桶一桶地舀出来,白天晚上连着舀,不停地舀,直到水剩得不多的时候,再赶紧往里面垫土,大家没白天没黑夜地在坝上舀水、垫土,终于赶在半个月的时间里让大坝成功合龙了。

穿越封锁线

讲述者：杜传英，女，苗族，62岁，第七师退休干部
采录者：吴永煌
采录时间：2020年5月
采录地点：乌鲁木齐市
流传地区：第十二师二二二团、乌鲁木齐垦区

1944年2月，杨喜顺在河北省沙县参军。

4月，他们部队从山西省榆次向西进发，准备过敌人的封锁线。

当时他只有19岁，人又瘦又小，排长叫他小鬼。排长是广东人，叫张洪武。连长姓马，山东人。一排排长也是山东人，大个头。团长是江西人。

他们说话，杨喜顺听不太懂。

在过封锁线前，团长把要走的路线和可能遇到的问题都告诉他和战友们，说如果在榆次地区被敌人冲散，就往东走，在卢家庄集结；如果在太原地区被冲散，就在西山白家庄集结。同时，在汾河渡口附近的山上有支游击队接应他们。

从榆次到太原的西山有100多里路，要过敌人的三道封锁线，中间还有一条汾河。一天傍晚，团长讲完话后，连长就带他们出发了。

出了山口，除了找向导停了一会儿外，其余时间都是一路小跑，一直跑

丝路明珠 红色记忆
——新疆兵团第十二师民间故事荟萃

到汾河边。

透过微弱的月光,他们隐约可以看到汾河岸边的敌人碉堡。

当时,八路军已经开始局部反攻,敌人也不敢轻举妄动。过汾河时,河床的淤泥很深,开始过时他和战友们手拉手地从水比较深的地方过,结果人一下水就往下陷,一个人陷进去,其他人还不能去拉,如果去拉,两个人都出不来。有人拿出长绳子,大家都拉着绳子过,如果人往下陷,就赶快往水面上爬,利用水的浮力再加上拽着绳子,人就可以出来。就这样,走到河中间还是有几个战士和两匹马陷下去了,一时人喊马叫,让人感到害怕。

这时,只见连长从下游的河边跑来,对大家说,到下游去过河,那里河宽水浅,水深平均50多厘米,最浅的地方水刚淹没脚面。连长把人召集好后又说:"浅水处过河,中间千万不要停,步子越小越快越好,一个人单独过,谁也不要管谁。"

杨喜顺站在岸边看到别人都顺利地过了河,也急促地小步跑到了汾河对岸。

大家上岸后就进入了敌人设防的战壕,战壕有两米多高,不好上去,有的战士用枪托顶住战壕上的土,踏着枪托爬上去,上去的人再用绳子拽其他的战士。他被战友用绳子拽上去后,排长叫他赶快往西走。这时从后面突然传来两声枪响,吓得他急忙加快步伐,跑着跑着看到前面有人也在赶路,他就跟在他们后面走。

天黎明时一看,正是他们的连长和两个排长,大家高兴极了。他们通过了汽车路,再往回看时,近百米宽的山川里面,到处是三五成群的战士匆匆西行。

当走到没有庄稼地的路尽头,他跟随连长和两个排长顺着进了山。

"我的娘呀,这往哪走啊?!"连长抬头一看,前面是悬崖陡壁,无路可行。

当时大家在思想上有斗争,经商议,认为往东返回肯定行不通,他们只能按照命令翻山向西走。观察了一阵后,他们发现后嶂上有一个很陡的斜坡,走到跟前看,发现还有不太明显的台阶,但要爬二三十米的斜坡是很危险的,一不小心就可能掉下来。他人比较瘦,就先上去试了几步,对同志们说,穿鞋子有些滑,把鞋子脱掉再上问题不大。他就慢慢地往上爬去,同志们看他一步步地往上爬,就喊他慢一点,他们也开始往上爬。上到中间,有一个台阶跨度大,他踏不上去,吓得出了一身汗,心跳得也很厉害,人上不去,又下不来,老觉着身体往后仰。这时,他一紧张,两只手抓紧山体,腿使劲往上一抬,一只脚够到了台阶,一用劲,另一只脚也上去站稳了。就这样一大步、一大步地爬上了山顶。上去后,他的眼泪都掉下来了。他们4人陆续上来后,已经是下午了,由于一天一夜没有吃喝,身体十分疲倦,好像散了架似的,躺在地上不想动。到了半下午,他们慢慢地往山下走,两条腿软得光想往下跪。到了山脚下,在老乡家吃了些东西,就开始等后面的人。

5天后,他们连的人到齐了,又继续行军。走到山西西部的临县,过了五一劳动节,后又过黄河到了延安。

丝路明珠 红色记忆
——新疆兵团第十二师民间故事荟萃

写给王震部长的信

讲述者：杜传英，女，苗族，62岁，第七师退休干部
采录者：吴永煌
采录时间：2020年5月
采录地点：乌鲁木齐市
流传地区：第十二师二二二团、乌鲁木齐垦区

1960年春播后的庄稼，长得很喜人。这是二二二团开荒造田第一年种出的庄稼。茫茫戈壁荒滩的世界里，有了一大片郁郁苍苍的农田。第一代开发者眼里充满了希望。

看到满目春绿，场长焦光启兴奋地说，部长嘱托我们的任务，终于完成了。

"应该给部长报告这个好消息。"有人提议说。

"这是个好主意，也应该向部长报告报告。"

部长就是时任农垦部部长的王震将军。

"你们赶紧起草一封信，是写给王震部长的，报告我们这里种出了庄稼，长势喜人。报告部长，他的愿望实现了，我们没有辜负他的希望。"场长把宣教股的同志叫到办公室，交代了任务。

开荒造田是件大事，春播庄稼是件大事，给王部长报告好消息，更是一件大事，必须认真仔细用心。宣教股的同志起草好信稿后，场领导又专门开了一个审读会，对信的内容进行反复认真的推敲。

几经修改,给王部长的信终于定稿了。信的内容是这样的:

敬爱的王部长:

在大跃进的1960年,党中央提出了"以粮为纲、全面跃进"的方针以后,根据自治区二届党代会的精神和兵团党委的决议,我们工一师在师党委的正确领导下,遵循着您的指示,自力更生,大搞农业,保证工业,以达到今年8月份以后全师粮食自给的目的。全师立即掀起了一个以粮为纲、建设农场的高潮。几天内师驻乌鲁木齐地区各团(场)就写出决心书、申请书、大字报4万余张,职工报名人数达3万多名。李凤鸣副师长亲自率领第一批建设农场的先锋队,于3月25日分乘30辆汽车向荒滩草原进军。没有道路我们自己开辟,没有房屋就在零下二十几度的露天宿营。汽车陷进了泥中,物资运不进来,我们就用人力日夜抢背。鞋袜陷入泥泞里去了,战士们干脆打赤脚。有的同志在无际的草原上迷失了方向,转了一两昼夜,受尽饥寒仍不动摇。总之我们对建设农场的决心和信心是坚定不移的。当我们感到有您的亲切支持和无限关怀时，有天大的困难也顿觉勇气百倍，干劲倍增。同志们一看到这片肥沃无际的草原就深深地爱上了它，愿意在这里扎根落户，辛勤建设。4月1日起我们就投入了紧张的春耕战斗，不懂农业就边干边学，机力不足就人力上阵，水不够用就千方百计大搞地下水。师党委给我们派来了地质队，发放10台钻探机，现在已经取得了初步成绩。经过近两个月的激战奋战，我们除了完成兴修公路16公里，大小干、支、斗渠168150立方和加固水库工程外，并取得了春耕、春播的基本胜利，为下半年的开荒播种奠定了有利的基础。

在此春耕总结颁奖大会之际，我们参加大会的24个优胜集体和308名标兵突击手，代表着全场2800多名同志的心意，谨向党中央、王部长报喜并表示决心。

下半年生产指标：1.开荒130000亩；2.播种15000亩；3.农田水利建设100万土石立方；4.房屋建筑26000平方米。

我们的口号是：向地下取水，向草原要粮，苦战二年，建好农场，实现机械化，力争电气化，为开荒100万亩而奋斗！

我们的措施是：高举总路线红旗，坚持政治挂帅，持续大跃进，坚持贯彻以粮为纲、农牧副并举、多种经营、全面跃进的方针，千方百计突破三关（机力、人力、水利）。

最后，祝首长身体健康！

工一师农场1960年春耕总结颁奖大会全体代表
1960年6月11日

收到信的王震部长，感到十分欣慰。二二二团（前身为工一师农场）的干部职工也感到安慰。当时正值我们国家粮食紧缺时期。农场干部职工终于以"敢教日月换新天"的气概，在万古戈壁荒原种出了第一茬庄稼，打响了大漠戈壁建设幸福家园的第一仗。

"肖三让"的故事

讲述者：林向东，男，汉族，71岁，第十二师退休干部

采录者：吴永煌

采录时间：2020年5月

采录地点：乌鲁木齐市

流传地区：第十二师二二二团、乌鲁木齐垦区

肖文德是位老八路。1959年，和第一批开垦北亭的老军垦来到二二二团（当时的天山十场），担任园林队政治指导员、党支部书记。至今，在二二二团还传颂着他"三让"的故事。

1964年，园林队建了办公室、医务室、招待室、文娱会议室、托儿所、食堂等公共设施，还建了职工集体宿舍、职工住宅等。那时候，干部职工都住着土块窑洞。土块窑洞的面积很小，一般都是半间，人口多的才能住上一间窑洞。在那时，谁要能住上红砖窑洞，是十分荣幸和自豪的事情。

肖文德的家三代同堂，上有岳父、岳母，下有两个儿子，全家6口人。连队盖了新窑洞以后，分房领导小组给肖文德分配了一套新窑洞，叫他却说什么也不要，主动把新窑洞让给新调到园林队工作的王开元。王开元是一个普通农工，他妻子是一名家属。见肖指导员让房子，感动得热泪盈眶。

肖文德为了解决自己家的住房问题，将队上废弃的一个旧毛驴圈打扫

丝路明珠 红色记忆
——新疆兵团第十二师民间故事荟萃

干净,略加整修,全家人搬进去,住了很多年。直到他1975年调到加工车间当主任时才搬出来。

20世纪60年代和70年代前期,农场职工的工资很低,上山下乡知识青年每月25.07元,家属工29.9元,农工一级32.2元,农工二级36.8元,国行26级也才41.07元,国行25级也才47.18元。

肖文德是老八路军,对国家的贡献大,因此工资也高,每个月98元。他总觉得自己一生一世都要加倍努力工作,报答党和人民的关怀。后来上级为了照顾职工的生活,多次出台文件,提高职工的工资。但遇到调工资,也是名额有限,不是每个职工都能调上的,弄得职工往往互相争夺,常为此伤和气、影响团结,按照上级规定的政策,肖文德属于调工资的范围,但他又一次主动把调工资的名额让给其他职工。

20世纪60年代,国家经济困难,农场职工的生活非常艰苦。除了粮食定量以外,各种物资都要凭票供应。逢年过节,连队杀一头猪,或几只羊,改善职工生活。但杀猪难,分肉更难,因为缺少油水,人们都希望能分到肥一些的肉,骨头少一点。每次杀猪分肉时,管理员和杀猪的工人将肉一份份分好,等到各家各户都拿完了,肖文德才拿最后一份。有时分猪杂碎,不论大小,价钱都一样,后面去拿猪杂碎的人拿上小的,也只好自认倒霉,没有办法发牢骚,因为最后一份最小的猪杂碎是肖文德的,他还没有来拿呢!有人曾经问管理员:"肖指导员忙,没有时间来拿,他家里人为什么不早点来拿呢?"管理员笑而不答,因为那是肖文德自己定的规矩。

后来,一些和他特别熟悉的老同志,私下里都叫他"肖三让"。

空军变"海军"

讲述者：林向东，男，汉族，71岁，第十二师退休干部
采录者：吴永煌
采录时间：2020年4月
采录地点：乌鲁木齐
流传地区：第十二师二二二团、乌鲁木齐垦区

在兵团第十二师二二二团北亭文史馆的军事展厅中，陈列着该团共产党员、离休干部任浩然无偿捐赠的抗美援朝纪念章，慰问志愿军的手帕、缸子，志愿军用的10元钱币，朝鲜政府颁发的银质奖章、朝鲜文字的荣誉证书，中国人民解放军航空学校毕业证书，中国人民解放军空军司令部奖状等珍贵的历史文物。那些文物，充分见证了任浩然在参加抗美援朝战争时，对党和人民做出的重大贡献，也从一个侧面见证了他始终忠于党和人民、矢志不渝的英雄本色。

任浩然在1948年9月参军。当兵不久，被组织上选送到中国人民解放军航空学校学习。抗美援朝战争开始以后，他参加了志愿军，在志愿军某飞机场当机械师，专门负责检修战斗机。

由于特殊原因，任浩然被部队辞退回到江苏老家，大起大落之际，他没有消沉，经在新疆当兵亲人的介绍，立即到了新疆，成为工一师阜北农场的

一名工人。

他一到农场,就参加修冰湖水库。那年,他32岁,年富力强,他一个人拉一辆人力车,并不觉得修水库有多苦,有多累。

水库修完了,他被分配到了浇水班。

开春浇水时,气温很低,到了晚上,就会结冰。当时,条件也很差,他没有胶鞋,光着脚站到水里去堵口子。他每天要干12个小时活,加上路上走的时间,需要十三四个小时。下雨时人不能离开地,又没有雨衣穿,全身上下都被雨水湿透了。

春灌工作告一段落以后,领导安排任浩然去打土块,每人每天的定额是400块。打土块是一件苦差事,他开始打土块时,每天只能打200多块,还得起早贪黑地干。有一天,他下定决心,一定要完成400块的任务。晚上开完会后,他扛着铁锹就去打土块,连续干了20个小时,终于打了400多块土块,大家对他刮目相看。由于他热爱劳动,体质好,每天打土块的数量也越来越多,最后,每天能打500块土块。

夏灌工作又开始了,他又被抽去浇水班。这一干,每年的浇水工作,都有他。

党的十一届三中全会召开以后,党中央拨乱反正,部队派人重新调查任浩然的事件。部队的调查人员找到当时制造冤假错案的人,为他平了反。

任浩然坦然地说:"不就是空军变成了海军,加上种地,我是海陆空齐了。"

烈火英雄

讲述者：杜传英，女，苗族，62岁，第七师退休干部

采录者：吴永煌

采录时间：2020年4月

采录地点：乌鲁木齐

流传地区：第十二师二二二团、乌鲁木齐垦区

何家生是重庆市涪陵区人，1972年12月，18岁的他应征入伍，在中国人民解放军某部当兵。后转业来到新疆生产建设兵团第十二师二二二团煤矿，历任工人、班长、井长，长期在井下从事危险、艰苦的采煤工作。

1988年冬天的一天，煤矿机电因为疲劳过度，引起火灾。

"赶紧关闸！"正在工地的何家生看见火情，赶紧朝机电旁边的电工间喊道。他在部队学过一点电工知识，机电发生火情，不能触摸机电，只能关掉整个线路开关。

开关是关掉了，但引起的火灾导致旁边的一堆干柴点燃，如果不及时扑火，可能蔓延到电工间，后果不堪设想。

何家生没有犹豫，一边朝火点跑去，一边继续喊着："把房子后面的干柴弄开，断掉火源。"

电工间的同志也跑出来，何家生已经操起一根木棍，在奋力地把点燃的

丝路明珠 红色记忆
——新疆兵团第十二师民间故事荟萃

干柴挑离电工间。

等火灭了,他的棉衣也被烧了好几个黑窟窿。他抹了一把沾满烟灰的脸,笑了,露出洁白的牙齿。

1989的3月17日,煤矿一号井井下采空区突然起火。

随着一声号令,矿上的同志都纷纷向起火地点奔去。

"现在危险,能上的上,不能上的当下手。"矿上领导看着奔涌而来的矿工,交代说。

"我上,我当过兵。"何家生冲到前面,自告奋勇。

"好,你上!还有……"领导看看,又喊了一声:"好,能上的都跟我上!"

何家生与抢险队的同志们奋力抢险。熊熊烈火,浓烟弥漫。你看不清我,我看不清你,大家拼命地扑救。

当火被扑灭后,人们在现场发现了何家生,他已经受伤,大家赶紧把他送往医院抢救。他醒来后的第一句话就问:"井保住没有?"当领导告诉他,矿井安然无恙,抢险队的人员都脱离了危险时,他脸上露出了欣慰的微笑。

1990年6月的一天,井下运输巷道失火,已经是作业面负责人的何家生立即叫大家在原地待命,自己冒着危险,只身一人冲了进去。他很快查清了火源,排除了事故,保证了国家财产和矿友们的生命安全。

连续三次战烈火的何家生,每次都临危不惧,奋勇向前,被矿友们称为"烈火英雄"。1991年1月11日,中共新疆生产建设兵团委员会、新疆生产建设兵团授予何家生"弘扬兵团精神模范个人"荣誉称号。

丝路明珠 红色记忆
——新疆兵团第十二师民间故事荟萃

胡德芬请缨

讲述者：杜传英，女，苗族，62岁，第七师退休干部
采录者：吴永煌
采录时间：2020年4月
采录地点：乌鲁木齐
流传地区：第十二师二二二团、乌鲁木齐垦区

胡德芬于1964年随转业的丈夫到新疆兵团工一师阜北农场参加工作，1975年调团医院当清洁工。在这个平凡的工作岗位上，她兢兢业业、勤勤恳恳地工作，曾连续12次被评为团先进生产者。1984—1986年连续3年被评为兵团三八红旗手，1988年10月14日加入中国共产党。1991年5月，荣获兵团"屯垦戍边"劳动奖章。还被评为兵团优秀共产党员。

胡德芬刚调到医院时，医院人员紧缺。

"院长，我没有文化，其他的也干不了，有什么没有人干的活，你就只管安排。"胡德芬主动向领导说。

"那你能干什么活？"

"脏活、累活、苦活，都行！"胡德芬快人快语。

"那还真有项既脏又累还苦的活，你考虑考虑，能干得了不？"医院院长正愁着呢，院长愁的是，洗衣房两人要调走，正缺人。现在胡德芬主动请缨，

可她要去，就得干原来两人的活。院长还是用征求意见的口气说。胡德芬答应了。

　　洗衣房的工作既单调，又繁琐，工作量大，设备简陋，被单、手术室的手术衣和消毒单，以及衣物中时常带着的脓液、血污、粪便等，又脏又臭，还随时有传染上疾病的危险。在没有洗衣机的情况下，胡德芬用手一件件搓洗，不论是春夏秋冬，不管送来多少件脏衣物，不管是多么的腥臭、肮脏，她都毫不在乎，手上裂了口子，包扎一下又继续干起来。经常加班加点，把各种脏衣物洗干净、晾干，再把破了的床单、被子缝补好，叠好送到各科室去。

　　"院长，还有什么安排？"干了一阵子，胡德芬对自己的工作也熟门熟路了，家里孩子也大了，她总觉得，还有一点空余时间，碰到院长，又主动地问起来。

院长哪里还敢再增加胡德芬的工作,就眼下的工作,院长都觉得过意不去,便支支吾吾地搪塞过去了。

有人说,一个人一旦有了某方面的不足,其他某方面就会特别灵光。胡德芬虽然没有文化,心里却清楚得像明镜,她知道,那是院长难为情。

她也不再去问了,就主动抽空余时间到病房,帮助打扫房间,擦窗户,倒痰盂等。

别人劝她。她说:"闲着也是闲着,活动活动,反而好些。"

胡德芬就这样,坚持十几年如一日,助人为乐,对病人如同亲人一样,经常主动帮助老幼残病人倒便盆、倒痰盂、洗衣服、洗脸、打开水。她还利用业余时间帮助医生、护士做口罩,帮药房清洗瓶子、卸药品。

在每年春节期间,很多人都休息了,胡德芬也是主动请缨,继续上班,为病人烧开水,打扫科室卫生,一个人干了几个人的活,可她毫无怨言,从不计较个人得失。

替姐从军

讲述者：李彬，男，汉族，54岁，中国建设报驻疆记者
采录者：吴永煌
采录时间：2020年5月
采录地点：乌鲁木齐
流传地区：新疆乌苏市、第十二师二二二团、乌鲁木齐垦区

古有花木兰替父从军，今有赵锡琴代姐当兵。这已经成为二二二团广为流传的一段佳话。

1952年，赵锡琴积极响应祖国的号召，参加了中国人民解放军，成为一名光荣的山东女兵。

当年，新疆军区到山东征召女兵，赵锡琴的姐姐刚好够年龄，就报名应征了。当新兵要出发去新疆的时候，赵锡琴的姐姐因身体特别不舒服，家里人很担心：新疆太遥远，万一路上严重了，那时哭天喊地都来不及。

"我替姐姐去。"赵锡琴往父母跟前一站，机灵地说。

父母看看她，觉得也可以，反正都是家里去了一个兵。也就点了点头。

别看赵锡琴只有14岁，但个头和大4岁的姐姐差不多，俩人长得也很像。

一家人怕同村应征的女兵多嘴，就私下里打了招呼让别声张。

丝路明珠 红色记忆
——新疆兵团第十二师民间故事荟萃

纸包不住火。

招兵的领导知道情况后,就问赵锡琴:"愿不愿意当兵?"

不谙世事的她说愿意。

换上了宽大的军装,挽着裤腿,挽着袖子。她就这样稀里糊涂地参军入伍了。

赵锡琴跟女兵们向新疆进发,按编好的班组上车,每个女兵都坐在自己的背包上。到了新疆,大队的军车在颠簸的戈壁滩上行驶,一天到晚尘土飞扬,她们的脸上、身上全是尘土。有一次行军途中,下起了冰雹,蚕豆大的冰雹铺天盖地打下来,砸得人生疼,她们只好把背包顶在头上,以防砸伤。下车宿营,姐妹们相互帮助拍打身上的尘土,相互鼓励着,慢慢地进入梦乡。

历经一两个月的颠簸,她们终于到达了新疆的乌苏。下车后环顾四周,只见到处是戈壁荒滩。晚上睡觉时,能听见野狼的嚎叫,许多女兵吓得哭了。既来之,则安之,经过部队领导循循善诱、春风化雨般的政治思想工作,赵锡琴和女兵们惊恐不安的心情慢慢地平静了,逐渐投入到新的战斗中。

1957年初,赵锡琴与惠东成经过自由恋爱结婚了。惠东成是陕西省富平县人,早年读过初小,1949年1月,参加中国人民解放军。因年龄小,在部队的卫生班从事药剂工作。1949年10月,惠东成随部队进入新疆,那年刚满15周岁。进疆后,惠东成在部队从医,曾荣立三等功一次。

惠东成知道赵锡琴是替姐姐来的,当他们领了结婚证后,惠东成还甜蜜地开玩笑说:"如果你不顶替姐姐到新疆来,搞不好我得打一辈子光棍。"

他们后来双双调到二二二团工作,相濡以沫,直至退休。

打虎将彭德朝

讲述者：李彬，男，汉族，54岁，中国建设报驻疆记者
采录者：吴永煌
采录时间：2020年5月
采录地点：乌鲁木齐
流传地区：第十二师二二二团、乌鲁木齐垦区

在二二二团，今天人们还会这样说："彭德朝打出了二二二团的威风！"言下之意就是，二二二团有今天，彭德朝有着抹不去的成绩。

彭朝德1955年在福建空军某部服役，1959年转业到新疆，1960年冬天调往二二团农四队。

1986年春，党支部安排彭朝德担任农四队治保主任、警卫。

在当时干这项工作是有一定危险的，彭朝德想到自己是军人出身，又是一名共产党员，既然组织上安排，就得干出成绩来。他经过摸底排查，发现连队社会治安状况差的原因主要是本队和其他几个连队的混混纠集在一起，白天睡觉，晚上聚集在一起撬门破锁，偷盗财物，便重点对这些人进行了防范。

1986年5月中旬，驻扎在古尔班通古特沙漠边的一支地质测绘大队有一支步枪、20发子弹被盗，怀疑盗枪者可能是农四队的。彭朝德一连三晚上

没有睡觉,蹲点守候,观察几个重点人员的动静,最终发现了线索,配合派出所查获了被盗枪支和20发子弹,避免了一场重大事故的发生。

1987年春节刚过,有几天晚上农四队居民家庭接连被盗,其中有一天晚上接连有7家被盗,有人还放出话来说:"他彭老家伙要是这次玩真的,咱就给他放血。"彭朝德决心要将这帮黑势力打掉。

有一天晚上,彭朝德在巡逻时发现一个犯罪嫌疑人伙同另外三个年轻人正在偷盗农四队化肥库房,他一个箭步冲上去,大喊:"你们干什么?!不要这样干,这是犯法!"

其中一个犯罪嫌疑人喊道:"老家伙,你休管闲事,不然老子就整死你!"话音未落,其中两个人从身后将彭朝德抱住,压在化肥堆旁。

彭朝德临危不惧,一面跟他们搏斗,一面高喊:"有贼,抓贼!"

犯罪嫌疑人看到彭朝德毫无畏惧地与他们作斗争,仓皇逃跑。

在搏斗中,彭朝德右手大拇指被盗贼打断。彭朝德忍着疼痛,立即将案情报告了派出所。

  第二天，这些人全部落网。这个犯罪团伙有20多人，曾先后在阜康市、二二二团等地作案。经过彭朝德和大家的共同努力，在短短的半年多时间里，连队的社会治安状况明显好转，生产快速发展。

  彭朝德见义勇为、不怕牺牲的事迹受到全队上下的一致称赞，还上了报纸，后来还被授予兵团五一劳动奖章。

张唐的"三宝"

讲述者：李彬，男，汉族，54岁，中国建设报驻疆记者
采录者：吴永煌
采录时间：2020年5月
采录地点：乌鲁木齐
流传地区：第十二师二二二团、乌鲁木齐开垦区

张唐是阜北农场（现二二二团）的第二任场长。

张唐是从部队带着军衔调到兵团工作的。在阜北农场工作期间，他始终保持和发扬人民解放军的优良传统，样样工作身先士卒，下连队时骑着自行车，带着镰刀、水壶、草帽三件"宝"。

说起这"三宝"，都有小故事。

先说那把镰刀。1968年12月，他从东部部队调到大西北新疆兵团，安排在阜北农场工作，两个月后，担任场长。

1969年夏收，场里组织干部参加夏收割麦子，机关办公室给每人发了一把镰刀。一个夏收，他的镰刀割得锃光发亮。每年夏收，机关办公室都要发镰刀。他没有要，他拿着第一次发的镰刀，对同志们说："这是我到兵团农场发的第一件劳动工具，也被用得发亮了，顺手了，就不用再发给我了。"这把镰刀一直用到他调回部队工作。

丝路明珠 红色记忆
——新疆兵团第十二师民间故事荟萃

再说那只水壶。那是他从部队带过来的。1968年底,他奉中央军委的命令,离开了部队,举家西迁到新疆兵团农场,其他东西他都没有带,就带了这只军用水壶。他在收拾东西时,对家人说:"其他可以不要,只要是部队色彩的都带上,特别是那只水壶,它跟我去过很多连队,上过战场。"带部队色彩的有床上被褥和军服军帽,再就是军用水壶、缸子。

最后说那顶草帽。到农场后,他每天不是骑自行车就是骑马下连队,风吹日晒,爱人就去商店买了一顶草帽,说:"下连队,夏天一定要戴上草帽,新疆太阳毒,风也毒。"后来办公室准备给他买几顶草帽备用。他幽默地说:"不用了,爱人已经买了,不带爱人的,爱人会吃醋的。"委婉地谢绝了办公室同志的好意。

在阜北农场的几年里,他下连队走工厂,身上总是少不了这三件宝贝。

八枚军功章

讲述者：林向东，男，汉族，71岁，第十二师退休干部
采录者：吴永煌
采录时间：2020年5月
采录地点：乌鲁木齐市
流传地区：第十二师二二二团、乌鲁木齐垦区

在二二二团北亭文史馆的军事展厅里，陈列着老八路军杨吉昌无偿捐赠的1945年缴获的日本鬼子的毛毯、部队1949年颁发的荣誉证书，以及解放东北纪念章、解放华北纪念章、解放华中南纪念章、解放西南胜利纪念章、湘西剿匪胜利纪念章、抗美援朝纪念章、湘西军政干校纪念章、全国人民慰问解放军纪念章等8枚用鲜血和生命换来的珍贵军功章，这些纪念章记录了他参加辽沈战役、平津战役、解放华中南、解放西南、湘西剿匪、抗美援朝的战斗经历。

他1945年7月参加八路军。后来，被分到中国人民解放军四野四一六团一营三连。部队奉命开赴四平，上级命令他们连守一座大桥。那里没有房子，他们就住在地窝子里。

当时敌人的装备精良，飞机经常对他们的阵地进行轰炸。一天晚上，为了争夺大桥，敌人对他们发动了7次进攻，一直打到天亮，部队伤亡很大，牺

丝路明珠 红色记忆
——新疆兵团第十二师民间故事荟萃

牲了不少战友。由于情况危急,他们在战斗中就垒起一道掩体,把轻重机枪架在上面向敌人扫射,打退了敌人的轮番进攻,一直坚守阵地,勇猛作战,保住了大桥阵地,直至四平保卫战的最后胜利。

1948年9月12日,解放军发起了辽沈战役。我军用6个纵队和1个炮兵纵队、1个坦克营围攻锦州;另用2个纵队配置于锦州西南的塔山、高桥地区,3个纵队配置于黑山、大虎山地区,分别阻击由锦西、葫芦岛方向和沈阳方向援救锦州之敌。当时,杨吉昌所在的连队驻在一个叫前村的地方,上级命令他们要坚守七天七夜。

敌人压过来一个营的兵力,向他们连冲锋,但在他们猛烈的还击下,敌人未能前进一步。到了第六天下午,敌人又向领战士连的阵地进攻,有一发敌炮弹落在连部的院内爆炸,连长立即带他们进入掩体还击。重机枪射手副手光荣牺牲了,招呼杨吉昌过去配合他。杨吉昌在战壕靠近他时,由于左手臂扬得较高,中了敌枪,重机枪射手的脚上中了两枪,胳膊上也中了一枪。敌人攻得太猛了,连长也光荣牺牲了。指导员带领他们撤到后村,誓死坚持到最后。等我军援军赶到,打得敌人丢盔弃甲,我军收复了前村的阵地。

辽沈战役后,上级命令杨吉昌所在的连队随部队急行军向北平进发,围攻傅作义在北平的队伍。部队行军的速度很快,每天计划180公里,常常是刚端上饭碗,出发的命令就下来了,有的战士吃着饭就睡着了,饭碗掉在地上才知道。就这样,他们按时到达了北平南面的柳泉。在柳泉时,敌人的女播音员在广播中宣传让解放军战士投降,给房子给地给老婆,还给路费回家,指战员们听后都轻蔑地发笑,笑敌人自不量力。1949年1月下旬,傅作义奉召接受和平改编,北平得到和平解放。

而后,杨吉昌所在部队又南下,直达海南。接着,又急转北上,参加抗美援朝。他在战场上负伤被战友抬下来。由于伤势重,组织上决定将他送回祖国治疗。他因战致残,无法继续留在部队,便主动要求解甲归田,回到河南老家务农。1956年,杨吉昌响应党的号召,从河南支边到新疆工作。1960年,调到工一师阜北农场工作,一直工作在二二二团。

丝路明珠 红色记忆
——新疆兵团第十二师民间故事荟萃

战利品成奖品

讲述者：李彬，男，汉族，54岁，中国建设报驻疆记者
采录者：吴永煌
采录时间：2020年5月
采录地点：乌鲁木齐市
流传地区：第十二师二二二团、乌鲁木齐垦区

在二二二团生活工作过的离休干部里，有不少曾经在国民党军队担任过将校军官的老兵，他们于1949年9月25日参加了新疆"九二五"起义，参加新疆的屯垦戍边建设。

潘荣立曾任国民党军队联勤总部新疆供应局上校团长、新疆警备总司令部上校督察。加入中国人民解放军后，任新疆军区后勤部管理科科长、新疆迪化（现新疆乌鲁木齐市）伐木场副场长等职，1979年在新疆生产建设兵团二二二团离休。

在抗日战争时期，潘荣立就率部积极抗日。1942年在江西任中国军队营长时，带领全营抗击日本侵略者，亲手杀死多名日本鬼子，缴获各种战利品。

有次战斗结束后，潘荣立在打扫战场时，发现一名日军军官手腕上有只手表，在太阳下泛着亮光，他走上去，把那手表取了下来。

"报告，我缴获了日军军官一只手表。"在打扫完战场后，潘荣立把手表

交给了组织。

部队在休整庆功会上,对有功将士进行授勋奖励。

潘荣立激动地望着台上,因为他已经被列入奖励名单。

"到!"当主席台上点到他的名字的时候,他听得清清楚楚。他以军人的姿态,站了起来,精神抖擞地走上主席台。

当授勋后,长官把他缴获上交的日军手表递到他眼前,拍着他的肩头说:"这只手表就奖励给你了。这是一份特殊的奖品,多杀鬼子!"

"是!"他接过那只手表,一个立正,一个敬礼,一副英气。

几十年里,他戴着那只手表,浴血奋战在华东抗日战场上,在新疆大漠剿匪战斗中,在兵团屯垦戍边的伟大事业里。

几十年里,他最珍爱的就是那个战利品,那个奖品手表,那只手表在走,走出了他英勇抗日的英姿,走出了他人生最辉煌的一页。

"红小鬼"王金荣

讲述者:李彬,男,汉族,54岁,中国建设报驻疆记者
采录者:吴永煌
采录时间:2020年5月
采录地点:乌鲁木齐市
流传地区:第十二师二二二团、乌鲁木齐垦区

"我要当红军!"1936年1月,陕西延长县红军驻地,来了一个面黄肌瘦的孩子,摸到红军一个办公室,对坐在门口的一位红军干部说。

"你今年多大?"

"16。"小孩回答。

"太小了点,等2年吧。"

"我给地主都放了几年牛了。"

"那得问问你大。"

"俺大俺娘都死了。"

红军干部停住了,难过地摸摸孩子的头,过了好一会,才又问:"红军就是打地主的,打鬼子的,你怕不怕?"

小孩说:"不怕,地主经常打俺,俺正想打他。俺娘在的时候,就教过俺打鬼。"孩子学着巫师驱鬼的动作。

红军干部笑了,说:"好,不怕就好。我们收下你。"

小孩高兴地跳起来。

这小孩就是王金荣。

王金荣当上了红军战士,人还没有枪高,战士们都叫他"红小鬼"。

别看王金荣年龄小,打起仗来还真不怕,作战很机智英勇。他先在红二方面军延长县独立营任战士,首长看他年龄小,又机灵,就留在身边当通信员。可王金荣一心想上前线去杀敌人,就到连队当了排长,后调红二方面军十七团四连任连长,那时他刚18岁,"红小鬼"成长为红军的基层指挥员。

抗日战争初期,部队进行整编,他任八路军关中军分区十七团四连排长。1946—1948年在陕西省西北军校学习。1949年在宝鸡军分区四科任管理员、科长。

王金荣参加革命以后,经历了一段红军的战斗生活,又经历了抗日战争、解放战争的全过程。在革命战争年代,他服从命令,勇敢作战,敢打敢拼，冲锋在前，不怕流血牺牲，历经无数次大小战斗，三次光荣负伤，被定为三级革命伤残军人，是位久经考验的坚强革命战士，为中国人民的解放事业做出了重要贡献。

1949年底王金荣随部队进军新疆，在中国人民解放军骑兵第八师后勤部任科长。部队集体转业后，先后在兵团工一师工程处、工一师二团、工一师设计院等单位工作。1961年调阜北农场工作，1980年在二二二团光荣离休，享受副师级干部的政治、生活待遇。

天　路

讲述者:郭相坚,男,汉族,59岁,第十二师代管四十七团农发中心职工
采录者:党荣理
采录时间:2020年4月23日
采录地点:第十二师代管四十七团机关
流传地区:第十二师代管四十七团老兵镇

1950年4月,郭焕在原十五团一营参加修筑进藏公路。在这里修路,必须逢山就挖、遇石就炸。打炮眼的时候,战士们两人一班,抡榔头、扶钢钎,海拔高,抡几十下榔头人就喘不过来气,扶钢钎的时候,一会儿手就震得生疼,再一会儿手上就出血了。就这样艰苦地工作着,战士们却士气高昂。

克兰木达坂是郭焕和战友们必须跨越的障碍,这里的海拔5400多米,两座陡峭的高山,中间是10米多宽的深涧,下面洪水滔滔。郭焕所在的一营的任务是开出一条小道。从小在山村长大的郭焕有经验,他和几位战士一起用钢钎一点一点地撬开山体,先撬出一条能搭手踩脚的小道,以便更多的战友投入撬山体的队伍。

干这个活必须谨慎小心,因为稍不留神就会跌下山崖粉身碎骨。一次收工的时候,有位战友不小心踩落了一块石头,幸好他反应快,没有滑落下去。可落下去的那块石头把二连的一位战友撞进了山涧。

丝路明珠 红色记忆
——新疆兵团第十二师民间故事荟萃

郭焕和战友们都流泪了。修一条路多么不易呀,不仅有流血,还有牺牲。终于,历经一年的时间,这条全长200多公里的路在兄弟部队的共同努力下修好了。

1952年,西南军区给郭焕和战友们颁发了"解放西藏纪念章",对他们修筑进藏公路的功绩给予表彰。

这是一条天路,是中国人民解放军挺进西藏的进军之路,是西藏人民的光明之路。

军垦故事

一顿饭五斤饼

讲述者:郭相坚,男,汉族,59岁,第十二师代管四十七团农发中心职工
采录者:党荣理
采录时间:2020年4月23日
采录地点:第十二师代管四十七团机关
流传地区:第十二师代管四十七团老兵镇

1950年初,原十五团一营接受了为进藏部队修筑公路的任务。由于自然条件十分恶劣,劳动强度大,蔬菜少,油水更少,每人一天两斤半面粉还是不够吃的。

一连在一个依山傍水的山坡上修路,两面都是山崖,坡高路窄。每天下午,山洪都哗啦啦从山上流下来。河里的石头小的像鸡蛋,大的像轱辘、碾磙子、磨盘子。还有直径几米大的石头,也被洪水冲得咕噜噜直往下滚,相互撞击着,震耳欲聋。

一次,骑兵师的一位战士的家属,在发洪水时骑着骆驼过河,被冲出几里路远,全身血肉模糊。修筑山路是逢土就挖,遇石就炸。炸石须先打眼,18磅的榔头抡上三、五十下,人就累得上气不接下气。扶钢钎的同志常常被震伤手,好多人手上流血。

一天晚上,陈玉亭和施爱来两人打炮眼下工晚了,炊事员为他们烙了5

丝路明珠 红色记忆
——新疆兵团第十二师民间故事荟萃

斤面的饼,炒了两个菜,他俩一口气吃完,问还有没有吃的。

最初打的炮眼比较浅,炸开的洞不过几米;经验越积越多以后,炮眼越打越深,炸得石头满天飞,一不小心就会伤着人。机枪连指导员侯永贞的脚趾就被飞来的小石子砸掉了一个。一连六班挖一段土方,地段紧靠石崖。为了加快进度,他们从底部挖沟,想截断中间的风化层,让上层的风化石自动陷落。等到挖了一多半的时候突然塌方,全班来不及躲,全部压在下面了,经过全连紧急抢救,他们终于苏醒过来,休息两周后,才恢复健康。

气死牛

讲述者：汪亚，女，汉族，30岁，第十二师代管四十七团昆仑社区职工
采录者：党荣理
采录时间：2020年4月24日
采录地点：第十二师代管四十七团机关
流传地区：第十二师代管四十七团老兵镇

1952年，当王传德随着所在的十五团就地转业，成为屯垦戍边的兵团战士时，大家明白，这支在南泥湾大生产运动中就是开荒种地的楷模部队，再次发扬南泥湾精神的时候到了。

在戈壁、盐碱滩开荒种地，难度可想而知，没有牲口，就用人拉，6个汉子6根绳，弓着身子，贴着地面，喊着号子拉犁。炮弹皮打造的犁插进板结的石砾浅土中，没有犁杖的战士，只能挥动坎土曼一下一下地挖，慢慢前移。一天十几个小时拼命挖，一个个手上都起了血泡。王传德拉犁，肩上也是血泡。

王传德喜欢唱歌，喜欢用歌声鼓舞大家的士气。他最欢唱这首歌：没有那工具自己造呀，没有那土地咱们开荒呀，没有那房屋搭起帐篷，没有那蔬菜打野草呀，劳动的双手能够翻天地呀，戈壁滩上盖花园……就是唱着这首歌，十五团的官兵们在戈壁荒原开垦良田、播种希望。

丝路明珠 红色记忆
——新疆兵团第十二师民间故事荟萃

有一次,小麦播种完以后,部队要在盐碱滩开垦两块荒地。盐碱滩本来就坚硬,再加上各种杂草的根系缠在一起,板结更为严重。用坎土曼根本就挖不下去,每次用最大力气也只能挖五六厘米深,挖着挖着坎土曼就卷刃了。人人都准备了石头,坎土曼挖钝了就用石头磨锋利,挖卷刃了再用石头砸平。就这样,一天下来也只能开荒3分多,手上的血泡都磨破了,一触碰就钻心地疼。

可这些困难,在王传德这里都不成问题,他有使不完的劲,用不完的力,每天能开垦荒地2亩,大家十分吃惊,也十分佩服,就给他起了一个"气死牛"的绰号,也是美誉。

这一年,十五团共开垦荒地3.4万亩、播种2.2万亩,当年粮食自给7个多月,同时,全团年末有猪157头、羊602只、牛87头。

军垦故事

不一样的麦草方格

讲述者:夏天,女,汉族,31岁,第十二师代管四十七团纪念馆职工
采录者:党荣理
采录时间:2020年4月24日
采录地点:第十二师代管四十七团纪念馆
流传地区:第十二师代管四十七团老兵镇

草方格沙障是一种防风固沙,涵养水分的治沙方法,用麦草、稻草、芦苇等材料在沙漠中扎成方格形状。草方格沙障一是能使地面粗糙,减小风力,再一个可以截留水分,如雨水,提高沙层含水量,有利于固沙植物的存活。

四十七团的麦草方格和别处不同,有自己的独到之处。

1958年出生的张根生,在团场工作以后,就决心把自己的一生贡献给防沙治沙事业。每天,从早上7点到晚上10点,他和同事们在沙漠中度过。没有任何荫凉的沙漠,风沙时时打在脸上,阳光炙烤着身体,这就是他的工作环境。中午吃从家里带来的冷饭冷菜,有时刮大风,饭盒里都是沙子。

那时没有路,没有运输工具,一捆捆麦草,全靠他们肩拉背扛。一次,在沙漠中待了很长时间的张根生累得走不动了,就拄着木棍在沙丘上休息,沙子逐渐下陷出一个洞,这给了他极大的启发。

在麦草方格的基础上,经过两年的实验观测,在扎好的草方格中播撒耐旱沙蒿、沙米等草种,通过风把种子吹到草方格四周,经过降雨,种子发芽生长形成植物草方格,再在方格中栽种耐旱树苗。3月开始扎设,6月播撒草种,10月栽树,当年只要有降水,第二年植被就能生长起来。植被生长,沙土固定,从而达到永久固沙效果,有效提高了植被覆盖率。

张根生每天要在沙漠中行走10公里。一早出门,一走就是一天,回家后头发、衣服里全是沙土。家人开始不理解,爱人说、孩子嫌。直到一次,张根生带他们来到治沙现场参观,当家人亲眼看到远处一片片新绿时,掉泪了。沙丘在他和同事们的努力下被绿色覆盖,所有人感动不已。

张根生后来组织发展起了一支垦荒队伍,现场传授指导扎草方格、植树造林的技术。从最开始的几人,到如今的几百人,队伍不断扩大,还有不少人通过开荒种植实现了脱贫脱困。

现在站在楼顶远眺,满眼郁郁葱葱,在一排排高大挺拔的杨树织成的防护林网格里,一片片枣树密密麻麻,张根生内心无比骄傲。

"将军树"

讲述者：王玲玲，女，汉族，48岁，第十二师代管四十七团七连职工
采录者：党荣理
采录时间：2020年4月22日
采录地点：第十二师代管四十七团文化中心
流传地区：第十二师代管四十七团老兵镇

今天，人们赞美胡杨与白杨为"沙漠的脊梁"。而扎根边疆，屯垦戍边的沙海老兵们，就像一棵棵生长在戈壁大漠里的胡杨与白杨，默默地奉献终生。

1953年4月的某一天，黄诚政委和蒋玉和团长与战士们一起平整沙包。黄政委抬头望去，一轮红日正从东方冉冉升起，阳光透过树梢照进来，金光万丈，映照着刚刚泛起嫩绿的树芽。四周到处是一片金黄灿烂、生机盎然的景象。他忽然被眼前的景象所感动，黄诚政委对身边的蒋玉和团长说："我们为什么不栽种一棵象征军垦战士的树呢？多少年以后，它一定会长成参天大树。我们的儿孙可以在这棵树下乘凉，它还可以作为我们艰苦创业、屯垦戍边一辈子的见证。"

自从有了这个想法，大家都推荐防风耐旱的树种，最后根据这里的气候、土壤特点，决定选用白杨树。因白杨树生存能力极强，用途多样，可以当

丝路明珠 红色记忆
——新疆兵团第十二师民间故事荟萃

柴烧，打家具，做屋檩栋梁，制作农具，并且它有一定的象征意义。茅盾在他的散文《白杨礼赞》中曾这样写道：白杨不是平凡的树。它在西北极普遍，不被人重视，就跟北方农民相似，它有极强的生命力，磨折不了，压迫不倒，也跟北方的农民相似。我赞美白杨树，就因为它不但象征了北方的农民，尤其象征了今天我们民族解放斗争中所不可缺的朴质，坚强，以及力求上进的精神。

于是，黄诚和蒋玉和一起亲手栽下了一棵白杨树。它象征着第一代四十七团人扎根边疆、艰苦创业、无私奉献、执着的一生。几十年了，这棵白杨树已经长成参天大树。它矗立在大漠边缘，就好比在团场连队站岗的军垦战士，它是四十七团的历史见证。后来，职工被两位老首长的故事所感动，将这棵白杨树称为"将军树"。

水磨坊

讲述者：夏天，女，汉族，31岁，第十二师代管四十七团纪念馆职工
采录者：党荣理
采录时间：2020年4月22日
采录地点：第十二师代管四十七团纪念馆
流传地区：第十二师代管四十七团老兵镇

  1954年老八路王三随部队就地复员后，场领导安排他到距场部五公里外的水磨坊负责磨面，保障全场的主要粮食供应。
  国营牧场70多人的粮食，要从水磨坊产出，夏天水量大，面粉供应及时，冬天则要天天到水渠上游5公里处砸冰捞冰，一直打捞到水磨坊墙外。水磨坊有4户人家7个劳动力，4小时换班一次，每天到夜晚一至四点才停歇。
  在水磨坊上班期间，王三终于找到了心爱的姑娘，有了自己的家，他们互爱互敬，共同劳动，一年后有了自己的第一个孩子，日子过得幸福美满。
  有一次大水冲进了磨房，掀翻了小水磨，王三的妻子和孩子都来帮忙堵水，结果3岁的孩子出去找人帮忙，掉进水里淹死了。妻子搂着冰冷的孩子哭，王三心里也很痛苦。妻子骂他，他也不还口，埋葬了孩子，他又操心起水磨上的事。水渠每年垮了修，修了垮，直到土渠变成卵石砌成的渠。1964年，从乌鲁木齐运来水泥，场部又专门派来技术工人，优先给水磨筑起了坚

丝路明珠 红色记忆
——新疆兵团第十二师民间故事荟萃

实的卵石水泥渠,渠口修建了水闸,才解决了夏季洪水问题。

　　冬季结冰时期,水磨坊的劳动量就增大了,两人看磨上料、取粉,水渠上一人砸冰一人捞冰,不停地砸冰捞冰,每天周而复始。在寒冷潮湿的环境里砸冰,水磨坊的职工都患了关节炎。王三一个人兼几项工作,除了自己值班,还经常查水情,联系进粮出粮。有时连续干活,忙得没有时间上厕所,日积月累,得了尿路结石膀胱炎,疼得直不起腰。女儿心疼他,背着他告诉了场领导,场领导带着医生专程来水磨坊看王三,医生检查后要求王三立即住院,王三这才住进医院。

　　住院期间,场领导临时安排别人去了水磨坊。躺在病床上的王三听说新人工作不熟悉,出现一些纰漏,他立即起身要出院,被医生强行按住。没想到,第二天一早医生查房时,发现王三早已离开了医院。王三找到场领导,要求立即回水磨坊,场领导拗不过他,让他回去休养,告诉他水磨的事会解决的。

场部为水磨坊安装了新的电动磨,王三也带病上了班。此后电磨开始运转了,成为全场主要的供粮处。

人们对这位老八路都十分敬佩。1980年,在水磨坊工作了近30年的王三离休了。他和老伴在水磨坊周围栽上沙枣树、杨树,中间栽杏树、桃树、苹果树,还养了些牛羊鸡鸭鹅。老两口在水磨坊真正过上了安详的幸福日子。

独臂老兵

讲述者:雷建民,男,维吾尔族,66岁,第十二师代管四十七团六连退休
　　　　职工
采录者:党荣理
采录时间:2020年4月24日
采录地点:第十二师代管四十七团老兵镇
流传地区:第十二师代管四十七团老兵镇

1950年,被整编到十五团三营的杨生芳,随部队进驻墨玉县,开始投身轰轰烈烈的大生产运动。杨生芳从事的工作不断变换:磨面粉、榨油、种水稻、蔬菜、棉花,加工网套……年年都会被评为先进。

1956年初,杨生芳又成为和田地区墨玉县国营昆仑农场轧花厂的木工。这是当时和田地区唯一的轧花厂,全地区所产的棉花都集中到这里轧。那时没电,全靠水磨转盘驱动机器轧棉花。10月的一天,正在生产中的水磨转盘连接处的一根皮带突然断了。要换皮带,需到20余公里外的水源处把水断掉,让水磨转盘停转才行。照此法,水磨一旦停下来,当月的生产任务指定完不成。"无论如何也不能让水磨停转。"杨生芳一边说着一边拿起一根粗木棒跳入刺骨的雪水中,使着全身气力用木棒撬停水磨转盘,迅速换好了皮带。就在他抽出木棒的一刹那,右臂不幸被快速转起来的转

盘给转了进去……

意外发生的那年，杨生芳只有32岁。开始他消沉了一段时间，后来在领导和同志们的关心照顾与开导下，他想通了。他说："和战争中牺牲的战友比，我是一个幸运者，我要坚强起来，将剩余的时间与生命投入到牺牲战友们未竟的事业中去。"

为了学会生活自理，他用一只手练习洗漱、穿戴、吃饭，这些基本的生活技能都要重新学习，一次次失败，一次次重来。看大家都在忙着开荒，他直为自己着急，一只手不能完成挖土动作，他先是练习把锹斜插进土里，两只脚站上去狠命地踩，然后借腰、臂之力给小车上土。之后，他又想到把锹把锯短，练着用左手挖土、上土。就这样锲而不舍地长时间反复练习，慢慢地，健全人能干的事，他大多也能干。他用事实证明他是一个强者。

此后，他的人生中，没有什么能难倒他的事。多次被评为先进工作者、"五好"工人。

"那时连队搞劳动竞赛，每人每天定额开沙包30方。推沙包用的都是木轮子车，我们是独轮，他给自己做了个双轮；他左手拿坎土曼给车装沙土，装满后又用左手去推车子；我们用双手每天推30方沙土都累得浑身像散了架似的，他一天早出晚归用一只手就推了35方。"退休职工雷建民说："割麦子他左手拿镰刀，腿脚并用先抚倒麦子，然后坐在地上割。那时每人每天定额割麦1.5亩,他硬是坚持加班一天割2亩,腿脚都肿了。大家叫他休息,他都不肯。拾棉花,别人最多一天拾50公斤,他白天黑夜地拾,困了就倒在地头睡上一会儿。记得他最多的一天拾了80公斤,他真是名副其实的'独臂英雄'。"

军垦故事

苍蝇嘴　蚊子腿

讲述者：邢桂英，女，汉族，97岁，第十二师代管四十七团四连退休职工
采录者：党荣理
采录时间：2020年4月23日
采录地点：第十二师代管四十七团老兵镇
流传地区：第十二师代管四十七团老兵镇

四十七团四连的地全是沙包，要推着独轮车，用坎土曼一点一点地开荒。晚上干活常常是在树杈上挂个马灯，有月亮的时候，就顶着月光干活。

邢桂英，山东女兵，1952年进疆，人能干，性格开朗，靠过硬的本领与忘我的干劲当上女排长，成了先进工作者。

有一次高金华和邢桂英在水渠边浇水，突然水渠决口。高金华还没有反应过来，邢桂英就跳进水渠。她两腿岔开，左一坎土曼、右一坎土曼地填土。急得高金华在岸上叫："阿姨，我应该往哪里放土？"邢桂英说："不用你干，你是才来的，你看我干。"当时是10月份，天气已经很冷，她却想都没想就跳进水中。

邢桂英再能干，也有软肋，谁都不能在她面前提苍蝇嘴与蚊子腿，谁提她和谁急。

原来，刚来团场的时候，邢桂英是女兵班班长，有一次一个女战士病倒了，她就向副连长文化学请假。文化学却说，女兵们太娇气，苍蝇咬一口、蚊

丝路明珠 红色记忆
—— 新疆兵团第十二师民间故事荟萃

子弹一蹄就病了。文化学真是有文化的人啊,怎么骂人也这么有文化,气得她一句话也说不出来。可她又想到,文化学干活真是没说的,哪个班干活落后了,他去帮忙猛干一阵子,准能撵上别的班。有一次他发烧了,烧得很厉害,人们要用担架抬他去医院,他又是那句话:不就是苍蝇咬一口、蚊子弹一蹄嘛。他坚持不去医院,后来烧得走路都晃,人们强行把他摁到担架上抬往医院。半路上,他跳下担架,骂人,硬说自己没病。邢桂英最服气最敬佩的人就是文化学。

从此,邢桂英带着女兵们割麦子、拾棉花、播种,样样都不肯落后。她干活更拼命,跟男兵比着干,一点也不输给男人。雷建民说:"别人7点到地里,她6点就到。等别人来,她已经干了一半了。割麦子的时候晚上4点就下地。别人收割1.5亩麦子,她要收割3亩。劳动时别人打600块土块,她能打700块。浇水别人两人浇一条渠,她一个人浇一条渠。白天黑夜地干,晚上干到11点钟才回家。"

现在想来,邢桂英佩服文化学的是他顽强的意志和吃苦耐劳的品质。文化学的话激发了她的战斗热情,锤炼了她的坚韧品格。

老戏骨

讲述者：李杰，男，汉族，55岁，和田市工商银行职工
采录者：党荣理
采录时间：2020年4月23日
采录地点：第十二师代管四十七团文化中心
流传地区：第十二师代管四十七团老兵镇

在那个激情燃烧的岁月里，军民肩挑车推地苦战在昆仑渠的工地上。工地上有位非常幽默的战士，爱戏爱得深入了骨髓，官兵称他"老戏骨"。他常会不经意甩出几句"书房门前一枝梅，树上喜鹊成双对……"逗乐大家，他就是李炳清。他委婉动听的声腔和战士的朗朗笑声在工地上空飘荡，加快了进度、活跃了气氛。

副连长在工地上巡视，看到哪个挑得少，眼皮一跳就嚷："挑泥沙尽量多一点，我们是英雄的团队。"故而大家不敢懈怠，尽力满挑。

可副连长一听到李炳清唱戏，眉头就打结，心里就不顺畅。一天三次找他验量：第一次称220斤，第二次230斤，第三次250斤，而小伙子自报定量是200斤。三验三超，但副连长还不罢休，他盯牢"老戏骨"，一盯就是十几天。但依旧次次超，硬邦邦的阿拉伯数字把铁石心肠感化了、石板脑袋开化了。某天，李炳清没来工地，副连长急得像热锅上的蚂蚁。有人故意大声嚷嚷：

丝路明珠 红色记忆
——新疆兵团第十二师民间故事荟萃

"超,超,超!把他累倒了吧!"副连长听罢很受震动,半天说不出一句话来。

就是李炳清发高烧的这天早上,工地上出了件怪事,铁锹、坎土曼、车轮等不翼而飞。"快报告保卫科!"不到两个钟头,保卫科干部匆匆赶到,召开座谈会,排查对象,私人暗访,忙至深夜,可一点线索也找不出,无奈打道回府。但令人惊诧咋舌的是,第二天清晨,失少之物,一样不少整齐摆放在原处。正当官兵们惊讶迷惑时,"老戏骨"极其平静地说:"我每晚一一收回保管,次日一早,物还原处,不声张无人晓。哪知前天晚上发高烧,第二天挪不动身子,故而害得大家猜哑谜,真对不起呀!"众人听罢,纷纷拥上前,异口同声地说:"谢谢'老戏骨'!"大家用充满敬意的目光打量这位老战士:脊背微驼,瘦丁丁,瘦个儿,精神矍铄。在清冷的晨光里,他显得多么高大。

就这样,一条昆仑渠筑成了,将"水龙"引入沙海,成就了一个沙漠传奇。

羊倌

讲述者:高正英,女,汉族,60岁,第十二师代管四十七团中学退休教师
采录者:党荣理
采录时间:2020年4月22日
采录地点:第十二师代管四十七团老兵镇
流传地区:第十二师代管四十七团老兵镇

四十七团为了发展养殖业,成立畜牧连,高泽良当上了放羊的牧工,成了一位名副其实的羊倌。畜牧连被老战士们称作四十七团的"二战区",这"二战区"又分为三个区,放牧的羊群分散在七八十里地的范围内。

每年夏天,高泽良都要赶着羊群转场进山。山里的天气就像小孩子的脸,说变就变,遇上刮风下雨,要走一个多月才能到草场。放牧时,晚上经常会有狼袭击羊群。高泽良要与狼打游击战,常常是寝食难安,只有到10月份草枯了羊壮了他才下山。

许多年里,高泽良的生活都是一个模式:一个人,一匹马,一杆枪,一条狗,一待就是四五个月。

那时每天只要一起床,不论刮风下雨,他就钻进羊群,清点羊只,查看羊群过夜情况,一直忙到十一二点才回去做早饭吃。在母羊产羔时,他更是日夜看守在羊圈里,顾不上吃饭,没时间睡觉,常常是饥一顿饱一顿。有一次,

在戈壁滩上放羊，突然下起了大雨，他害怕羊只走失，便冒雨追赶羊群，小羊羔走不动路，他就抱着走，担心雨把羊羔给淋病了，他就脱下自己的衣服给羊裹上，抱在怀里走20多里路。羊群过河时，他总是在河里往返数趟抱起小羊过河，为的是不让羊群受损失。

当上畜牧连分队长后，高泽良还是坚持每年都上山，和牧工们同吃同住同放羊。将近60岁的人了，也不怜惜自己的身体，外出放牧，饿了就啃口干馍，牙齿嚼不动，就放到凉水里泡着吃，可他从没喊过一个"苦"字。

每次放羊，他只要看到灌木丛、树枝上挂有羊毛，都会小心翼翼地摘下来，积攒在一起上交连队，每年都会给连队增收4斤左右羊毛。即使病死的小羊，他也会把剥的羊皮交给连里。

高泽良尽管患有高血压、心脏病，但他始终坚持参加集体劳动。

夫妻堵渠口

讲述者：夏天，女，汉族，31岁，第十二师代管四十七团纪念馆职工
采录者：党荣理
采录时间：2020年4月22日
采录地点：第十二师代管四十七团文化中心
流传地区：第十二师代管四十七团老兵镇

马鹤亭也是沙海老兵之一，1949年从甘肃武都县加入解放军。老伴叫李春萍，1952年从山东昌乐县入伍进疆，那年她17岁。在生产中，李春萍与长她10岁的马鹤亭相识，他像亲哥哥般照顾她。他俩日久生情，原本打算回山东的李春萍，为了和马鹤亭在一起留了下来。

1955年早春，连队开渠浇地，突然渠口子垮了，马鹤亭跳进冰冷刺骨的渠水，用身体去堵渠口。李春萍二话没说也跟着跳下去，两人臂挽着臂，紧紧连在一起堵渠口。早春的水刺骨的冷，男人一般都很难顶得住，何况女人呢？岸上的女兵看见她身下水变红了，知道她来例假了，就喊她上来，可她一点也不害怕。上岸后她高烧不止，马鹤亭立即背她去医院。

三个月后李春萍出院了，医生告诉她不能生育了。当时，她听后号啕大哭，悄悄离开了连队。她爱着马鹤亭，但不能让他没后啊。马鹤亭知道后，更加坚定了与李春萍结婚的决心，他到处找李春萍。一个月后，马鹤亭找回

丝路明珠 红色记忆
——新疆兵团第十二师民间故事荟萃

李春萍，两人喜结连理。

结婚那天，马鹤亭为李春萍擦去泪水，告诉她，不要难过，我们一辈子都在一起，把荒漠垦出绿洲，将来这一片片"绿洲"就是我们的孩子！后来，他们领养了3个孩子，相互扶持走过了幸福的人生。

军垦故事

和田骏枣"老兵红"

讲述者:王雷,男,汉族,49岁,第十二师国家农业科技园区党支部书记
采录者:党荣理
采录时间:2020年4月24日
采录地点:第十二师代管四十七团
流传地区:第十二师代管四十七团老兵镇

2017年初冬,四十七团每个连队都呈现着大枣丰收的景象,今年全团可产大枣8000吨左右,虽是初冬季节,沙漠里一派火热,第六届兵团"沙海老兵节"正在进行。在四十七团团部中心广场临时搭建的舞台上,沙海老兵盛成福、董银娃和其他老兵的家属缓缓走上舞台,少先队员们为他们献花敬礼,台下响起热烈的掌声……

四十七团刚进驻这里时,到处是黄沙漫漫、戈壁茫茫。进军和田的战士们一手拿枪,一手拿镐,屯田沙海,变荒漠为绿洲。开荒造田时,十几个战士拉着一张犁,战士们手上布满了血泡,背上磨出了血,甚至化脓了都不肯休息。主要运输车辆是木轮小

丝路明珠 红色记忆
——新疆兵团第十二师民间故事荟萃

推车,就是这样的运输工具也不充足,就肩扛手提,把一座座沙丘变成了绿洲,把一片片戈壁变成了良田。

现在走进四十七团,无论哪个连队,随处可见地里的枣树,当地人叫和田骏枣,而四十七团职工称之为"老兵红"。红枣已成了四十七团的主要经济作物。尽管这里空气干燥,多大风、沙暴、浮尘天气,但日照充足,太阳光辐射量大,气温日较差、年较差大,有利于红枣的生长和高品质的营养积累。目前,四十七团总占地面积20.3万亩,红枣种植面积达3.9万亩,这些具有红色基因的枣树也成为四十七团的"生命树"。

2016年,枣树坐果期赶上了持续阴天,光照不充分,导致部分红枣开裂在枝头上,直接造成减产。红枣价格每公斤甚至跌到了1元,还难以销售,四十七团的红枣产业发展受阻,也影响了职工群众的生产生活。有一位老兵家的枣卖不出去,老兵还要拿出退休金补贴到枣树上。看到因枣陷入困境的老兵家庭,兵团天山时报记者程煜坐不住了,她立即回到报社发起了认购老兵家枣树的活动,一时间从十二师到社会各界都开始热心认购,帮助老兵销售红枣。

长期以来,四十七团的红枣销售都是原材料直接面对市场,产业链条不完善,导致应对市场的能力较差。前几年,市场上还出现了外地红枣与四十七团品牌大枣掺在一起销售,严重损害了四十七团的红枣品牌。"加强田间管理、拓宽销售渠道、打造红枣品牌、延伸产业链条是解决红枣销售难的几个关键步骤。"时任四十七团党委书记、政委王雷说。

时任十二师师领导董沂峰了解到四十七团老兵的红枣要注册一个品牌时,他说:"四十七团是沙海老兵建立的,这里的红枣产业也是他们打下的基础,叫'老兵红'不是很好嘛,既包含了弘扬老兵精神的寓意,又体现了红枣产品的特点。"说干就干,很快,"老兵红"就注册成功,并成立专门团队运作"老兵红"。

一个有温度的品牌从此产生,这个品牌已经成为继承红色基因、传播红色精神的有效载体,得到人们的认可。

地名故事

柴窝堡风口区利用地下水发展井灌农业

讲述者：张洪书，男，汉族，70岁，第十二师一〇四团退休干部
采录者：李晓
采录时间：2020年5月2日
采录地点：第十二师一〇四团团部会议室
流传地区：第十二师一〇四团团部

柴窝堡垦区是一〇四团位于乌鲁木齐城市南郊的一个垦区，在20世纪60年代初，柴窝堡地区地广人稀，土地贫瘠，戈壁滩寸草不生，自然环境恶劣，常年干旱少雨，处在一个大风口，冬天无雪风大，当时流传着一句顺口溜："一年一场风，从春刮到冬，风起石头跑，人走扛肩行。"

1959年，柴窝堡片区从乌鲁木齐划给农六师，为南山牧场的发展提供保障。师里计划在这里发展农牧业，组建了一支由30名青年组成的突击排，先行在柴窝堡驻扎建营，选择合适地形挖建地窝子，打生活水井，为大部队后续入住提供生活保障。

南山牧场党委在垦区开发时设计了两套方案，一套是打井取水，一套是修渠引水。第一套方案困难多成本过高被否定。刚开始由副厂长滕超带350人修建了三个岔引水工程，修成后由于落差大不能使用。

新疆的戈壁滩早晚温差大，白天地表温度将近40度，晚上接近零度。突

丝路明珠 红色记忆
——新疆兵团第十二师民间故事荟萃

击排的同志白天挖坑一身土,晚上相互靠着睡,努力克服种种困难。1960年刚好是南山牧场缺粮的艰苦时期,参与柴窝堡垦区开发的职工吃的是"三合面"与"瓜菜代"。牧场通过协调,从石河子买来糖渣,从柴窝堡海子捞榨草,由大食堂加工后分给职工,以弥补口粮不足。

1960年6月,南山牧场机耕队成立,计划修渠打井。打井采取原始方法,人工挖井,辘轳提。为了保证进度,发明了"火箭锥"打井器。经过3个月昼夜奋战,先后打成了12眼抽水机井,满足垦区农牧业发展的需要。

垦区的干部群众团结一心,努力奋战,开荒造田1300多公顷,建起了场部、连队办公室与职工宿舍。柴窝堡垦区干部职工发扬艰苦奋斗、自强不息、无私奉献的精神,充分利用地下水资源,为垦区发展农业奠定了基础。

地名故事

火山后垦区"万亩粮仓"诞生记

讲述者：高迪，男，汉族，35岁，第十二师一〇四团广电中心主任
采录者：李晓
采录时间：2020年4月18日
采录地点：第十二师一〇四团石火山附近
流传地区：第十二师一〇四团团部

  火山后垦区位于乌鲁木齐西郊，距离市区6公里，这里地形多为丘陵，土层深厚，土壤肥沃，土地面积广阔。由于农业灌溉用水得不到满足，所以只有少量耕作。火山后垦区的农业用水主要来自乌鲁木齐河天山一号冰川融水，春季枯水期长，夏季为水多量大的洪水期。每年6月是农作物的生长关键期，没有水，只有靠天降雨。要想发展农业，就必须修建水库调节季节性用水的矛盾，1963年春，天山九场向农六师党委请示修建一座水库，以保证火山后农业开发以及生活用水的需求。

  受自然灾害影响，建设"幸福一号水库"迫在眉睫。1964年，农六师调猛进水库250人，与前期的民兵即火山后一队，拉开了火山后垦区的垦荒大会战。经过几个月苦战，开荒800公顷，完成了火山后整个水利配套，建起了农业防风林、绿化林，修建了四道岔通往北站的道路，盖起了一队二队的办公室与职工过冬的地窝子。第二年，全部种上小麦、玉米等农作物，"幸福一号

水库"顺利完成节水与储水任务。到1965年,历时两年多修建的"幸福一号水库"正式竣工,火山后开发的垦区农作物获得到大丰收,小麦亩产达到了200公斤以上,是南戈壁垦区产量的3倍,二队"铁姑娘班"管理的东大槽农田种植的玉米单产更是达到了每亩700公斤。

天山九场尊重科学,因地制宜修建水库,开垦荒地发展农业,火山后垦区逐渐成为名副其实的"万亩粮仓"。一〇四团老职工回忆起当年的往事,依然津津乐道。

地名故事

家瓷窑的前世今生

讲述者：白长福，男，汉族，77岁，第十二师一〇四团退休干部
采录者：李晓
采录时间：2020年5月2日
采录地点：第十二师一〇四团团部会议室
流传地区：第十二师一〇四团团部

在位于现今一〇四团团部方圆数公里的区域，曾经有个特别的名字：家瓷窑。听老一辈的人说，在20世纪五六十年代，物质生活极其贫乏，生活用品短缺，这里居住的居民为了生活便利，曾一度自己动手制造盆盆罐罐等生活用品。

当年这片区域的土质很好，非常适宜加工制作陶器。于是有个别在内地见过陶瓷烧制的人，就开始想着利用这里的土烧制各种陶制器皿，有的用陶品交换生活物资，有的还能变现一些钱贴补家用。慢慢地，这里的陶瓷小作坊由刚开始的一两家逐渐增多，最后发展成十几家。民间烧制陶制器皿蔚然成风，当地居民把这一带称作"家瓷窑"。

到20世纪60年代中期，政府为解决女工就业问题，在传统陶瓷制造的基础上，兴建了修造厂（修理厂），修理厂烧制缸排，各种坛坛罐罐等生活用品。当年，这里空气清新，环境宜人，附近的一号与二号水库成为两个天然

丝路明珠 红色记忆
——新疆兵团第十二师民间故事荟萃

大空调,水库外是成片的芦苇塘,郁郁葱葱,厂区内鸟语花香。后来水库塑料做了防大堤,水库外的湿地逐渐干枯,芦苇逐年消失。

至改革开放初期,随着城市的发展,修理厂发展成为耐火材料厂。2000年,厂区周围开始进行城市开发建设,四周逐渐建起现代企业厂房与商品房,曾经的家瓷窑早已被人淡忘,历史的滚滚车轮推着这片土地继续向前发展。如今的西山区域,已经成为乌鲁木齐城市主城区的一部分,城市的变迁也让一〇四团插上腾飞的翅膀,经济社会都在不断发展。

地名故事

老君庙的故事

讲述者：苏慧丽，女，汉族，64岁，第十二师一〇四团中心小学退休教师
采录者：李晓
采录时间：2020年4月18日
采录地点：第十二师一〇四团团部会议室
流传地区：第十二师一〇四团团部

众所周知，乌鲁木齐是新亚欧大陆桥中国西段的桥头堡，这里多民族聚居，风情独特，也不乏中原地区历史宗教文化的遗迹。在乌鲁木齐市西山西街，有一座西北地区规模最大的道教场所，也是新疆历史上建庙时间较早、规模最大的道教建筑，这就是老君庙。老君庙始建于乾隆1767年，距今已有250多年历史，是道教文化圣地。

历史上，老君庙即是乌鲁木齐城区一处重要的民间活动场所。老君庙位于沙区老城区西山西街，南隔西山高架桥与妖魔山相望呼应，北靠骑马山与经开区遥相对望，山门前西山高架向西在四道岔处连通乌奎高速公路，横贯东西，老君庙如同城市自西向东通道上的一个守护神，护佑着百年沧桑乌鲁木齐的平安。

农历二月十五日是太上老君的诞辰。从清代乾隆年间建庙以来，老君庙就依照中国道家的习俗，每年在农历二月十五日这天举行盛大庙会。庙

丝路明珠 红色记忆
——新疆兵团第十二师民间故事荟萃

会如同赶集,人流攒动,摩肩接踵,熙熙攘攘,热闹非凡,民间的糖人、泥塑、布偶与剪纸等各种奇巧精致的手工艺品以及字画等在庙院内展示。除此之外,庙院戏台上还会有专门安排组织演出的三天大戏。每年的腊八节这天,庙院还向香客们施授粥饭,这种习俗一直延续到解放前。这些丰富多彩、源远流长的中原文化在老君庙得到进一步传承弘扬。

2003年,老君庙被定为乌鲁木齐重要文物保护单位,在乌鲁木齐市和兵、师党委的重视下,一〇四团党委决心大力保护老君庙这一珍贵的文化遗址,举全团之力投入3000多万元,在老君庙原址基础上进行了修葺扩建,建筑布局样式完全依照原有的清代风格和传统的道教宫观设计。历经3年的修缮,西山老君庙焕然一新,占地面积20640平方米,建筑面积6804平方米,布局完全按原来的中轴线设计,中路有牌楼、山门、灵宫殿、玉皇殿、老君殿,左边是鼓楼、文昌殿、财神殿,右边有钟楼、慈航殿、药王殿。修缮一新的老君庙整个建筑群气势宏伟,古色古香,青砖灰瓦、玉石栏杆、雕梁画栋、七彩斗拱,将中原古建筑风格体现得淋漓尽致。

2006年,西山老君庙被评为国家AAAA级旅游景区;2008年被列为新疆师范大学留学生文化实践基地;2009年被列为新疆财经大学旅游学院教育实训基地。每年的正月十五、端午节与腊八节,老君庙作为一个富有浓烈文化色彩的庙观,吸引着各种民间文化活动在此举办。

200多年风雨沧桑的历史为老君庙沉淀了丰富厚重的文化底蕴,如今西山老君庙已成为乌鲁木齐传承和发扬道教文化的重要场所。老君庙是一部清代新疆各民族和睦相处、共同保护和传承道教文化的浓缩史,也是当地群众了解道教文化的一个重要窗口。

丝路明珠 红色记忆
——新疆兵团第十二师民间故事荟萃

天鹅之乡的由来

讲述者:阿不都热合曼·木哈买提拜,男,哈萨克族,35岁,第十二师一〇四
　　　团畜牧连连长
采录者:李晓
采录时间:2020年4月19日
采录地点:第十二师一〇四团天鹅之乡连部办公室
流传地区:第十二师一〇四团团部

一〇四团有个别具特色风情之地——"天鹅之乡"。天鹅之乡又叫哈萨克风情园,位于乌鲁木齐市西南部,原先是一〇四团畜牧连。2008年,在十二师党委的大力支持下,依照"南公园、北城镇"的战略布局,大力发展南区旅游业,计划将民族文化、旅游观光、歌舞美食、休闲采摘、智能养殖融为一体,打造"天鹅之乡"的特色品牌。

之所以命名为"天鹅之乡"源于哈萨克民族与天鹅的渊源。哈萨克族人民喜爱天鹅的温驯忠诚,哈萨克族今天的舞蹈形象也有天鹅的特征,头带羽毛,轻柔舒缓的手臂动作如天鹅展翅、水波荡漾,柔美、轻盈含蓄的天鹅形象,孕育了"白天鹅舞"的创意。

一〇四团先后投入2亿多元,实施牧民定居工程与配套设施建设。先后建设了牧民定居房、奶牛养殖场、日光温室大棚、民俗风情园、智能温室、开

心农场,园区内道路绿化、亮化、美化设施逐步完善,突出哈萨克族民俗体验、现代农业与奶牛基地观光、木架路休闲度假、户外民俗体育等。一〇四团分三期建设了牧民定居房230套,室内装饰富有浓郁的民族特色。

如今来到这里,参观哈萨克族民间展览馆,住哈萨克族毡房,品哈萨克族美食,感受哈萨克族民俗,体验哈萨克族姑娘追、赛马与摔跤等竞技体育,参观奶牛养殖基地,去蔬菜温室大棚采摘,在小马驹拾趣园,让孩子学习体验农耕,让老人找回儿时田园记忆,还可骑上马跑几圈。在能歌善舞的哈萨克族阿肯弹唱中,品味牦牛肉、熏马肠、包尔萨克与骆驼奶。在天鹅之乡,可充分领略到中华传统文化、军垦文化与民族地域特色文化。

2011年9月,天鹅之乡获得兵团首批四星级牧家乐挂牌,2017年获"中国少数民族特色村寨"与"全国100个特色农庄"荣誉,2018年3月,天鹅之乡景观大门荣获中国景观艺术(设计与施工)优质工程项目奖。

经过10年的打造建设,天鹅之乡已经成为兵团牧民定居的样板工程,实现了人畜分离,天鹅之乡哈萨克族牧民定居工程既是哈萨克族传统文化与兵团文化的融合样板,同时亦是哈萨克族精品文化工程。天鹅之乡已成为乌鲁木齐市后花园远近闻名的哈萨克族民情体验点,更成为来乌鲁木齐旅游的内地游客感受哈萨克族文化最近的旅游景区。

地名故事

下四工

讲述者：王立汉，男，汉族，78岁，第十二师五一农场退休教师
采录者：刘侠
采录时间：2020年4月17日
采录地点：第十二师五一农场
流传地区：第十二师五一农场

1956年秋，自治区人民委员会为了寻找粮食、蔬菜和副食品供应的种植、养殖基地，责成农业厅对乌鲁木齐周边进行土地勘查考察，最后决定在乌市西郊的下四工地域成立一个国营农场，这就是现在的兵团十二师五一农场的前身。说起"下四工"名字的由来，还有这样一个民间流传的历史故事：

19世纪中后期，英国和俄国在中亚地区加强殖民，开始觊觎我国新疆的领土。英国支持的中亚浩罕汗国首领阿古柏率兵入侵新疆南部，建立伪政权，自立为"汗"。然后进一步蚕食天山南北地区，实行殖民统治。沙俄随后借口边境安全问题，出兵占领伊犁地区，新疆面临被英俄列强侵吞的危险。

1875年，在晚清重臣左宗棠的坚持下，清政府任命左宗棠为钦差大臣，开始着手收复新疆事宜。经过近一年的准备，左宗棠移驻肃州（今甘肃酒泉）坐镇指挥，总揽全局。第二年秋，左宗棠派刘锦棠和金顺率部攻克古牧

丝路明珠 红色记忆
——新疆兵团第十二师民间故事荟萃

地(今乌鲁木齐市米东区),并收复乌鲁木齐,此战歼敌数千人。11月,清军攻克玛纳斯等地,至此除被沙俄侵占的伊犁地区外,北疆平定。

随着寒冬来临,清军再继续向西行进伊犁地区或向南进攻南疆,都面临着严峻恶劣的环境。将士们经过几个月征战人困马乏,缺少冬衣等补给。若继续顺着天山边缘戈壁荒漠走,白天炎热无比,方圆数十公里人烟稀少,前方水源补给存在未知情况,夜晚又是寒风沁骨。若在冬季从玛纳斯南边翻越天山则更是凶险万分。最后,考虑到不便采取军事行动,清军遂决定从玛纳斯往米泉退守,找一处适合休养生息驻扎军队的地方就地休整,以待来年开春再战。

这天,鹅毛大雪细细密密地下了一天,天空阴暗灰蒙。傍晚时分,行军道路实在泥泞不堪,官兵发现一条河清洌的河水蜿蜒流过,遂决定停止行军,撑开帐篷,开灶支锅吃晚饭。这时,雪慢慢变缓变小,待官兵吃罢晚饭,天已放晴。收拾锅灶之间,突然西边出现一片金红色的霞光,伴随大大的太阳,照亮了东南方向远处天上的雪山,整个天地显得极为神奇壮观。官兵全部高声呐喊,欢呼雀跃,一声一声"下四工"此起彼伏。官兵们觉得此处有圣山冽水,是块宝地,便要求安营扎寨进行进整,并将此处取名"下四工",把不远处的现三坪农场所在地称为"上四工"。

来年4月份天气转暖,在左宗棠的指挥下,清军三路进军南疆。三路大军强悍进攻,用三个月左右的时间,以迅雷不及掩耳之势将阿古柏及儿子海古拉残部击溃,收复南疆地区的库车、阿克苏、乌什、喀什、英吉沙、叶尔羌(今新疆莎车)、和阗(今新疆和田)等地。至此,除了伊犁以外新疆其他地区都被成功收复。

之后,左宗棠积极准备进军伊犁,并抬着棺材行军以示收复伊犁的决心。沙俄迫于压力,同清政府签订退出伊犁条约,新疆回到祖国怀抱。左宗棠成功收复新疆后,建议清廷设置新疆省,加强对新疆地区的管理,省会设在迪化,刘锦棠出任首任巡抚,留下一部分清军围绕迪化屯垦戍边,实行"千户长"管理模式。

1957年5月1日,经过勘察,国营五一农场在"下四工"正式成立。

幸福合作社的幸福事

素材提供者：杨世芳，女，汉族，71岁，第十二师五一农场退休干部

采录者：刘侠

采录时间：2020年4月17日

采录地点：第十二师五一农场

流传地区：第十二师五一农场

国营兵团十二师五一农场的所在地下四工镇，处在一个地势南高北低的冲积平原上，有60多平方公里。70年前农场刚成立的时候，满眼都是戈壁荒滩和北半部一层层白花花的盐碱。从南面的入口处往北看，零散稀落的一簇簇大小不一的榆树窝子掩映着十几个庄户，共百余户人家，围着庄子的是他们在荒漠中开垦的赖以为生的土地。新疆和平解放后，下四工镇来了共产党的土改工作队，各庄子的农民经过土改都成了"幸福合作社"的社员。

老一辈农家庄子的大爷大妈们都记得,"幸福合作社"的名字是工作队的王队长起的。据说合作社成立时,王队长当着农家庄子近千号人说:"乡亲们,解放了,战乱没有了,咱们这些世世代代的农民,就是要自发地组织起来,团结起来,互帮互助,大伙一起奔向幸福生活。我建议,下四工镇农民合作社从此就叫幸福合作社。"

下四工镇还流传着这样的说法:王队长曾经是王震将军的警卫员,是一位经历过抗日战争的战斗英雄,身上还留有一块抗日战争时期打日本鬼子时留下的弹片。这王队长是一个心里装着人民的共产主义者,是共产党专门派来为下四工镇的农民谋幸福来了。

自从成为"幸福合作社"的社员,大伙每天傍黑就会聚到镇中心那棵大榆树下,聊着家家户户的新鲜事,学着王队长起"幸福合作社"名字时的语气,那种对幸福生活的追求洋溢在他们的脸上,也笼罩在这片土地上。暮色沉沉时,大伙再带着对幸福生活就要到来的无限憧憬进入梦想。早晨随着各个庄子雄鸡此起彼伏的啼叫声,太阳明亮的光芒洒满了大地,也洒满了各个庄子的农家院落,高大榆树的叶子上泛着点点白光,房顶飘升着袅袅炊烟。夕阳西下时,村庄和万物都披上金色的余晖,一切都预示着幸福美好的新生活即将到来。

1957年5月1日,镇子上敲锣打鼓、鞭炮齐鸣,好不热闹。幸福合作社的社员们被这欢天喜地的声响吸引着来到了镇中心的空场地上,只见一个挂着红绸子的牌匾醒目地立在那棵老榆树旁,识字的先生大声念着:地方国营五一农场。牌匾旁的一张桌子后面坐了两位首长,其中一位国字脸透着英武神气的首长正在高声讲话。首长说话有一些口音,大伙听得不是太明白,但到最后却都听明白了一个意思,那就是下四工幸福合作社的全体社员们不久的将来都会成为新成立的五一农场的职工,大伙一定要有信心,幸福合作社的社员们很快就会变成拿工资的农业职工了。幸福合作社的社员们这时候开始相信,土改队王队长代表的共产党真的是来给普天下的老百姓谋幸福的,一个更加美好的新生活正向他们走来。

一年以后,幸福合作社的社员们实现了他们的幸福梦想,全部正式成为地方国营五一农场拿工资的职工。

农家庄子一家人

素材提供者：鲜生祥，男，汉族，70岁，第十二师五一农场退休干部
　　　　　　王立汉，男，汉族，78岁，第十二师五一农场退休教师
采录者：刘侠
采录时间：2020年4月23日
采录地点：第十二师五一农场
流传地区：第十二师五一农场

解放初期，在乌鲁木齐西郊一个叫作下四工镇的开阔地上，茫茫四野中散落着十几个农家庄子，人口不足千人。下四工镇中最大的一片榆树窝子叫陈家庄子，住的是清一色的陈姓人家，依次是东北角上的鲜家庄子、东南角上的马家庄子，在这几个庄子之间还摆布了面积更小的平家庄、徐家庄、高家庄、廖家庄等，西半部也散落着数处榆树窝子，那也是一处处各姓人家的庄子。这些庄子里的人们都是先后几十载或上百年间从内地的一些省份逃难来的人或清军驻守新疆留下的后裔。一家人选一块地方开荒耕作，繁衍生息，庄子随着人口的增加和房屋的增多而逐渐扩大，一个姓氏成了一个庄子的名字。下四工镇十几个庄子的居民主要由回、汉两大民族构成。单说这里的回族，还有着一段类似罗密欧与朱丽叶一样感人的爱情故事。

留驻新疆屯垦戍边后，不知从哪个年代开始，鲜家与其余两姓有了仇

丝路明珠 红色记忆
——新疆兵团第十二师民间故事荟萃

怨。后来,这三姓形成的陈家庄子后代人丁兴旺,马氏一门也属殷实之家,唯独这鲜家庄子鲜门后代逐渐贫困,以放羊为生。陈、马两姓长辈们在孩子们出生后,统一给小辈立下了规矩:不准与鲜家后人来往,更不允许与鲜家后辈联姻,否则,会有严厉的家规处置。

将近100年快过去了,转眼到了20世纪70年代,下四工镇区域包括回族三大姓和汉族庄子在内的农业幸福合作社的社员共1000多号人,早已并入新中国成立的国营五一农场,青壮年们都成为农场职工。然而,此时,回族鲜姓后代与陈姓、马姓不联姻的规矩仍然根深蒂固地保持着。

这天,刚上工,农场三队的田间地头就传来了这样一个炸雷的消息:"陈书记俊俏的女儿昨晚被他爸狠狠地打了一顿,姑娘一气之下半夜想不开喝药了,今天还在场部医院抢救呢。""好像是姑娘看上了鲜家庄子那个15岁就入场当职工的老二。""就是那个经常被场广播站高音喇叭里当作先进典型表扬的鲜家老二?""是啊。""鲜家老二给陈家姑娘送了一支自己亲手编的玫瑰花,被陈书记家发现,问出了情况,惹恼了陈书记,撕烂了那支用包装厂塑料花纸扎的定情信物,姑娘想不开寻了短见。""哎哟,挺般配的一对啊,只怪这上上辈子不明原因的破规矩哟。"

俗话说,这好事不出门,坏事传千里。三队陈书记和小鲜都是团场树立的生产先进典型,陈书记当年曾经是麦收"歼灭大会战"飞刀手中的飞刀手,是团场的一面旗帜。这小鲜也是因为肯吃苦,小小年纪入场当职工,能干加肯干,早就被当作年轻干部培养对象重点培养了。这鲜陈两家上辈子的隔阂如何在两个年轻人身上化解,可是愁坏了场部办公室的主任老刘。

老刘特别看好小鲜这个后生。最早认识小鲜时的那一幕他都记得。十年前的一个炎热的夏天,他陪新上任的场长去考察新修的条田,到了三队的地里,大中午太阳烤得人脸上红通通亮津津的。人家看见场长来了就停下手中的活聚拢过来,扇凉说话。看着场长跟大伙谝得正欢,他就退到旁边,却眼瞅见十步之外一个瘦瘦的身影还在低头弯腰干着什么。走过去细瞧,一个稚气未脱的脸色黝黑的小伙子,正淌着一脸的汗珠在撅一个大榆树根。一问,这小伙子来自鲜家,才15岁,是临时工。问怎么不跟着大家一起休息,答说干了一半不想停。就这简单的一句,就给老刘留下了深刻的印象。回去就安排给这孩子转正,按正式工每月30元标准发工资。小伙子也争气,年年都是突击队员、红旗手。

可是,如今,这两个生产队里的先进典型,却在这样的事情上产生了让老刘想管也难管、不知道怎么管的新问题。按理,这属于工作以外的事情,可以不管。但是,若不管,毕竟小鲜是自己一心想培养的好苗子,何况新时代回汉通婚都在民间习以为常了,这回族内部鲜陈不通婚的旧规矩也该破破了。如果做通这老陈的思想工作,不仅成全年轻人的美事,留下一段佳话,也是农场思想教育工作的一个成绩。

至于后来老刘如何做通老陈思想工作的,细节无法得知。最后两个年轻人高高兴兴在大寺办了婚礼。从此,鲜陈不通婚的规矩在下四工镇被打破。如今,农场早已没有了以往农家庄子的模样,而农家庄子回族三姓的后代和睦相处、彼此嫁娶、亲戚连亲戚的故事越来越多,也留下了农家庄子一家人的说法。

地名故事

三坪地名的来历

讲述者:王崇德,男,汉族,78岁,第十二师退休职工
采录者:吴永煌
采录时间:2020年4月
采录地点:乌鲁木齐市
流传地区:第十二师三坪农场、乌鲁木齐垦区、乌鲁木齐市

三坪位于乌鲁木齐市西边30公里处,处于头屯河中游,是从天山而下的头屯河冲积而成的一片沙砾戈壁,也是一块贫瘠的平原。

中国人喜欢逐水而居,新疆人更是爱水如命。于是,先民们就聚居在头屯河两岸,开荒造田,将亘古戈壁改造成赖以生存的绿洲。

有水,就有人;有人,就得有水。

居住在中游的七队人要想满足日益增加的人口需要,就要开垦土地。

没有水，有地也是枉然。队上决定兴建水渠，引水灌溉。他们在头屯河边，靠人拉肩挑的办法，修起了一条土渠。土渠虽然可以蓄水，但不能防渗。水依然还是极为紧缺。

西戈壁亘古荒无人烟，自有了三坪七队（也叫机械化生产队），住地窝子，开荒挖渠，修路，有了第一批居住者，撒下了第一粒种子，栽下了第一棵树。

为了避免沿渠农户为水争执，队上决定在土渠上放一根横木，上面刻画着三道横杠，叫作平均分水木，简称叫平水，有公平分水之意。每一横杠叫一平。最上面的一横杠叫一平，中间的一横杠叫二平，最下面的一横杠叫三平。按亩田配水、交税，一平八钢；二平八一农学院农场，即现八一农场；而三平就是三坪农场七队。

有人提出，七队是个单位，单位就得有地名。队上有个识文断字的同志，平是历史，有文化可溯。水土不分家，有土才有家。家以土为根。给平字加个土旁，就叫三坪。坪又为平原之意。于是，这样就形成了三坪行政管辖区域名称。

地名故事

三坪有个"安南工"

讲述者：木巴热克·木合麦提，女，维吾尔族，25岁，第十二师三坪农场干部
采录者：吴永煌
采录时间：2020年4月
采录地点：第十二师二二二团
流传地区：第十二师三坪农场

在新疆兵团第十二师三坪农场一连（原一队），有一个名为"安南工村"的自然村，也被称为"安南工"（有时被误写为"安南宫"）。

"工"是乌鲁木齐头屯河一带老地名命名方式。1762年，清兵在乌鲁木齐屯兵垦荒，从巩宁城以北排列为头工、二工、三工、四工等。"工"是区划地

丝路明珠 红色记忆
——新疆兵团第十二师民间故事荟萃

界,指各堡所辖地亩。

1986年,建筑工人在三坪农场一队施工时,挖出了一批清代钱币。其中居然夹杂有10余枚安南国的古币,主要是景兴通宝。此外也有永寿、永盛、嘉隆等年号。

参加施工的一队回族同志马良海联想到了1958年平整土地时,就平整了两个老坟圈,圈前还有一块石碑。他小时候常在两个老坟圈跟前放羊,记得石碑上写有"安南国"字样。施工时,还在附近其他棺木朽烂的主坟中曾挖出过小碗,盛有多种粮食。显然,这不是后来当地以回族为主的居民安葬习俗。

马良海祖辈于清末年间由甘肃会宁到此落脚,他1936年就出生在安南工。

那么,带字石碑流落到何处去了?

1978年冬天下过头场雪,马良海家人合计在门口条渠上缺个担桥,认为石碑是块好料。于是,他们几兄弟在雪地中寻到了石碑,用撬杠搬至爬犁上,再用牛拉回。自此,这块石碑便成了马家门口条渠上的担桥。因字迹朝下,经年累月,早已被渠水冲刷得无影无踪。

有关部门把古币一事报告给新疆著名的西域文化学者杨镰先生,杨老先生对史料中关于安南工的往事梳理渐渐清晰丰满起来。

这是一个传奇又悲伤的历史故事。在距越南万里之遥的中国新疆,存在着一批300年前流落到此的越南皇族后代。安南是越南的古称,根据清代史籍《清实录》的记载,乾隆三十六年,乾隆皇帝曾将逃难到中国的原安南皇族后裔黄公瓒及其眷属遣送到乌鲁木齐头屯河一带。

杨老先生断定,这些安南钱币应是黄公瓒及其眷属被遣送到乌鲁木齐时携来使用的。

一项更为明显的证据是,在现存的敦煌文书中居然发现有使用近代越南字"喃"来书写的越南诗歌《中庸章句传》。也为清代乾隆年间安南人曾被流放中国西北提供了佐证。

1991年4月,杨老先生在乌鲁木齐市中桥附近的邮票钱币市场,发现了小批量古钱币,钱币分别为"景兴""永寿""永盛""嘉隆"等通宝,均为安南国年号,时期与清嘉庆大致相当。杨老先生还在当时新疆钱币协会的内刊上,读到钱币研究爱好者薛德林撰写的《新疆发现的越南钱币及其来源探讨》,文中认为这些古币应为乾隆年间流落乌鲁木齐并安置在头屯河垦区安南工的,是以越南失位王族黄公缵为首的安南人带来的。

杨老先生查阅卷帙浩繁的《清实录》,找到了乾隆皇帝谕军机大臣的一段关乎这段历史的话:"前有安南国民黄公缵等,携眷内附,经总督彰宝查办,请将黄公缵等及其眷属一百余人,全行移向乌鲁木齐安插……其解至甘(肃)省时,该督抚预行知会乌鲁木齐办事大臣,酌量拨给地亩房间,令其耕种自赡。"谕旨下达,黄公缵等22户百余口便踏上西行长途。

黄公缵系何人?清廷为什么要将其流放到远离中越边境万里之外的乌鲁木齐呢?明清之际,邻国安南处在政治动荡之中。康熙年间,明代属国安南国王之后莫元清被黎维禧取代,被清廷册封为安南国王。莫元清死后,莫氏后裔改姓为黄。乾隆初,莫氏之后黄公质割据反抗黎氏。1769年,黄公质亡,黎氏军队进逼,其子黄公缵率余部退入中国境内。乾隆帝考虑到与莫氏的历史渊源,便准其政治避难。

乾隆三十六年(1771)九月,黄公缵等抵达乌鲁木齐,陕甘总督吴达善又奏报了安插编管事宜:"查迪化城所属土墩子地方,地肥水足,堪资生计。即将乌鲁木齐招垦之地每户拨给三十亩,并借给农具、种子、马匹等。得旨:如所议行。"

从此,这些安南人便成为乌鲁木齐的屯垦者。避难王孙黄公缵有了新身份:头屯所土墩子地方安南人的乡约(头人)。他带来的22户共认耕了660亩处女地,并向当地政府借支了农资,以政治难民的身份安顿在了新疆。

在近水向阳的头屯河流域,农作物屡获丰收,而在缺乏劳动力的背景下,黄公缵一行百余人编入屯田者名册,无疑受到当地人的欢迎。很快,他们便落地生根了。据《清实录》,这些安南人落脚仅6年后,头人黄公缵就辞世了。

马良海所言的那两个坟圈,无疑就是黄公缵夫妻墓地。安南工的老辈人认为,坟里埋着有来头的大人物,称其"皇姑坟"(谐音"黄公坟"),因为坟前立有带字石碑,又称那一带为"石碑子"。

杨镰先生寻访到石碑。他在《乌鲁木齐四季》一文中写道:"黄公缵的墓碑背朝上静静躺在院子角落。碑是砂岩质,石质粗糙,略显红砖色,显然采自附近的山麓,打磨得并不精致。"

杨镰的几次探访,让马良海一家觉得"石碑子"身世不寻常,不再敢用,埋于院墙角落,后由马良海保管。2011年,石碑交至三坪农场场部。这块石碑,碑体长约1.2米,宽约0.5米,青色砂岩,石质坚硬,雕凿较为粗糙,中上部一块长方形区域打磨平整,应为撰写碑文区域,但已辨识不出任何字迹。

岁月更迭。2001年,安南工成为新疆生产建设兵团第十二师三坪农场一连。据马良海妻子回忆,2011年春天,有一名中年男子曾开车带着孩子前来造访,称由石河子来,寻访石碑下落,有意祭祖,却未留下联系方式。2014年,有位越南人以中文和越文在亚心网发帖,文中称"我们黄氏家族想寻找失落的黄族后裔(黄公缵的后裔)"。

两个多世纪过去了,往事藏匿在历史的皱褶里,越南黄氏一行远离故土,在中国西北边疆获得再生。

地名故事

有两百多年辉煌屯垦史的红色土地
——头屯河农场的历史由来

讲述者:田春,男,回族,59岁,第十二师头屯河农场工程师

采录者:李晓

采录时间:2020年5月11日

采录地点:第十二师头屯河农场

流传地区:第十二师头屯河农场

众所周知,头屯河农场是解放后成立的屯垦农场,与中华人民共和国几乎同龄。在新疆生产建设兵团的众多团场里,拥有百年以上屯垦历史的地方堪称稀有,但在十二师的头屯河农场的红色土壤上,却有着一块243年辉煌屯垦历史印记的红色土地。

在清朝乾隆四十二年,即公元1777年,清兵沿巩宁城(俗城老满城)西路交通线,即城西40公里处设头屯所堡,在此屯垦驻兵。随后,屯垦驻军与移

民逐渐向头屯河上游扩展。嘉庆六年(1801),周边生活的农牧民沿着头屯河帝王庙向东开挖一条水渠,称作南渠,接着又自西向东开挖一条西工渠,随后人口慢慢增加,沿着水渠形成自然居住村落。

解放后,从1951—1998年,头屯河农场这片百年沧桑的土地在行政管辖上先后进行了7次易名,8次变身,直到今天的新疆生产建设兵团十二师头屯河农场。

第一次名称诞生及隶属。1950年3月,新疆军区在地窝堡开荒生产,10月转移至头屯河东岸开发乌鲁木齐县933.33公顷土地。1951年10月25日,新疆军区司令部、政治部与新疆军区农业训练班共同组织64人,成立头屯河八一机械化农场,年末增加到118人,播种453.33公顷。

第二次更名及隶属。1954年10月,二十二兵团与新疆军区生产管理部合并,成立中国人民解放军新疆军区生产建设兵团,八一机械化农场归属兵团农牧处领导,更名兵团头屯河农场。

第三次更名及隶属。1955年10月,兵团将农场移交八一农学院,改称八一农学院头屯河实习农场。

第四次更名及隶属。1964年1月,自治区政府成立乌鲁木齐西郊管理处,头屯河实习农场划归农场管理处,称为自治区地方国营头屯河农场。

第五次更名及隶属。1970年4月,农场更名为乌鲁木齐市西郊垦区头屯河农场。

第六次更名及隶属。1976年2月,头屯河农场更名为乌鲁木齐市头屯河农场。

第七次更名及隶属。1981年底,新疆生产建设兵团恢复,农场随之更名为乌鲁木齐农场管理局头屯河农场。

第八次隶属。乌鲁木齐农场管理局头屯河农场于1998年正式划归新疆生产建设兵团十二师,简称兵团十二师头屯河农场。

243年的辉煌屯垦史,其中有近70年的生产建设兵团屯垦史,共同交织成厚重丰富的屯垦戍边文化,头屯河农场延续屯垦戍边的光荣历史传统,发扬现代屯垦戍边精神,继往开来,书写着这块红色土地可歌可泣的过去、现在与未来。

西山烽火台

讲述者：王卢俊茹，女，汉族，38岁，第十二师西山农牧场文体广电服务
中心工作人员

采录者：党荣理

采录时间：2020年4月17日

采录地点：第十二师西山农牧场

流传地区：第十二师西山农牧场

西山农牧场烽火台位于乌鲁木齐市往南约28公里处。据考证，这座烽火台始建于唐贞观年间（公元640年前后），距今已有1300多年历史。

它长、宽、高各12米，台体全部用土夯筑而成，所用土蒸炒后夯打修筑，不长草和树木，不裂缝松散，并设置软梯通往台顶。站在烽火台旁，你会立刻肃穆起来，好像要专注外面的敌情，随时准备点火报警；好像看到战马嘶鸣，刀光剑影。

该烽火台是乌拉泊古城体系5座烽火台中保存最完整的1座。乌拉泊古城又称"轮台城"（现存争议），位于新疆乌鲁木齐市大湾乡乌拉泊村，是乌鲁木齐地区历史最悠久、规模最宏大的唐、元代古建筑遗址群之一。大致分为轮台县，唐代北庭大都护府和静塞军。乌拉泊古城的存在，不但证明乌鲁木齐的历史和丝绸之路的商业文化交流史，同时表明，早在1000多年前，当

时的中央政府就在新疆乌拉泊古城驻军屯守。

　　烽火台也叫烽燧,是古代重要的军事设施。遇到敌情,白天以"烽"为号,把狼粪拌在柴草里点燃,释放狼烟,据说"狼烟直而聚,风吹不散",用于报警是最好不过的。夜间以"燧"为信,点燃堆火,依靠亮光传递信息。白天施烟,夜间举火,台台相连,一昼夜可传递信息2000余里。烽火台一般配备6人,1人为帅,5人为子,轮流放哨。每遇敌情,根据人数、时间等,燃放不同数量的烽火,传达军情。比如唐代规定,来袭敌兵100骑以下,点1炷烟;100骑以上,200骑以下,点2炷烟;500骑以上,同时点烟3炷。除报警外,烽火台还有报平安的作用,唐代规定,"每日平安,即于发更时(天刚黑时)举火一把;每夜平安,即于次日平明(第二天,天刚亮时)举烟一把",被人们称为"平安火"。

　　西山农牧场烽火台屹立于此1000多年,透过千年的风沙,可以看到丝绸之路的繁华;经历千年的风雨,可以领略当地民族团结共御外敌的顽强勇敢;穿越茫茫戈壁,可以见证屯垦戍边的光荣历程。

西山农牧场自成立之日起,人们就把它作为民族精神的象征加以保护与传承,2014年,被确立为十二师爱国主义教育基地。

烽火台遗址现已成为考古、瞻仰、游览、观光和了解新疆屯垦戍边历史,进行爱国主义、民族团结教育的基地,每年夏天都会有众多去南山纳凉观光的旅客在此驻足。

地名故事

牛毛湖煤矿的名称由来

讲述者：熊继武,男,汉族,87岁,第十二师西山农牧场退休干部
采录者：党荣理、王卢俊茹
采录时间：2020年4月17日
采录地点：第十二师西山农牧场
流传地区：第十二师西山农牧场

乌鲁木齐素有"油海上的煤城"之称,西山自然煤炭资源丰富。为了解决农场职工的冬季取暖问题,西山农牧场建场初期的1969年建成了牛毛湖煤矿。

在西山农牧场场界内东北角,原畜牧队往东南3.5公里处有一座山,山脚东边有一处泉眼,涌出的泉水长年不断,形成一个咸水湖,湖周围长满了近2米高的芦苇丛。因这个湖很小,让人们很自然地想到九牛一毛的说法,所以不知从啥时候起,人们就开始叫这个湖为"牛毛湖",口口相传之后,牛毛湖的名字就流传开来。后来在此建煤矿时,人们自然就把这个煤矿称作"牛毛湖煤矿"。

还有一种说法是牛毛湖叫"牛魔湖",是因为牛魔王曾经在这座山上居住,在这个湖里洗澡,所以这座山叫作"牛魔山",湖叫作"牛魔湖"。后来人们叫得快了,就叫成了"牛毛湖",长此以往,人们渐渐也就习惯了"牛毛湖"的叫法,也渐渐淡忘了牛魔王的传说。只有一些上了年纪的老人在给小孩子讲故事时,会提到"过去在畜牧队有一座牛魔山,山脚下有一个湖叫牛魔

丝路明珠 红色记忆
——新疆兵团第十二师民间故事荟萃

湖……"

参与牛毛湖煤矿建设的熊继武回忆，最早修建牛毛湖煤矿是在1960年5月，当时他们拉着一马车吃的用的来到这里一看，四周一片荒芜，什么都没有。抓紧时间，挖地窝子，盖房子合体提井同时进行。缺人手，打报告向场里申请，调来30余人；缺材料，买的买，借的借。那时候物资匮乏，肚子都吃不饱，但职工干劲大，干起活来不怕苦不怕累，6月初，盖好了5个地窝子，打了45米深的地下井。挖到了煤梢梢，捡到井上点起火，大家高兴地蹦跳欢呼。大家的辛苦没有白费，只用了不到一个月的时间，就采到了煤。

1969年4月，牛毛湖煤矿已是一座年产千余吨的小型煤矿了，采煤方式为前进式开采。1979年，牛毛湖煤矿因起火被迫停产，与西山煤矿合并。1992年，西山农牧场向市矿山管理委员会申请获得批准后，重新恢复了牛毛湖煤矿的矿井，直至1998年停产。

地名故事

桃李庄名称来历

讲述者：梁忠，男，汉族，64岁，第十二师二二一团职工子弟
采录者：卢艳红
采录时间：2020年4月21日
采录地点：第十二师二二一团
流传地区：吐鲁番

二二一团四连，曾有个名字叫桃李庄。20世纪八九十年代出生的年轻一辈，都不知道4连为啥叫桃李庄，但66岁的张楠知道。

1969年，二二一团三队与基建二队合并更名为四队（后又更名四连），迁址七轮作区十二条田定居后，团场在此利用原有窑洞和平房组建了团中学。

张楠是这所中学的学生之一。当时，中学教室是原拖拉机队留下的几排空置苏式尖顶土块平房，每个教室有几十个学生。教室的黑板是水泥抹的，刷了一层黑漆。窗户上蒙着厚厚的塑料布，起到挡风沙的作用，操场就是用拖拉机耙得平平整整的沙地，砖头垒起的乒乓球台就立在操场边上。

张楠最难忘的就是在这里学习、生活的时光。当时，学校的老师都是内地来的知识青年，北京的、上海的、重庆的、成都的、西安的、天津的、武汉的，他们是那个年代的知识分子，教起课来南腔北调，令大家倍觉新鲜。

这些老师不仅传授给张楠和同学们丰富的文化知识，还带领他们开启

丝路明珠 红色记忆
——新疆兵团第十二师民间故事荟萃

了新的生活方式。当时学校文艺活动十分丰富，大家唱歌、跳舞、出板报，还组织了登山小组和跑步小组，张楠加入了跑步小组，每天都早起锻炼，一直跑到团部的瀚海门才返回。

后来，学校迁走了，但这所学校为各条战线培养出不少有文化的劳动者和可造之才，人们把学生比作芳香可爱的桃李，故1986年地名普查时，为此处命名桃李庄。

地名故事

高货郎村名称来历

讲述者：杜传英，女，苗族，62岁，第七师退休干部
采录者：吴永煌
采录时间：2020年5月
采录地点：乌鲁木齐
流传地区：第十二师二二二团、乌鲁木齐垦区

"高货郎，高货郎，
别了家乡别了娘，
大漠深处路途远，
想个媳妇望断肠。"

据说，这是很早很早就流传在二二二团农二队一带的一首民谣。

高货郎是个村名，也是二二二团农二队的驻地，距离团部8公里多路。

相传唐朝时，有个姓高的货郎，长期奔走在唐朝大路上，他年迈时，既不能再跑生意，又回不了遥远的老家。便在此处盖了一间亭间，开拓一片田地，以此谋生，聊度残年。从此，这里成了过往客商打尖歇息的落脚点。高货郎死后，后人为了纪念他，就把陋亭稍加整修，取名"高货郎庙"。

1959年，开发建设农二队时，大家就借此取名，以博取地名文化，就毫无疑义地将农二队驻地叫高货郎村。

丝路明珠 红色记忆
——新疆兵团第十二师民间故事荟萃

北亭史话

讲述者：赵媛媛，女，汉族，30岁，第十二师二二二团干部
采录者：吴永煌
采录时间：2020年5月
采录地点：第十二师二二二团
流传地区：第十二师二二二团、乌鲁木齐垦区

提起古北亭（即今北亭镇，兵团第十二师二二二团所在地，前身先后为天山十场、阜北农场），人们都会自然而然地联想到古北庭。古北亭是唐702年在今吉木萨尔县西北面破城子设立的北庭都护府。古北亭，只是古北庭都护府下辖的一个军事要隘。

"北亭"始于汉代，兴于唐代。自汉开边通达西方的商道之后，就在此设置军屯。

据说，该军屯之地就是史书上记载的"唐王城"，位于现北亭镇东北3公里多的二二二团原基建队所在地，也是史书上提到的"轮台"。唐代军事家、诗人岑参在《轮台歌奉送封大夫出师西征》的诗中说："戍楼西望烟尘黑，汉兵屯在轮台北。上将拥旄西出征，平明吹笛大军行。四边伐鼓雪海涌，三军大呼阴山动。房塞兵气连云屯，战场白骨缠草根。"这首诗描绘的是北庭都护封常青从轮台率兵出征，平定突骑施部叛乱的事情，反映了轮台驻军屯垦戍边、威武雄壮的边地战争场景。

该诗中的"轮台",指的就是这里——"唐王城"——北亭。

史家对"轮台"所在地久有争论,大致有三:一说唐轮台就是现在的北亭,这里是最早的丝绸之路北道必经之地,此城的地理位置恰恰在"走马川"与"丝绸之路"的交汇处,犹如铜关铁锁扼守在东西通衢咽喉之间,成了护商贾、镇诸藩、征赋税、事稼穑之重地。据《新唐书西域列传》记载:唐开元七年(公元719年)唐玄宗李隆基下诏:"出北道者纳赋税轮台。"指的是,凡经过此地的商人,均要向轮台县缴纳赋税。"唐王城"东边有哈萨克古墓,进一步从侧面证实了,在古代历史上,民汉就共处一室,和睦相处,亲如一家。此说已经成为主流。

二说是今乌鲁木齐东南面乌拉泊水库南面不远的乌拉泊古城——轮台县城,现遗址已几乎荡然无存,虽始于唐朝,而盛在元朝。唐时还没有能力和条件规模军屯天山之腰,可军不可屯。唐诗也几乎没有此处写照。

三说是现在阿克苏地区的汉代轮台(今轮台县),阿克苏地区轮台虽在

丝路明珠 红色记忆
——新疆兵团第十二师民间故事荟萃

汉代是古丝绸之路必经之地，但那时归龟兹所辖，也称之为"仑头"，而轮台置县始于清光绪二十八年，"轮台"这个地名是不可能入到唐诗的。

"唐王城"呈方形，边长仅有百米。1988年9月，全疆文物普查时首次发现。1993年阜康市将其列为首批市级文物保护单位，立碑保护。据考证，在唐贞观十四年（公元640年），唐太宗李世民下诏建庭州4县，"唐王城"即建或早建于此地。其城虽小，而政治意义却在一般守捉城之上。是唐王朝开启屯垦史的重要一页。

据说，当时北庭都护府在破城子修建一亭，屯守"唐王城"的士兵取土为基，胡杨为柱，苦柳成丘，修一陋亭，蔽日挡雨，因破城子位南，"唐王城"位北，故取名为北亭。

随着朝代的更替，此地或被突厥或被匈奴占领，或兴或衰，历经数千年的沧桑。也随着商道的南移，丝绸之路的北线逐渐走向衰落，北亭的战略地位也随之消失。昔日那种商贾川流不息，军卒披星戴月的情景，已淹没在历史的长河之中。明末之际，此地仅留少量民屯。历代军屯、民屯曾经在此形成的繁荣景象已不复存在，这里又变成了沙漠荒原。成千上万的军屯、民屯已化作了历史的烟尘。史不见传，书不见名，只留下了唐朝废墟一座，略显当年的金戈铁马。

1959年元月，中国人民解放军新疆军区生产建设兵团农六师，以师干部大队为班底，于北亭设天山十场。1960年天山十场划归兵团工一师，改建为阜北农场，1980年更名为二二二团。

从公元640年至今，在北亭建镇已有1000多年的历史了。其间，建城又毁城，毁城又建城，历经沧桑。正是历代不知名的将士与部众，抛家弃子，马革裹尸，才有今天屯垦事业的辉煌。现矗立于二二二团团部的亭子据传所建。

早已退休的郭刚正是二二二团开发建设的第一代老兵，也是一位对北亭史学有着浓厚兴趣的爱好者，曾咏诗北亭："汉唐轮台将，传世多诗伤；当今铁军在，天地尽华章。"

我家门前有条唐朝路

讲述者：赵媛媛，女，汉族，30岁，第十二师二二二团干部
采录者：吴永煌
采录时间：2020年5月
采录地点：第十二师二二二团
流传地区：第十二师二二二团、乌鲁木齐垦区

二二二团退休人员郭刚正，从奉命到天山十场（后改称阜北农场，今二二二团），就再没有离开这里。他最自豪的一句话就是："我家门前有条唐朝路。"

他所说的唐朝路，位于古尔班通古特沙漠南缘，是唐朝开辟的由西域通往中亚、西亚的商道遗址。现新疆境内残存遗址东起奇台县桥子村北3公里处，沿沙漠前缘蜿蜒向西，经吉木萨尔、阜康、第十二师二二二团，至第六师一○二团断迹。在阜康以北的二二二团一带，有着不少与唐朝路有关的传闻。

据史料记载，当时为了更好地控制西突厥，武周长安二年十二月（公元703年），武则天在庭州设置北庭都护府，统辖天山以北的西突厥十姓部落。它的设置表明了唐朝在此地统治的进一步强化，使唐朝在西域有效地行使政治、军事权力。与北庭都护府设置同年，唐朝进一步在当地实行移民戍边

丝路明珠 红色记忆
——新疆兵团第十二师民间故事荟萃

政策，大批汉族移民进入北庭唐朝路沿线，在庭州西部又设置了轮台县（今北亭镇区内）。

唐朝还在北庭四通八达的唐朝路上遍设驿站，凡在交通要道上，每30里设一个驿站，北亭就是一个驿站。

为了维持边军在北庭的驻扎，唐朝除了继续"岁发山东丁壮为戍卒"外，还下令在当地大兴屯田。据记载，北庭唐朝路一带共有屯田二十，随着驻军增加，屯田规模也越来越大，唐玄宗时发展到高峰，唐朝路一带，出现了"轮台、伊吾屯田，禾菽弥望"的丰收景象。

正是有这条唐朝路，郭刚正对二二二团的历史有了浓厚的兴趣，不仅为团场筹建陈列馆献计献策，还阅读了大量唐代描写"轮台"的诗篇，撰写了不少关于北亭的传闻轶事，讲述着家门口那条仅余残迹的唐朝路。

地名故事

老兵镇

讲述者:张媛,女,维吾尔族,33岁,第十二师代管四十七团文体广播中心工作人员
采录者:党荣理
采录时间:2020年4月22日
采录地点:第十二师代管四十七团老兵镇
流传地区:第十二师代管四十七团老兵镇

2019年9月9日,四十七团天气晴朗,秋风送爽,整齐划一的楼房,荷叶满塘的景观湖,在阳光的照耀下熠熠生辉。这天,是个让人心潮涌动的日子,是个让几代军垦人圆梦的日子,是个值得铭记的日子,四十七团建镇了!四十七团所有人都起了个大早,穿上干净整洁的衣裳,笑容满面,大步流星向团部中心汇集,他们将见证四十七团这一历史性时刻。

四十七团申报建镇工作于2017年5月启动,全团人为之拼搏奋斗了2年,而对在沙漠边缘建起四十七团的沙海老兵来说,则是奋斗了一辈子。

2013年12月,9名健在的老战士给习近平总书记写信,表达他们屯垦戍边的坚定信念,感谢党的关心关怀。习近平总书记在回信中高度赞誉老战士们"扎根新疆、热爱新疆、屯垦戍边"的"老兵精神"。

2017年12月22日,是中国人民解放军进军和田68周年的日子。这一

丝路明珠 红色记忆
——新疆兵团第十二师民间故事荟萃

天,北京市人民政府天安门地区管理委员会为四十七团送来了一面鲜艳的五星红旗。

这面国旗2016年12月22日在天安门广场上升起过,是伟大祖国繁荣昌盛的象征,是各民族团结的象征,它代表着祖国对边疆人民的关怀,也代表着北京人民和新疆各族人民心连心。90多岁的沙海老兵董银娃双手颤抖地接过国旗,热泪盈眶,他激动地说:"祖国没有忘记我们!"

现在,走在老兵镇(四十七团)街道上,道路两旁整齐划一的楼房,绿意盎然的景观树、防沙林,很难想象,这里曾是一片荒无人烟的沙漠。

"之前的职工群众住的是平房,有的还是土坯房。从2008年开始,在北京、兵团、十二师等多方援助下,我们加快了城镇化建设。目前,我们已建成楼房2257套,其中1726套住上了人。"四十七团城镇管理服务中心工作人员高东东介绍说。

近年来,四十七团通过城镇绿化景观改善提升、亮化提升,将红色文化、老兵故事融入主题社区建设中,新建文化设施,并结合四十七团扶贫创业基地(老兵夜市),形成完整的红色旅游观光体系,从而在改善城镇环境的同时,吸引众多游客前来参观游玩接受教育。

"四十七团党委始终坚持特色、宜游、宜居小城镇建设理念,逐步完善城镇居住区基础设施。现在,团场景色越来越美,群众也乐享美好生活。"四十七团党委书记、政委郭鸿海说。

产业兴旺是幸福生活的重要基础。自20世纪90年代以来,四十七团逐步形成了以红枣为主的种植业格局。2017年,代管四十七团的十二师党委,提出了举全师之力推动四十七团的发展,除了每年向四十七团提供援助资金1亿元外,还实施"一团一企包一连"举措,全方位对口援助四十七团。各方人才向这里集聚,各方资金向这里汇集,四十七团开启了阔步前行的崭新时代。

"四十七团老兵镇的揭牌,是兵团党委完整准确贯彻新时代党的治疆方略和对兵团的定位要求的重要举措,是推进南疆发展、壮大兵团力量和优化战略布局的重要载体,必将为四十七团发展带来重大机遇。"郭鸿海说。团镇合一,将实现管辖范围与职能的相统一,形成以城市为依托、城镇为支点的发展格局,对促进产业集聚、增加群众收入、推动兵地融合具有重要的意义,也为实现新疆工作总目标、更好发挥兵团特殊作用奠定坚实基础。

"三八线"

讲述者：舒万福，男，汉族，60岁，第十二师代管四十七团敬老院院长
采录者：党荣理
采录时间：2020年4月23日
采录地点：第十二师代管四十七团老兵镇
流传地区：第十二师代管四十七团老兵镇

1950年朝鲜战争爆发，战士们集体请战，可上级下达的命令是继续屯垦戍边。没能上抗美援朝战场，成了老兵们一生的遗憾，他们说，活着不能到"三八线"，死后就埋在"三八线"。

四十七团第一位去世的是战士周元，当时墓地选择在他开垦的一块地里，正巧地宽300米、长800米，战士们称它为"三八线"，以后，老兵们把去世安葬在这里叫上"三八线"。现在已经有300多位老兵在这里长眠。

沙海老兵王传德在世时，每年清明时节，他总会带着儿孙到团场最大的杏花园采摘一袋杏花前往"三八线"，看望和他在沙漠里共度了一生的战友、同志、妻子——王秀兰。

"秀兰，你走的时候我没有把军帽给你带上，你走了以后我把你的帽子缝在我的帽子里，我一直带着这顶帽子，就好像我们永远在一起。"王传德对妻子的深情，至今在四十七团传为佳话。

现在有不少老战士的遗孀,不愿意回原籍故土,而是守在与丈夫一起开垦出来的这片热土上。一位老战士的遗孀说:"再过几年我们就要去'三八线'了,去和老头子到下面开荒、种地、守边疆。"

在"三八线"长眠着这样一对革命夫妇,他们是季玉亭和阎凤英,季玉亭1948年参加革命,曾徒步穿越"死亡之海"来到和田。阎凤英是1952年进疆的山东女兵。因为妻子在生产劳动中落下了病根,他们无儿无女。1990年季玉亭得了肺心病,眼看自己快不行了,他把妻子叫到床前叮嘱了三件事:第一件事是这个月发了工资后一定要帮他把党费交上;第二件事是把医院的账结清,不能欠公家的钱;第三件事是如果他不行了,千万不要向团场提任何要求,因为团场还不富裕。季玉亭去世后,阎凤英执意搬到"三八线"旁的一间草把子房里独自居住,守着丈夫,这一守就是19年。

如今,"三八线"已成为缅怀革命烈士和沙海老兵的爱国主义教育基地。

盛世才西山别墅与兵团老战士的奉献情怀

讲述者：白长福，男，汉族，77岁，第十二师一〇四团退休干部
采录者：李晓
采录时间：2020年5月2日
采录地点：第十二师一〇四团团部会议室
流传地区：第十二师一〇四团团部

在乌鲁木齐解放前的历史里，有一段盛世才统治时期，对于新疆各族群众来说，盛世才是一个举足轻重的人物，他在曾经乌鲁木齐的前身迪化时期，制造了一个白色恐怖时代，屠杀了众多革命志士与共产党人，就是这样一个魔鬼人物，在西山地区留下一座昔日的故居住所。这就是盛世才西山别墅。

距今70多年的盛世才故居，位于妖魔山今天的雅山下，曾经盛世才将兵马营就设在这里。1933年，盛世才登上新疆督办的宝座，在这里为自己构建了一个容身之所。据说当初建造时，布下很多机关，大概是因为杀人太多、树敌太多，担心被人暗害。

在"文革"中，这座别墅第一次遭受重创，别墅山墙两端的龙凤木雕画被人用斧头砍下，别墅周围原先有三棵老榆树也被人砍伐，在解放后几十年里，别墅陆续遭受到人为破坏，已经没有当初气势恢宏的模样。直到2008

年，文物管理所来到现场考察，8月在别墅门上挂上"文物保护"的牌子，从此，残破的盛世才故居得以保护下来。

就是这样一个反动军阀的别墅，却与一位老兵团战士有着一份不解之缘。在20世纪60年代，盛世才别墅曾一度是天山九场场部卫生所所在地，同时还有一个陈列室，陈列着盛世才当年公开反共犯下的滔天罪行，就是这个小小的陈列室，无意间让一位兵团知青的思想发生了重大转变。

1959年冬天，来自河南的白长福刚到当时的农六师天山九场报到。上班不久，就因不适应这里的环境与气候生病了，当时发烧到39度多，领导得知后联系马车把他送到这里的卫生所。打针治疗后，送白长福来的师傅介绍说，卫生所是盛世才的住所，要带白长福参观一下。

别墅的陈列室，很多优秀的共产党领导人就是在这里曾领导八路军西路军在新疆开展革命宣传工作，领导在新疆的党员干部贯彻执行抗日民族统一战线，为维护祖国统一、保证国际交通畅通、支援抗日前线，促进新疆政治经济文化的发展作出了重大贡献。

当时很多优秀的共产党人遭到了盛世才严酷迫害,受尽了严刑拷打,最后被残酷杀害。了解到这一段历史,盛世才的残暴形象刻在白长福的脑海中,先烈们为革命抛头颅洒热血的英雄壮举,鼓舞了白长福的斗志,他暗暗发誓,决不能让共产党人的鲜血白流,作为兵团战士,一定要用实际行动努力工作,报效先烈,扎根兵团,支援边疆建设。

在1969年,白长福接到场里交给自己的一项艰巨任务,当时场里的两台东方红54拖拉机机体断裂,如果修不好,将会给场里带来重大损失,领导要求白长福负责修好这两台拖拉机。当时的铸铁焊接还是一项技术空白,白长福顶着压力,给机体整体加温,用气焊焊接,焊后用石灰慢慢冷却。由于气温过高,焊接时间过长,白长福晕了过去,大伙把白长福送到卫生队。白长福成功了。为冬修立了一大功。

70年代末,白长福带领几位师傅坐嘎斯车去自治区兽医站安装大栅,途中发生意外,他从车上摔下,造成严重脑震荡,大腿骨折,打了石膏,可伤还没好,白长福就坚持上了工地,克服常人难以忍受的疼痛,咬着牙保质保量完成了任务。白长福吃苦耐劳、任劳任怨、无悔奉献的精神赢得兽医站的同志一致夸赞,大家说:"不愧是老军垦人,白长福就是新疆的铁人王进喜啊!"

一栋"反共"军阀的别墅故居,与一位老兵团战士的缘分,也启示教育今天的我们,忘记历史意味着背叛。多少仁人志士为革命抛头颅洒热血,为了和平献出宝贵的生命,多少兵团战士无怨无悔奉献青春与热血,激励我们更加珍惜今天来之不易的幸福生活。

民族团结故事

民族团结故事

兵团第一代羊倌后代讲的故事

讲述者：木合买提，男，哈萨克族，60岁，第十二师一〇四团天鹅之乡
　　　　退休牧工
采录者：李晓
采录时间：2020年4月18日
采录地点：第十二师一〇四团天鹅之乡连部办公室
流传地区：第十二师一〇四团团部

木合买提今年60岁，是一〇四团土生土长的兵二代，现在是天鹅之乡一名退休的牧工。木合买提的父亲堪称是兵团的第一代羊倌。木合买提的父亲小时候家里贫困，吃不饱穿不暖。王震部队进疆时，当时虽然新疆和平解放，但还存在反动派残余势力，为了保障后勤，部队成立了土产经营部，对所有的牲畜要集中起来管理。木合买提的父亲在1952年4月28日加入刚进疆的王震部队，负责羊只的放牧，木合买提的父亲就此正式成为兵团第一代兵团职工。

父亲成为第一代兵团战士后，接受党的教育，亲身感受到共产党带给家乡的变化，回家后经常给妻子，木合买提的母亲说：我一个旧社会的穷放羊娃，能有机会当兵，成为一名兵团战士，每月还有工资，吃喝不愁，让一家人都能有饭吃，我们一定要教育好孩子，让他们长大了，也要好好听党的话，热

丝路明珠 红色记忆
——新疆兵团第十二师民间故事荟萃

爱国家,拥护共产党,要与各民族搞好团结,决不能做伤害民族团结的事。

父亲成为兵团职工的11年后,不幸因病去世。父亲走的时候,木合买提刚3岁,关于父亲的很多故事都是长大懂事后母亲讲述给他的。母亲从小教育木合买提要好好学习,与各民族之间要友好相处,相互学习,相互帮助,将来长大后报效党与国家,成为一个对国家有用的人。在20世纪60年代的"文革"时期,母亲抚养了一名汉族小女孩,这女孩的父母当时被批斗,小女孩无人照管,善良的母亲不顾周围人的劝阻,执意把女孩接到自己家,像自己孩子一样悉心照顾。

在母亲的影响与教育下,木合买提这个兵二代长大了,他上了一○四团的子女学校,在学校接受良好正规的教育,学到了中华优秀传统文化,懂得孩子要孝顺尊重自己的父母。通过课堂的学习,他不仅了解到新疆的历史,也了解到国家的历史,打心眼里为自己生在中国,是一个中国人而深感自豪与骄傲。

16岁时，木合买提初中毕业了。当他领到自己第一个月33元工资时，母亲已经去世3个月了，木合买提多么渴望能给母亲买一双鞋，让母亲为自己成为一名正式的农场职工而高兴啊。可是，母亲已经不在人世了，看不到她的儿子长大成人有出息的这天了。

从小在兵团长大的木合买提，自小有着深厚的兵团情结，多年来依旧保留着兵团职工艰苦朴素的生活作风。退休有退休金，儿女也长大独立，生活没有负担，但他依然喜欢穿休闲迷彩服，他说每当穿上这衣服，就感到自己还是一名兵团战士，他为自己是一个兵二代而自豪，为自己是一名兵团人而骄傲。

从小接受国家通用语言教育的木合买提，对中华优秀传统文化情有独钟，过年时，木合买提都会习惯买来春联贴上。他给女儿起名海霞，他希望女儿拥有大海一样广阔的胸怀，儿子起名阿克拜，与黑包公的意思相类似，他希望儿子清清白白做个清官。木合买提说，身为一个中国人，一定要学习中华优秀传统文化，吸取里面的精华，各民族只有相互学习，相互融合，中华民族才能强大，我们的国家才会强盛。

退休后的木合买提喜欢看新闻，看《参考消息》，了解国内外大事。他说，我们中国是一个伟大的国家，中国人了不起，我们一定拥护共产党的领导，拥护我们的领袖习近平总书记，热爱我们的国家，新疆的各民族一定要团结，中华民族才能更加强大！

丝路明珠 红色记忆
——新疆兵团第十二师民间故事荟萃

马背医生的"传帮带"史话

讲述者：苏慧丽，女，汉族，64岁，第十二师一〇四团中心小学退休教师
采录者：李晓
采录时间：2020年4月18日
采录地点：第十二师一〇四团团部会议室
流传地区：第十二师一〇四团团部

在一〇四团南山牧场的大山深处，民间一直流传着马背医生柴学顺与他的哈萨克族徒弟驳克乃的传奇。20世纪50年代，年仅25岁的河南医生柴学顺，主动请缨来到新疆支援建设，来到当时一〇四团南山所在的牧二场，成为一名为牧区群众看病的"赤脚医生"。在方圆数百里的高山上，为当地的哈萨克族牧民提供医疗救治服务。崎岖蜿蜒的牧区山路，一到冬天更难走。人说"蜀道难"，而牧区的山路比蜀道还难，一边是垂直的陡壁，一边是深陷的峡谷，且路面坑洼不平，两匹马迎面相向必须要贴壁擦身而过。山间道路盘旋，最难的是上大阪，自上而下倾斜，坡度直接超过了40度，危险可想而知，就是这样的山路，每次上山出诊，一圈下来就得20多天的时间。

当时牧区只有柴学顺一个医生，草原上的医生必须要求全科，内外儿妇都要掌握，除了常规的诊病，还为牧区的女人接生。几十年来，经柴学顺接生的婴儿就有五六十个。他常年行走在牧区，牧区的路一年四季大部分时

民族团结故事

间都是冰雪覆盖,有一次出诊时,不慎马失前蹄,柴学顺被摔下马背,险些失去知觉,最终总算死里逃生。类似如此与死神擦肩而过的事太多。

多年与哈萨克族牧民打交道,柴学顺与当地牧民结下了深厚的友情,能说一口流利的哈萨克语。牧民四季转场,迫切需要更多的医生,在一○四团领导的支持下,柴学顺前后收了7名哈萨克族青年牧民当学生,驳克乃就是其中的一位。在1978年一个偶然的机会,驳克乃成了柴学顺的学生,这个"敏于行讷于言"的哈萨克族年轻人非常好学,善于观察老师接诊的每一个细微动作,细细观察领悟于心。经过一段时间的学习磨砺后,驳克乃完全可以独自背着药箱行医。一次深夜下起大雨,还在睡梦中的驳克乃被一位年轻人叫醒,说牧区有位病人有高血压,突发心脏病,急需救治。驳克乃二话不说抓起药箱就跟着年轻人冲进了茫茫雨夜。不巧的是,骑马来的小伙子匆忙中没有把马匹拴好,骑来的马儿已不知踪影。无奈之下,驳克乃与小伙子两人合骑自己那一匹马,在雨夜中磕磕绊绊行进。途中,小伙子突然间抽搐呕吐起来，原本是代人寻医的好心人，转眼成了让人照护的病人。为了让小伙子坐得舒服一些，驳克乃下了马，牵马冒雨艰难地寻路前行。途中，小伙子突然跌下马来。幸好前面快到牧民毡房，有牧民听到声音赶忙出来，协助驳克乃把小伙子抱进了毡房。驳克乃把小伙子安顿好，来不及休息片刻，继续踏入茫茫雨夜去看诊。

就这样驳克乃骑着马，踏上了老师走了一辈子的雪山巡诊之路，没想到这一走，就是30多年。这30多年中，先后有9匹骏马与驳克乃朝夕相伴，其中1匹马坠下山崖丧生，2匹马摔断腿，6匹马因年老体弱而退役，这9匹马伴着驳克乃，在天山牧区留下诸多感人的故事。

柴学顺与驳克乃，两代马背医生为哈萨克族牧民的生命健康贡献了大半生心血，而自己的健康却在常年艰苦的环境中受到了损害。柴学顺被风湿折磨得双手变了形，驳克乃的心脏、胃与膝关节都有不同程度的损伤，甚至影响了行动。一心为牧民无私奉献的两代马背医生"传帮带"，默默无闻为牧民服务，马背英雄的史话流传在南山牧场的广阔草原。

西山"沂蒙嫂"

讲述者：王卢俊茹，女，汉族，38岁，第十二师西山农牧场文体广电服务中心工作人员

采录者：党荣理

采录时间：2020年4月18日

采录地点：第十二师西山农牧场

流传地区：第十二师西山农牧场

20世纪70年代，一部电影《沂蒙颂》轰动全国，沂蒙嫂用乳汁救活一名负伤战士的事迹感动全国人民。就在那个时期，西山也出了位沂蒙嫂式的人，她叫杨淑兰，是土生土长的西山农牧场人，在学校教书育人30余载，除了自己的6个子女，她还有一些毫无血缘关系的维吾尔族、汉族儿女。

1969年某一天，杨淑兰看到不满一岁的吐逊汗啼哭不停，便问她的母亲怎么不喂孩子，她的母亲告诉杨淑兰，自己身体不好，没有奶水喂女儿。看到与自己小女儿一样大的孩子饿得直哭，杨淑兰心疼极了，赶紧抱过来，用自己的奶水喂她。大半年里，她把吐逊汗当作自己的女儿一样喂养。就这样，她多了一个维吾尔族女儿。当《沂蒙颂》放映后，杨淑兰也多了一个西山沂蒙嫂的尊称。

70年代，杨淑兰调到西山农牧场学校，成为一名教师。吐逊汗跟着奶奶

丝路明珠 红色记忆
——新疆兵团第十二师民间故事荟萃

在离学校3公里外的五队住。吐逊汗有时饿着肚子上学,有时顶着东风回家,杨淑兰就把吐逊汗接到自己家住。就这样,吐逊汗和杨淑兰的孩子同吃同住同学习。杨淑兰帮吐逊汗辅导功课,为她洗澡,换洗衣服,和亲生妈妈一样体贴入微。

后来吐逊汗家里发生了变故,她和两个弟弟分别被两个家庭抚养。两个年幼的弟弟缺吃少穿,寒冬里趿拉着没有后跟的鞋子在雪地里走,被杨淑兰看到了,赶紧把孩子带回家,找了鞋袜给孩子换上,还给他们做了热汤饭吃。此后,杨淑兰经常把他们带回家,找些儿子穿过的衣物给他们穿,给他们做点热乎饭吃。

还有许多和吐逊汗姐弟三人一样把杨淑兰当作妈妈的孩子,虽然如今他们分布在全国各地,但无论离得多远,只要他们回到新疆,一定会来探望杨淑兰。

如今,杨淑兰已72岁了,她所住的楼栋居住着三个不同民族的居民。刚搬进楼房时,大家不太熟悉,互不来往,杨淑兰就经常组织大家开展邻里活动,拉近了彼此的感情。2015年,她所在的楼栋被社区评为和谐楼栋。

杨淑兰以博大的慈母之心,诠释了民族大爱与家国情怀的真谛。用点滴的关爱之情,滋润着各族儿女的心田,谱写了一曲动人的民族团结之歌。

民族团结故事

两只来历不明的老母鸡

讲述者：阿合曼提·阿不都仁，男，维吾尔族，65岁，艾丁湖乡庄子村村民
采录者：卢艳红
采录时间：2020年4月19日
采录地点：庄子村
流传地区：吐鲁番

2002年一天清晨，二二一团四连职工李玉明披上外衣伸个懒腰推开客厅大门，突然看到自家院子里有两只被红绳子捆住腿的老母鸡，它们边挣扎边"喔喔喔"地叫唤。

李玉明吓了一跳，只知道天上不会掉馅饼，她却没想到天上会掉活蹦乱跳的老母鸡。

火速赶到瓜田，李玉明把帮自家干活的维吾尔族老乡都问了个遍："今天你们有人给我送老母鸡了吗？"

大家都摇头。

这时，24岁的尼牙孜和20岁出头的热婉古丽两兄妹也来到瓜田。李玉明打着手势问他们，知不知道家里两只老母鸡的来历，他们也茫然地摇头，表示不知情，然后拿起农具，默默干活去了。

李玉明很心疼这对兄妹，她听说，是因为父母近亲结婚的缘故，兄妹俩

丝路明珠 红色记忆
——新疆兵团第十二师民间故事荟萃

才一个哑一个聋,因为干活反应欠敏捷,别处瓜地的老板怕麻烦,不太愿意请他们干活。

"嗨,玉明,听说王建宝家昨天丢了两只鸡,你去问问看,是不是他家的鸡?"邻居李秋香知道李玉明四处寻找鸡的主人,就找到瓜田主动告诉她这一信息。

李玉明立马回家,提上这两只老母鸡就去了王建宝家。王建宝媳妇仔细看了看那两只母鸡,说不是他们家的,他们家丢失的两只鸡,爪子是黑色的。

到底是谁的鸡呢?李玉明很为这来历不明的母鸡苦恼。

另一位邻居杜秀勤也给她提供了一个信息,说天还没大亮,她起夜,看到艾丁湖乡团结五村的小伙子马力克蹑手蹑脚地趴在李玉明家墙头,她本想喊一嗓子,但看到马力克把两只鸡扔进院子后就走了,她就不再吭气。

"玉明呀,也许是那个小伙子有什么事情想请你帮忙,才给你送鸡吧。"杜秀勤说。

李玉明骑上自行车,火急火燎地去团结五村找马力克:"巴郎子,是不是你有事需要姐姐帮忙,所以在我家院子里放了两只母鸡?"

马力克告诉她:"大姐呀,鸡的确是我放的,但并不是我要求您办事,而是尼亚孜的母亲让我放的,这位老母亲,被您多给她儿女的200元感动了。"

原来,尼牙孜和热婉古丽第一天来瓜田打工的时候,干活就比别人慢半拍,别人都嫌弃他们,但善良的李玉明不嫌弃他们,还跟他们说话,得知他们的父亲因为不堪生活重负,早已过世,这两孩子和体弱多病的母亲相依为命,生活很清苦,李玉明更是动了恻隐之心,在当天结工钱的时候,多给了他们200元,让他们拿回家去改善生活。谁知道,两兄妹的母亲心怀感恩,把家里仅有的两只母鸡给她送来了。

"神秘"的送花人

讲述者:阿合曼提·阿不都仁,男,维吾尔族,65岁,艾丁湖乡庄子村村民
采录者:卢艳红
采录时间:2020年4月
采录地点:第十二师二二一团
流传地区:吐鲁番

夏天说到就到。

艾丁湖乡庄子村妇女阿孜古丽家屋檐下,开满了美丽的鲜花,五颜六色的花朵清香又好看。

乡亲们种葡萄、西瓜的大有人在,但种花的不多。邻居马力克调侃阿孜古丽:"你种这么多花,是用来卖钱吗?"

阿孜古丽凑近马力克悄悄说:"这花,是闫明善送我的,是治疗我心病的药,我才不卖钱呢。你别告诉艾山啊。"

艾山是阿孜古丽的丈夫。马力克不再说话,可是他心里有想法啊。闫明善,他也认识啊,不就是二二一团那个西瓜种植大户吗?他给阿孜古丽送花,难道是两人有私情?想到这,马力克吓了一跳,在心里嘀咕:哼,真没想到,在闫明善那热情的面孔后面,还有这么一颗肮脏的心。偷偷送花给阿孜古丽,还不让艾山知道,这种私情我可不能任其发展。

这天,马力克恰好见到艾山一个人在田里干活,就悄悄地把闫明善送花给阿孜古丽的事说了。

艾山看看马力克,摇摇头说:"哎,原来阿孜古丽一直都知道花是闫明善送的啊。"

这下,是马力克摸不着头脑了。

艾山给马力克讲了一个故事。

十几年前,艾山常去二二一团四连给植棉大户家摘棉花,艾山话不多,但干活好,是个摘棉花高手。别人累死累活,一天干下来可以捡50公斤棉花,他看起来轻轻松松的,一天可以捡100公斤棉花。

闫明善就是二二一团的,他很佩服艾山这项技能,一来二去,两人成了交心的朋友。

多年过去,勤学好问的闫明善靠种植西瓜成了方圆百里有名的有钱人,艾山一家日子过得依然艰难,闫明善就不时给艾山家买些牛肉、羊肉送过去。有时候,他还邀请艾山夫妇到瓜田帮忙,给他们开工资。

一天,在家里吃午饭的闫明善接到艾山小女儿古丽旦姆打来的电话,她说妈妈前段时间身体不舒服,在医院检查,医生说她患上了乳腺癌。家里现在没钱给母亲看病,父亲急得一直在家里哭。

闫明善放下饭碗,边披衣服边让妻子取出5万元。

妻子问:"要这么多钱干什么?"

他说:"救命。"

接过钱,闫明善开车火速赶到庄子村。

艾山看到闫明善递到自己手里的5万元,眼泪"唰唰"地落下来。

闫明善说:"快收拾衣物,我送你们去乌鲁木齐。"

闫明善连夜开车,拉着艾山夫妇赶到自治区肿瘤医院,并在医院陪护到阿孜古丽手术结束,又开车将他们送回家。

阿孜古丽病情控制住了,但还老是苦着脸。

艾山又来找兄弟闫明善吐苦水:"兄弟,你说可咋整呀？我媳妇嘛,自从生病后,时不时找我吵架,我说什么都不对,我都快招架不住了。"

闫明善觉得,阿孜古丽闹腾,一是因为担心病情,有压力。二是业余生活太单调,心里空虚。他想到,自己1997年刚来新疆时,生活艰难,面对荒漠黄沙,心里也很是压抑,但种上花花草草后,看着色彩缤纷的花朵,心情就灿烂起来。

于是闫明善开车去花市买了8盆鲜花,送给艾山,说:"你拿回去送给阿孜古丽吧,就说你送的。丈夫送花,妻子会很开心。"

然而,直到马力克来告密,艾山才知道,阿孜古丽早就知道这些花是"神秘人"闫明善买的。

阿孜古丽太了解自己的丈夫了,他才不会浪漫到给自己买花。她一直没有揭穿这一点,是给丈夫留着面子。

自从养花后,阿孜古丽的生活充实了许多,每天从工地回来,她就侍弄这些花花草草,观察它们细微的变化。今天花儿冒新芽了,她笑,后天骨朵开花了,她乐。看到那些枯死过去的花朵,开春又突然活过来,新奇之余她也深受启发,觉得生命应该是坚强的,美好的。

民族团结故事

一幅暂时空白的画

讲述者:米娜娃汉,女,维吾尔族,55岁,艾丁湖乡也木什村村民
采录者:卢艳红
采录时间:2020年4月
采录地点:艾丁湖乡也木什村
流传地区:吐鲁番

4年前,53岁的陈文副与也木什村的老党员比斯尔一家成了结对亲戚,两人虽然不是一个民族,但关系比亲兄弟还亲。

陈文副与比斯尔情投意合,相见恨晚。但比斯尔的妻子米娜娃汉可不这么想,她悄悄对丈夫说:"老头子,一个陌生男人和我们成了亲戚,真让人不习惯。你喜欢画画,要不你画一幅,暗示他不要来了?"

"老婆子,老陈是个党员,他和我们结亲戚,是我们的福气。他就是来看我们家有啥实际困难,来帮忙解决的。而且,他哪次来不给你带礼物?你吃着人家甜甜的杏子,要给他甜甜的笑容才对。"比斯尔开导她。

米娜娃汉后来经过观察,丈夫没有说谎。陈文副每次来家,都是来帮助他们解决困难。

那时候,因为市场原因,葡萄价格偏低,比斯尔家3亩地种出的葡萄没卖上好价钱。数着薄薄的那叠人民币,一家人垂头丧气的。

丝路明珠 红色记忆
——新疆兵团第十二师民间故事荟萃

陈文副了解实际情况后,就让比斯尔领他到葡萄地里看。那葡萄地呢,面积不大,但经过改良的土质还是不错的。陈文副心中就有了底。

"哎,老哥。虽然葡萄地只有3亩,但土地质量不错。你今年可以增加葡萄的品种和种植密度,葡萄产量上去了,钱不就多了吗?"

比斯尔觉得这是个好主意,接纳了陈文副的意见。陈文副就给他找来了优质的无核白葡萄苗,还自掏腰包给他买了化肥。他还经常到比斯尔家的葡萄地,查看葡萄长势,指导比斯尔接下来要做什么工作。

第二年,比斯尔的葡萄获得了大丰收,年纯收入由五六千元涨到了两万多元,他心里那个乐呀,直吩咐妻子:"米娜娃汉,你好好做顿手抓饭,要买最好的羊娃子肉,我要请兄弟好好吃顿饭。"

饭饱茶足,比斯尔和陈文副闲聊:"我附近有些人家开了民宿,但我早想过了,我不开民宿。"

"为什么?"

"你看我屋子前这一大面墙壁,开了民宿就留不下了。"

"你要这墙壁有什么用？"

"我想在墙上画你、画我、画我们的故事，每天画一段，让那些来村子旅游的游客了解我们的感情。让这面墙上的画成为一个参观项目。"

陈文副眼睛潮湿了，也有了在那面空白墙上绘画的冲动。

丝路明珠 红色记忆
——新疆兵团第十二师民间故事荟萃

大馒头带来的"蝴蝶效应"

讲述者：陈华，女，汉族，85岁，第十二师二二一团退休职工
采录者：卢艳红
采录时间：2020年4月21日
采录地点：第十二师二二一团
流传地区：吐鲁番

1954年，任花成从山东莱阳支边来疆。她和战友们乘坐汽车，一路风餐露宿，终于在进到哈密的时候，吃到一碗热气腾腾的胡萝卜揪片子汤。那是维吾尔族老乡送来的浓浓心意，这份温暖，住进了任花成心里。

1962年，任花成已从哈密调到吐鲁番二二一团工作，担任三连三八红旗班政治班长一职，经常带领姑娘们开荒、种地。

吐鲁番素有"风库"之称，刮起大风昏天黑地，人面对面站着，有时都看不清对方的脸，飞沙走石可以打瞎人的眼睛。

一天，在工地上干活的姑娘们遇到狂风，她们站成一排紧紧拉着手，还是被风撞得东倒西歪。这一时刻，她们不得不选择转移到防风林北边的维吾尔族老乡家避风。

她们进了一户老乡家的土块房。房子的女主人阿依努尔对姑娘们很是热情。

阿依努尔端出胡萝卜揪片子汤招待客人。喝着热乎乎的揪片子汤，任花成想起初进新疆在哈密遇到的那份温暖，看着阿依努尔，她就觉得特别亲，也想送点礼物给她。

任花成在身上摸来摸去，只摸出一只苞谷面馒头。她把这只苞谷面馒头递给阿依努尔。阿依努尔看看她，她做了一个"放心吃"的手势，说："苞谷面做的。可以吃。"阿依努尔咬了一口馒头，嘴角露出笑容。

任花成想，自己吃过老乡做的揪片子汤和苞谷面馕，老乡咋就不能经常吃到馒头呢？老乡们爱吃馕，常常制作很多馕，装在一个大筐子里，挂在屋顶上，馕是耐坏、好吃，但换换口味也是艰苦岁月里的一种不错调剂。

她就把阿依努尔拉到身边，说："我教你做苞谷面馒头吧，冬天，用水蒸一下它，吃起来不太硬。"

任花成指指阿依努尔家的苞谷面，连比带画地教她如何和面、醒面，阿依努尔懵懵懂懂的，任花成心里也没底，语言交流有困难，她也不知道阿依努尔能否理解自己的意思。

半个月后的一天,阿依努尔到工地上找任花成,递给她一个自己蒸的苞谷面馒头。那馒头胖胖的,是个大个子,大约有四两重。

任花成很惊喜,拥抱了阿依努尔,并竖起大拇指朝她说:"亚克西!"

她发现,用心去沟通,即使语言交流有困难,但人与人之间总会有所感应。

任花成教老乡蒸馒头的事情在三八红旗班传开后,姑娘们为政治班长怀有感恩之心鼓掌的同时,也很受启发,找到了一条与老乡们互帮互助的路子。姑娘们有时下工早,也会义务给周边的老乡打把草喂羊,或者给老乡教几个汉字。那些心灵手巧的维吾尔族妇女,也会教三八红旗班的姑娘们一些传统刺绣针法。有时,汉族姑娘和维吾尔族姑娘坐在一起交流,即使都听不太懂对方的话,也能你来我往,各说各的笑上一阵。

大家的心,贴得更近了。

民族团结故事

一块花布娶到新媳妇

讲述者:刘玉蓉,女,汉族,47岁,第十二师代管四十七团七连职工
采录者:党荣理
采录时间:2020年4月23日
采录地点:第十二师代管四十七团老兵镇
流传地区:第十二师代管四十七团老兵镇

刘来宝是70年前穿越"死亡之海"塔克拉玛干大沙漠胜利解放和田的十五团官兵之一,也是四十七团第一代军垦人中民族团结的优秀代表之一。1959年,他和少数民族职工刘·努尔沙汗相知相恋、结婚生子。直到晚年,他们依然幸福地生活在一起。

1959年,在那段屯垦戍边的艰苦岁月里,他和少数民族职工努尔沙汗相遇了,美丽动人的努尔沙汗常常会吸引刘来宝的目光,而刘来宝的吃苦耐劳也打动了努尔沙汗。他们相知相恋,在党组织的大力支持下,在战友们的积极鼓励下,他们冲破重重阻力,毅然决然地走到一起。

那时生活艰苦,再加上每个年轻人都以劳动为荣,以工作为重,订婚结婚根本不讲嫁妆和财礼,也送不出什么像样的嫁妆和财礼。努尔沙汗收到的订婚礼物是一块黄底的花布料,她非常喜欢,知道这包含了刘来宝的全部心意。结婚时,新娘就是用它做出自己的新嫁衣,在团部的办公室里,老刘

丝路明珠 红色记忆
——新疆兵团第十二师民间故事荟萃

泡了几杯茶,给大家散了几小包方块糖,他们就算结了婚。婚后,努尔沙汗主动提出在名字前加个"刘"字,从此,大家都叫她"刘·努尔沙汗"。

刘·努尔沙汗这一辈子啥活都干过,最开始被分在基建连,从备料干起,一天要打650块砖坯。后来,她在昆仑山下的采矿连下过煤矿,拉过煤车,当过班长,工作起来从不比男人差。别看她那个时候瘦瘦的,身高只有一米五多,体重只有不到40公斤,可干起活来很要强,男人能干的活她都能干。

刘来宝由此也深深体会到妻子的一片真心,对她也是关爱有加。几十年来,他们相亲相爱、相濡以沫,以自己的实际行动书写了民族团结的美丽篇章,演绎了几代团场人民族团结的鲜活事例。

民族小队指导员

讲述者：夏天，女，汉族，31岁，第十二师代管四十七团纪念馆职工
采录者：党荣理
采录时间：2020年4月23日
采录地点：第十二师代管四十七团老兵镇
流传地区：第十二师代管四十七团老兵镇

王有义是民族小队的第一任指导员。他以前担任过九连、四连、三连的指导员，哪个连队落后，领导就把他安排到哪个连。他从来不讲条件，总能把落后变为先进。但这次不同，关键是语言不通，怎么开展工作呢？为了和群众打成一片，王有义把家搬到小队。全队只有他们一家汉族，工作的压力是可想而知的。

为了尽快掌握维吾尔语，他见到少数民族职工群众就语言、手势、表情、肢体全用上，没人就自言自语，回到家还让儿女学着说。有时候还把维吾尔族职工群众请到家里教，并且把两个孩子也送到维吾尔族职工家里学语言。时间不久，儿女们就和小队的维吾尔族孩子打成一片，并且有时能够给他当翻译。3年后他调离小队时，已经可以熟练地使用维吾尔语了。

他不善言辞，但有自己独到的工作方式。通过了解，他把需要做的工作分轻重缓急罗列出来，干完一件核销一件。

丝路明珠 红色记忆
——新疆兵团第十二师民间故事荟萃

有一次，他趁妻子不在家时，把家里唯一一张大床的铺板拿了两块，扛到木工房锯成板条，又砍了一些沙枣树枝，把涝坝整个围了一圈栅栏。妻子回到家看到地上一片狼藉，床上少了半边铺板，怒火中烧，一路问着冲到涝坝上准备找他吵架，可看到涝坝被整齐的栅栏围了起来，旁边的少数民族群众个个脸上笑盈盈，她肚子里的气也就消了。

为此，王有义睡了一个多月的地铺。直到有一天，团长王二春来小队检查工作，发现了这事。王二春说："王有义啊王有义，你为群众办好事，你找我啊，我怎么也会给你批些木材，你怎么能拿家里的铺板呢？"王有义不好意思地说："木材那么金贵！再说我只拿了我这半边的铺板呀。"王二春哭笑不得。后来，王二春给王有义又批了几块木板做铺板，终于结束了睡地铺的日子。

王有义生性老实，但干事认真，做起思想工作来，没有效果决不放松。为了教育群众有病去医院看，而不是找阿訇念经，就想办法教育引导他们。

有一次，邻居家的孩子生病，一连几天还没好转，家里人非常着急。他就让妻子背着孩子到团部医院去，经过医生治疗，孩子两天就好了。邻居上门感谢他的帮助。他就趁热打铁，召集全队职工群众开会，专门让这位邻居谈亲身体会，让大家要相信科学，相信医生。从此，小队职工群众转变了陈旧观念，有病都会到团部医院接受治疗。

就这样，王有义在民族小队受到了全体维吾尔族职工的称赞。

"父子"情深

讲述者：杨立志（艾合买江），男，维吾尔族，56岁，第十二师代管四十七团二连职工
采录者：党荣理
采录时间：2020年4月23日
采录地点：第十二师代管四十七团老兵镇
流传地区：第十二师代管四十七团老兵镇

在四十七团二连，有一位维吾尔族汉子，他却有一个响当当的汉族名字——杨立志。

其实，他的维吾尔族名字叫艾合买江，8岁时，维吾尔族母亲嫁给四十七团二连老军垦杨守保。艾合买江认为继父就是他唯一的父亲、真正的父亲，他从来都只称杨守保父亲。

杨守保看到艾合买江8岁了还没有上学很着急。二连距墨玉县和四十七团都有20多公里，那时没有交通车，连队只有一辆马车，只有遇到职工生病了才会派马车送其去医院。有一天，杨守保特意请假早早地出门，硬是靠着两条腿，先是走着去墨玉县公安局为艾合买江迁移户口，然后又紧赶着去四十七团团部落户口，又将他送到四十七团二连上了小学。报名时，他给艾合买江起名叫杨立志。走进校门后的杨立志这才有机会学文化、学国家通

用语言，慢慢学会两种语言。

杨守保经常教育儿子要学好文化，做一个好学上进、乐于助人的人。杨立志喜欢跟在父亲身边，遇有人问，杨守保便热情地介绍："这是我的大儿子。"脸上也露出宠爱的表情。

杨保守为了家人生活，一年四季，省吃俭用，费尽了精力和心血。杨立志与父亲的感情越来越深。

20世纪六七十年代物资匮乏，随着四个弟弟相继出生，母亲又多病，家里生活很困难。懂事的杨立志初中毕业后坚持去打工，尽管父亲百般劝他继续上学。打工攒下的钱，他大都交给母亲补贴家用。

后来杨立志正式成为四十七团二连的一名职工。他结婚后，夫妻俩先后生下一儿一女。儿子出生时，杨立志让父亲给儿子起了个名叫杨卓强，他也给儿子起了个维吾尔族名字，叫阿卜杜艾海提·艾合买江。

杨立志骨子里有个榜样，那就是父亲。他一直像父亲一样扎根新疆、热爱新疆、屯垦戍边。他也一直像父亲一样，听党话、跟党走，为民族团结贡献着自己的力量。

丝路明珠 红色记忆
——新疆兵团第十二师民间故事荟萃

琴瑟和鸣

讲述者：张媛，女，维吾尔族，33岁，第十二师代管四十七团文体广播中心工作人员

采录者：党荣理

采录时间：2020年4月23日

采录地点：第十二师代管四十七团老兵镇

流传地区：第十二师代管四十七团老兵镇

在四十七团六连，安徽支边青年张国强与墨玉县维吾尔族姑娘白拉克孜汗·卡斯木是一对夫妻，也是当地民族团结的先进典型。

作为他们的女儿，张媛不理解个子小、身体瘦弱的父亲，怎么会得到美丽动人的母亲的爱慕。

当年，张国强是团里文艺小分队的骨干成员，经常去各连队或者附近的农村演出。他拉一手漂亮的二胡，悠扬的二胡声立即震撼所有人的心灵。一曲罢了，他又拉起了小提琴，依然琴声悠扬。放下琴，张口一曲《跑马溜溜的山上》深情悠扬，丝毫不亚于大牌歌手的水平。就这样，一无所有的安徽支边青年，娶上了一位漂亮贤惠能干的维吾尔族姑娘。

早年他跟着收割机收割麦子时，因粉尘大眼睛受伤，还得了肺结核，1997年肺结核治好了，但眼睛患了白内障、青光眼，2003年彻底失明。

之后,白拉克孜汗·卡斯木就成了他的另一双眼睛,每天牵着他去散步,饭做好了第一个给他端到手上。张国强脾气不好,但白拉克孜汗·卡期木性格好,什么都依着他。

虽然白拉克孜汗·卡斯木没文化,但特别贤惠,她常告诉结婚不久的女儿,夫妻两人是最亲的,有事一定要多沟通。张国强和白拉克孜汗·卡斯木就是这样,一起共度了最艰苦的日子。

在张媛眼里,母亲更喜欢父亲多一些。当母亲要做手术时,父亲掉泪了,那是她第一次见父亲哭。她才明白,父亲也深爱着母亲。他们一生恩爱,琴瑟和鸣。

人物故事

人物故事

大学生村官的"奶牛致富经"

讲述者：阿不都热合曼·木哈买提拜，男，哈萨克族，35岁，第十二师一○四团
　　　　畜牧连连长
采录者：李晓
采录时间：2020年4月18日
采录地点：第十二师一○四团畜牧连连部
流传地区：第十二师一○四团团部

天鹅之乡就是一○四团畜牧连，2008年改称为天鹅之乡。当时的畜牧连，正在完成从农业生产连队到哈萨克族牧民定居点的整体改制。畜牧连改制，牧民转为定居，连里引导牧民走养殖奶牛的路子增收致富。

引进了血统高贵纯正的黑白花奶牛后，连里的哈萨克族牧民面临着饲养管理上的诸多问题，一些牧民饲养黑白花奶牛出现了一些感染甚至死亡的现象，从放牧刚转到养殖业的牧民们思想上有了抵触情绪，甚至想打退堂鼓。养殖黑白花奶牛经济效益高，但管理费时费力，一头奶牛死亡损失就是1万多元，出现感染的牛还会继续传染给其他牛，如果放任不管，连里与牧民的损失不可估量。

刚巧，连里先后分来了3名80后大学生，在学校学的专业基本与农业畜牧挂上边，其中一位是参加"西部计划"的大学生志愿者阿不都。阿不都全

丝路明珠 红色记忆
——新疆兵团第十二师民间故事荟萃

名叫阿不都热合曼·木哈买提拜，是个80后大学生，2009年8月，从石河子大学动物科技学院毕业后，阿不都选择了参加"大学生志愿服务西部计划"，被分配到了十二师一〇四团畜牧连，没想到这一选择，定格了他后面的人生，从此与这里结下了不解之缘。

虽然自己也是哈萨克族，但阿不都从小在昌吉的农业耕作区长大，完全不熟悉养殖业。对刚从学校毕业没有养殖实践经验的阿布都，连里的牧民们更是不屑一顾。面对工作一开始的诸多问题，刚从学校毕业的阿不都一时陷入迷茫。

好在有2个差不多同龄的大学生伙伴，从1983年到1985年，最大的是哈那提别克，老二是阿哈提哈里，阿不都是最小的老三。在连里的哈萨克族牧民眼中，这3个80后年轻人还是青瓜蛋子。3个年轻人却不这么想，毕竟是大学毕业,3个年轻人在一起研究探讨连里问题所在,理清思路对策,决定联手一起努力,改变连队牧工们对自己的不信任。

他们多次研究,终于找到牧工饲养黑白花奶牛出现问题的原因。原来在管理上,习惯了粗放式放牧的牧工,对管理饲养黑白花奶牛要求精细操作流程不习惯,有人偷懒,不能做到按时按点饲养放草、饮水,不能严格控制饮食分量,不能严格执行挤奶消毒流程,不能严格清洁饲养环境等,诸如此类。

找到了问题症结所在就一一破解,苦口婆心做工作,讲道理,可依然有人不能做到遵照流程操作。3个年轻人碰头后明白了是怎么回事。原来,专家讲解得太过专业,牧民们听得似懂非懂,需要记的内容太多了,牧工们难以一一消化在心。大家商量后,决定把专家讲的课按照奶牛饲养技术要求翻译成哈萨克语,便于牧民们吸收掌握。

需要翻译的内容太多了。管理制度,饲养标准,传染疾病的防治等,几乎牵涉到3个大学生在学校学习的全部课程。就这样,兵来将挡水来土掩,有问题找问题解决问题,3个志同道合团结一心的年轻人,让工作逐渐走上了正轨,渐渐赢得了畜牧连牧工的信赖。两三年的工夫,畜牧连在3个年轻大学生的努力下,奶牛养殖逐步走上了高效产出的脱贫致富路。宽敞的牛舍,现代化的挤奶车间计量、检测、检疫系统,将近2000万元的大规模投资,让大学生们的干劲更足了,千百年过着游牧生活的哈萨克族牧民,通过定居过上了稳定幸福的生活。

而当初那个青涩的大学生志愿者阿不都,也不再是志愿者身份,他成了兵团十二师畜牧连的一名正式职工。如今,阿不都已经是畜牧连的"两委",天鹅之乡年富力强的青年干部,正率领着天鹅之乡的哈萨克族人民,展翅飞翔在脱贫致富的康庄大道上。

丝路明珠 红色记忆
——新疆兵团第十二师民间故事荟萃

民兵深夜水渠舍身救人记

讲述者：左文生，男，汉族，88岁，第十二师一〇四团退休干部

采录者：李晓

采录时间：2020年4月18日

采录地点：第十二师一〇四团团部会议室

流传地区：第十二师一〇四团团部

众所周知，咱们兵团的民兵，平时参加农业生产，农闲时参加军事训练。民兵部队非常重视文化、政治思想与社会主义教育，在创"五好"的活动中，涌现了一批先进集体和个人，其中一个典型代表，就是舍身救人、英勇牺牲的民兵战士许国安。

1966年9月金秋收获时节的一个晚上，天山九场一连在打麦场进行小麦脱粒工作。因康拜因故障熄火，向来珍惜时间的许国安打算抽空做些其他工作，便与3名队友离开麦场，在途经一条水渠时，远远见水渠中有个黑影闪动着，还伴着隐隐呼救声。不好，一定有人落水了！机警的许国安呼喊道："有人落水了，大家赶快救人！"话音刚落，一旁的年轻战士便纵身跳入水中，一下子被湍急的渠水冲走几十米。看着战友救人被冲走，许国安立即不假思索跳入水中营救，李发华与张得更也相继跳入水中参与营救，可是湍急的水流也把几个人瞬间冲远。

人物故事

　　万分危急时刻,从麦场出来的四班长田景洲听到水渠方向有人呼救,三步并作两步奔到渠边,看到几个下水营救者已被水冲走,此时再不能盲目下水营救,他一边顺着水渠奔跑,一边呼喊:"有人落水了,赶快救人!"呼救声惊动了正在下游水库观测水情的技术员魏志芳,他快速跑到距离自己最近的一处水闸,用尽全身气力压闸。随后在闻讯赶来的其他群众的协助下,大家救起了被冲了4000米的刘焕富与张得更。而许国安却被水流冲走了。正在附近执行任务的解放军某部战士听到呼救声,迅速调转车头向下游方向开去。紧接着闻讯赶来的工一师陶瓷厂的师傅们合力将许国安救起,但由于许国安在水渠中被冲撞造成伤势过重,经抢救无效停止了呼吸。舍生忘死救人的许国安,就此献出了年仅26岁的年轻的生命。

　　人的生命只有一次,"有的人死了,可他还活着,有的人活着,可他已经死了"。许国安虽然英勇献身了,可舍身救人的英雄事迹,光辉不朽的精神,成了一〇四团人们学习的楷模与典范,一直激励着后人。

丝路明珠 红色记忆
——新疆兵团第十二师民间故事荟萃

万里赶牛记

讲述者：苏慧丽，女，汉族，64岁，第十二师一〇四团中心小学退休教师

采录者：李晓

采录时间：2020年4月18日

采录地点：第十二师一〇四团团部会议室

流传地区：第十二师一〇四团团部

在一〇四团上下，一直流传着一个万里赶牦牛的故事，这故事家喻户晓，妇孺皆知，堪称一〇四团的人们多年来津津乐道的传奇故事。

故事发生在1959年，当时一〇四团的前身叫作天山九场，为了在高山草地发展畜牧业，天山九场在天山南麓的和静县乌拉斯台组建了牧业生产组。当地的山脉海拔较高，终年积雪，水草丰茂，非常适合畜牧业的发展。根据当地草场属于高寒山地，适合牦牛生长的特点，当时天山九场的领导决定压缩原先养殖的绵羊与黄牛数量，引进发展牦牛养殖。可当时的天山南北并没有牦牛，牦牛基本都生长在青海与西藏一带，要想发展牦牛养殖，就必须去西藏与青海调购牦牛。在新疆与青海两地政府的协调下，天山九场的领导终于决定派人去青海天骏县购买牦牛。

为了顺利安全地完成这次牦牛的调购任务，天山九场领导选派了南山七队的副队长吴德寿，由他带领哈萨克族牧工玉山、兽医许志晴与青年牧工

人物故事

郭德元共同执行这次任务。于是，在吴德寿带队下，一行4人在1959年9月20日启程前往青海购牛。临行前，考虑一路的安全，他们携带了一杆七九步枪，100发子弹。带着单位的介绍函，在初秋9月的一天，他们从天山九场出发，乘火车前往青海。几经周折来到青海后，他们在天骏县牦牛山精心挑选了300头体格强壮且适应长途跋涉的牦牛。

青海距离新疆上千公里，如何才能把这300头牦牛安全赶回新疆，这可是个大问题。在当时交通运输条件极为不便的情况下，带队人吴德寿说："单位的领导与职工都盼着这300头牦牛，我们一定要安全顺利地把这300头牦牛一头不少地带回新疆，再苦再难，我们都要克服，一定要顺利完成组织交给我们的任务！"为了保证一路上人畜安全，不让牦牛丢失和走散，他们特地研究设定了行程计划，决定一路人工徒步赶放牦牛回到新疆。就这样，吴德寿与同伴4人携带一顶小帐篷，一路上逐水草而行，沿途不进村，不住店，白天赶牛行进，晚上裹着皮大衣在野外伴牛而卧。为了安全，夜晚大家

丝路明珠 红色记忆
——新疆兵团第十二师民间故事荟萃

轮流休息,留人值班放哨。

因不熟悉牦牛的习性,4个人走走停停,行进速度比较缓慢。一天,大家赶着牦牛走到野马滩时,已经疲惫不堪,人困牛乏,正准备停下休整一下,突然一阵遮天蔽日的沙尘暴从天而降,黄沙刮得人站立不稳不说,眼睛也几乎睁不开。队长吴德寿见状不好,赶忙呼唤3位同伴:"大家把手拉紧,护好牛群,千万别让牛群走散!"可是面对突如其来的沙尘暴,牦牛一时受到惊吓,根本不听吆喝,瞬间四处跑散。绝对不能让一头牛丢失!沙尘暴渐渐平息下来,心急如焚的4个人分头四下去寻找跑散的牦牛,根据牦牛留下的蹄印,沿途一路寻找,折腾一大圈,终于在原先出发的牦牛山把300头牦牛全部找回。这一个来回等于让前面的辛苦白白耗费不说,又多走了一大圈冤枉路。

重新上路后,一路行进,走走停停,走到青海与甘肃两省交界的党河山时,又遇到暴风雪,风雪漫天,冬天的西北户外天寒地冻,寒夜难挨,4人冻得瑟瑟发抖,牙齿直打颤,而荒野里漆黑一片,根本没有地方躲避御寒。为了保暖,吴德寿等4人在厚厚的积雪中徒手挖了一个雪窝,相互紧紧靠在一起,互相借身体取暖。正在这时,一群饥饿的狼群不知何时悄悄包围了他们。

成年的牦牛体格健壮不怕饿狼,饿狼就把攻击的目标对准了小牛犊与他们4人。大牦牛为了保护小牛犊,自动围成一圈,以牛角向外顶着与狼搏斗,一时间狼啸牛叫人慌乱。而狼却越来越多,足有30多只,已经有3头小牛犊被狼咬死,而狼群还不停呼叫着远方的同伴继续不断地赶过来,4人的生命安全岌岌可危。关键时刻,吴德寿举起随身携带的护卫枪朝狼群射击,虽然打死了几只狼,可狼群依然没有被驱散,继续围攻人与牛群。

这时,长期在山区生活、熟悉野狼习性的牧工玉山喊道:"打头狼,打头狼!"一群狼里如何能分辨出哪只是头狼?吴队长看不出,说时迟那时快,玉山冲上来夺过吴队长手中的枪,对准狼群中的一只狼扣动扳机,头狼应声倒地,接着2只狼又被打死,狼群被这阵射击震慑住,停止了进攻,慢慢四散退却。就这样一番激战,驱散了狼群。担心狼群再来复仇,大家虽然又冻又累,却不敢停留懈怠,顾不上收拾检查,赶忙赶着牛群继续上路。翻越大阪后清点牛群,除了3只小牛犊被咬死,牛群再无其他损失,大家终于心有余悸地长舒一口气。

从甘肃进入新疆,途经库木塔格沙漠时,已经是次年春夏时节,又遇到断水断粮的威胁。沙漠白天炎热干旱,饥渴难耐,晚上气温骤降,饥寒交迫。一路上历经长途跋山涉水,大家已经人困牛乏,队长吴德寿给大家打气说:"大伙别泄气,咱们已经走了大半路程了,马上胜利在望了,大家一定要坚持,咱们一定要把牛群顺利赶回场里完成任务!"就这样,饿了,吃生牛肉或挖野菜充饥,渴了,喝牛尿、牛血解渴。有的牛蹄子走坏了,就割下身上皮大衣的布为牛包扎伤口。

就这样沿着罗布泊边缘,大家赶着牛群一路行进,终于走出了"死亡之海"罗布泊,抵达了孔雀河畔。这时,人与牛已经疲惫不堪,到了极限,尽管如此,大家却丝毫不敢放松。沿着孔雀河继续慢慢行进,经过尉犁与库尔勒,抵达博斯腾湖畔时,才总算松了口气。这一天是1960年12月25日,队里的指导员韩勇义带牧工们来接应大家,4名赶牛队员才知道,他们已经走了整整一年零三个月!

一年零三个月,400多天历尽千辛万苦,行程7500多公里,途经3省12个县,翻越55座大阪,26个草原,15个戈壁滩,当初买的300头牦牛,交付集体时已是420头,多出的120头是路途当中产下的小牛犊。出发前携带的100发子弹,仅剩下一颗,这可是危急关头保命的子弹啊,不到关键时刻绝不能轻易使用!

吴德寿一行万里赶牛的英雄事迹得到了上级有关部门的表彰奖励,并被广为传颂。如今,当时的队长吴德寿老人已经不在人世,但他们不畏艰苦维护集体利益的精神却一直成为兵团职工学习的榜样与典范,永远值得后世铭记学习。

雪夜孤身斗狼记

讲述者：左文生，男，汉族，88岁，第十二师一〇四团退休干部
采录者：李晓
采录时间：2020年4月18日
采录地点：第十二师一〇四团团部会议室
流传地区：第十二师一〇四团团部

20世纪50年代的南山牧场三分场，条件极为艰苦，没有牧道，没有自来水，更别说像模像样的住房，牧工们住的是简陋的毡房，吃的饭菜是咸菜就干馕，喝的是山间流淌的天山雪水。除了自然条件艰苦，山林深处出没的狼群，对于驻守这里的牧工们更是一种威胁，时不时会遇到"与狼共舞"的危险场景。当时牧场的统计员兼管理员与文教员的左文生，就遇到了一次雪夜孤身斗狼的历险记。

当时，身兼数职的左文生，每月都要下山为牧场职工取一次工资款，要途经一条100多公里长的山间崎岖小路，每次需要徒步两三天的时间。夏天还好，到了冰天雪地的冬天，深一脚浅一脚的山路，走起来极为吃力，有时雪灌进毡筒，袜子与双脚就会被冻成冰疙瘩。有一次，左文生从和静县返回，到达一个叫乌阿门的地方露宿过夜，把马拴好后，便在一个雪窝里和衣而

卧。到半夜时，他突然被山石滚落的声音与马受惊的嘶鸣声惊醒，打开手电筒一看，不由惊出一身冷汗。一群眼睛里闪着幽幽绿光的狼，张着一个个血盆大口，正在不远处盯视着他骑的那匹心爱的黑骏马。

狼属于山野一种攻击性较强的野兽，你若不制服它，它就会上来攻击你。怎么办？情急之下，左文生只有拼命地大声呼叫吓唬，同时拿石头砸，用手电筒强光照射。但这些似乎效果不大，狼群依然对峙着，跃跃欲试，想伺机扑上来。万般无奈，左文生取出随身携带的枪，朝天鸣放。枪声驱散了狼群，自己与马也转危为安。经过一番与群狼的激战，左文生已经是饥寒交迫，疲惫之余心有余悸。一想到山下的牧民们盼着自己回去，他不敢有丝毫懈怠，赶忙背着枪牵着马继续前行上路。

这次遭遇群狼转危为安的故事被传扬开来，大家无不为之惊讶唏嘘。这事虽小，但却反映着兵团人在面临险境时，迎难而上忘我保护集体财产，勇于与危险做斗争的精神。这勇敢无畏的精神也鼓舞激励着大家在遇到困难时，如何利用智慧与勇气化险为夷。

丝路明珠 红色记忆
——新疆兵团第十二师民间故事荟萃

中国美利奴军垦型细毛羊培育记

讲述者：苏慧丽，女，汉族，64岁，第十二师一〇四团中心小学退休教师

采录者：李晓

采录时间：2020年4月18日

采录地点：第十二师一〇四团办公楼会议室

流传地区：第十二师一〇四团团部

大家知道，一〇四团的牧业主要是山区畜牧与垦区畜养为主，山区多以放牧绵羊为主，4个牧场地处天山山脉西北，许多山峰终年积雪不化，地势起伏较大，气候寒冷，牧民生活条件极为艰苦。生产结构单一，发展速度缓慢，严重制约了山区畜牧业的发展。十一届三中全会后，广大干部与牧民都意识到必须要引进优良品种，采取科学培育手段，才能使团场增效，牧民增收。

1978年12月，团场畜牧业座谈会决定由团场高级畜牧师、二牧场的徐国瑞进行绵羊优良品种改良实验课题的研究。接到团里布置的这个艰巨任务，徐国瑞一边查阅大量书籍，一边潜心研究，凭着在牧区20多年的工作经验，用改良的阿尔泰美利奴细毛羊与20世纪70年代引进的博尔兹奥美羊杂交，最终培育出了中国美利奴细毛羊改良军垦细毛羊优良品种，获得了国家农垦部授予的"科学技术进步一等奖"荣誉。

随后，这项科研成果在4个牧场广为推广。1983年，兵团成立中国美利

奴羊军垦型协会,在徐国瑞与其他技术人员的指导下,继续科学培育,让这项科研成果更加富有生命力。在80年代北京召开的一次全国首届羊毛拍卖会上,一〇四团运输过去37吨优质羊毛,受到了北京、天津、济南、扬州和四川等地客户的青睐,纷纷以高出市场价25%的价格抢购。自此后,出自一〇四团的美利奴军垦型细毛羊一炮走红,风靡市场。

丝路明珠 红色记忆
——新疆兵团第十二师民间故事荟萃

毛巾当鞋穿

素材提供者：鲜生祥，男，汉族，70岁，第十二师五一农场退休干部
　　　　　　王立汉，男，汉族，78岁，第十二师五一农场退休教师
　　　　　　杨世芳，女，汉族，71岁，第十二师五一农场退休干部
采录者：刘侠
采录时间：2020年4月17日
采录地点：第十二师五一农场
流传地区：第十二师五一农场

在王家沟采石场采石的大半年时间里，五一农场采石队吃住在山里，靠手握钢钎、手抢铁锤，以日打料石2300块的速度，完成了41万块的料石开采任务。这期间，一锤下来经常有小张手被砸成馒头、小王虎口被震开血口子的故事发生。先撇开这些故事不说，就说这打好的石料怎么搬运下山，这道难题可就摆在了总指挥——场长张克忠面前。

来年元旦刚过，张克忠集结了全场1000来号人，冒着零下20多摄氏度的严寒就向着30多公里远的山里出发了。你看那队伍，人力车、马拉车、牛拉车、爬犁子，浩浩荡荡的运石大军，可真是壮观。这气势，任凭多厉害的野狼野熊也早都给吓得躲到深山里去啦。

就这样，天黑着出门天黑了进门，一天60来公里往返，张克忠带着运石

大军自带干粮,以雪当水解渴,往回拉着石料。2月的一天,天气极冷,风雪灌顶,张克忠随手抓了一条干毛巾捂在脖子上,扣紧棉衣风纪扣就出门了。这天,大家急行军一样走在冻硬的雪地上,头上冒的热气、人呼吸哈出的热气让每个人都变成了"白毛女""白毛男"。

　　爬过一个200米的大坡时,张克忠发现总是走在队伍前面叫闵先恩的职工,却拉着爬犁明显地被大部队落到了后面,而且落得越来越远。天渐渐变黑,必须确保每一个人都不能掉队。这样想着,张克忠让大家暂时休息一下,又喊了几个人迎向闵恩先。这才发现他的腿一拐一拐,再仔细一看,闵恩先的一只脚上的棉鞋已经张开大嘴,鞋底子也磨透了,脚板上好几个血泡。老场长眼泪在眼眶打转,赶忙从脖子上取下还冒着热气的毛巾,包住闵恩先的脚。就这样,穿着一只毛巾鞋,闵恩先跟着老场长,同大伙一起,坚持着把石料拉回了水渠工地。

丝路明珠 红色记忆
——新疆兵团第十二师民间故事荟萃

冻土撞死人

素材提供者：杨世芳，男，汉族，71岁，第十二师五一农场退休干部
　　　　　　王立汉，男，汉族，78岁，第十二师五一农场退休教师
采录者：刘侠
采录时间：2020年4月23日
采录地点：第十二师五一农场
流传地区：第十二师五一农场

南干渠是五一农场3000多公顷优质农田的水源主动脉。在这条滋养新绿洲的生命之渠里，混合着一名叫陈生寿的共产党员的鲜血。

每当春季冰雪融化，渠水汩汩流淌进刚耕作过的条田时，人们就会发现，水的颜色会常常变成暗红色。人们就会说：陈生寿回来咧，他想这片土地咧。

1966年3月，为了加快挖好南干渠的渠基，争取解冻后能用采回的石料铺渠，农场职工们拼了命的大干快干。那一年的3月，天不知怎的，寒风硬得很，吹得人脸像被刀子割一样的疼。土质也是经过一个冬天冻得杠杠的，十字镐刨下去，只能溅起一星混杂着冰雪的土末，水渠推进得非常缓慢。后来，五队一个聪明人想出了一个办法：先从冻土下面掏空一截子，再从上面砸破冻土层，一截一截往前挖。使用这个方法后，果然挖渠速度大大加快。

人物故事

五队队长陈生寿带领全队人越干越高兴。

17号这天,眼看工程就快完工了,却恰恰碰到一截冻土层,邪了门了,任凭几个职工怎么砸也不碎。陈队长让大家都让开,随后搬起脚边的大石头举起来向冻土层奋力砸下去。可是,因为用力过猛他失去平衡,还没等石块砸到冻土上,陈队长的头就重重地磕到了冻土上,他身子一歪倒进掏空了的水渠里,大石块也滚落在他的身旁。这冻土真是比铁疙瘩还硬啊,陈队长头上流出来的血压不住地往外冒,染红了渠沟里的一大片泥土。

等大伙把陈队长送到昌吉州医院,他已经再也听不到大家的声声呼唤了!

也许是陈生寿的血流进了南干渠里,所以,每年春天的时候,特别是3月,渠水总有一段时间是暗红色的。人们就觉得是陈生寿魂归故里了。

丝路明珠 红色记忆
——新疆兵团第十二师民间故事荟萃

盛开的啤酒花

素材提供者：王立汉,男,汉族,78岁,第十二师五一农场退休教师
　　　　　　　鲜生祥,男,汉族,70岁,第十二师五一农场退休干部
采录者：刘侠
采录时间：2020年4月23日
采录地点：第十二师五一农场
流传地区：第十二师五一农场

五一农场民间有个说法：五一三件宝,西瓜白菜苜蓿草；五一十大能,排名第一鲜生仁。

老一辈的五一农场人,说起能人鲜生仁,没有不啧啧称奇,同时又满脸挂满伤感的。

鲜生仁,1931年生,下四工放羊娃的后代,从小为了改变命运学了铁匠手艺。他天资聪颖,善于发明创造,年龄不大,名声很响,打造的镰刀那是一绝,刀刃利刀把顺。在解放前的新疆迪化、昌吉一带,技术好的铁匠、木匠、砖瓦匠都是享誉一方,受人尊敬的能工巧匠。五一农场成立后,下四工幸福社的社员都成了国营农场的职工,鲜生仁凭一手叫得响的铁匠技术成为农场机耕队的锻工。

鲜生仁到了国营农场这个大河里,那是如鱼得水,鲤鱼打挺。他,一个

龙门接龙门地跳，一个发明接着一个发明地进行创造。

农场初建时，大规模开荒造田，对镰刀、铁犁及各种农机具的需求非常旺盛，锻造劳动力跟不上，现有人员工作强度大。为了满足农机具的需求，他先是研制了高弹力电气锤，成功减轻了锻工的劳动强度，打造出了一批一批的好镰刀和农机具，也成了农场模范标兵。后来，他被提任修造厂负责人，亲自绘图带领职工搞发明创新。有段时间，他为了解决农场打井机械，废寝忘食改制冲抓式打井机。老婆孩子都说，他天天不回家泡在厂子里琢磨图纸，已经跟图纸结婚了。

随着农场事业的逐步扩大，1970年，鲜生仁当了农场打井队队长。到外地学习了先进的打井设备使用技术后，他又开始了新一轮的发明创造，研制出了冲击钻凿井机，比原来老式冲抓式打井机械功效提高一倍，为农场开发地下水作出重要贡献。农场老职工都在讲，从那以后，由于增大了水的供应量,农场地里的作物一年比一年长势旺盛,就连那一片连着一片的啤酒花到了夏季也是更加的郁郁葱葱,产量大幅增加。到了秋季,酒花的香气久久飘散在农场上空,好闻极了。

1980年9月,又是一个酒花飘香的时节,已是酒花二队书记的鲜生仁,又创造了五一农场的一个历史纪录。那就是,作为新疆最大酒花生产基地,酒花亩产量此时已提高到历史最高阶段。现在,永不满足的他又开始琢磨新的技改创新了。为了提高酒花质量,鲜生仁向场党委提出改造所在队里的烘烤炉,得到场党委大力支持。

这天,已经夜以继日、身先士卒投身烘烤炉改造项目多天的鲜生仁,指挥着大家自力更生,用打井机的卷扬机缓缓吊起烘烤炉30多米高的烟囱,谁都没有想到,卷扬机起吊功率不足以吊起硕大的烟囱,导致烟囱顷刻间倒塌,鲜生仁避之不及,被压在了烟囱下面。

五一农场十大能人之一的鲜生仁因公殉职后,人们万分悲痛和惋惜。大家都说,他是被酒花仙子看上了,去做了酒花仙子的护卫。所以,农场的酒花才会在9月天一年比一年开得更加旺盛,香气馥郁。

人物故事

三根钢卡固胸骨

素材提供者：王振中，男，汉族，62岁，第十二师五一农场原场志办干部
采录者：刘侠
采录时间：2020年4月23日
采录地点：第十二师五一农场
流传地区：第十二师五一农场

1977年10月，对于19岁的江苏籍知青王振忠来说，一切都还是新鲜的。此时正是：黄叶飘飘秋满天，硕果累累在野田。

这天，畜牧场大田班二十几名知识青年正在田间协助老职工们抢收蔬菜。像小山一样堆积的葫芦瓜、西红柿、紫茄子、黄瓜正等着往马车上装呢。几个胆大的老职工时不时拿起西红柿塞到嘴里，馋的知青们直咽口水。间或着，几个老职工家的学龄前的孩子，也在地头窜来窜去，争相抢掰着刚刚熟了的葵花子、黄瓜、小西红柿，满足着一点小小的口欲。

突然，有人尖叫起来。小王抬头一看，只见离他不远的田道上，不知谁家的调皮孩子正顺着一辆刚刚装满西葫芦的马车椽子往马背上爬去。眼见这马狂奔起来，这时耳边响起"快拦住马车"的喊叫声。

说时迟那时快，小王立刻冲向马车，一手抓住马的缰绳，随后另一手抓住眼看就要从马的另一侧掉下去的孩子。已经受惊的马此时已不受控制

丝路明珠 红色记忆
——新疆兵团第十二师民间故事荟萃

了,拖着小王和马背上的孩子疯跑起来。右手是缰绳,左手是孩子,小王贴着马被拖拉奔跑了约1公里后,终于在一个拐弯处被赶来的人拦下。孩子死死地被小王拽着衣襟安然无恙,可是小王却口鼻出血瘫倒在马车旁。

孩子得救了,可是由于负重和奔跑,小王心脏肺动脉血管被震裂。新疆维吾尔自治区医学院专家为小王进行了心肺修复救治。从此,王振忠的身体上永久地固定了三根不锈钢钢卡,那是代表着被救的孩子和小王两人第二次生命的钢卡。

40多年前的小王成为在农场干一行爱一行的老王,如今已光荣退休,与在农场子校当老师的贤惠妻子开启了闲适的晚年生活。

他曾经奋不顾身勇救孩童的故事也在当地流传下来。

人物故事

没有遗像的英雄

素材提供者：杨世芳，男，汉族，71岁，第十二师五一农场退休干部
采录者：刘侠
采录时间：2020年4月23日
采录地点：第十二师五一农场
流传地区：第十二师五一农场

"文化大革命"结束后，农场进入了一个崭新的发展时期。工农业生产迈上了全面发展的轨道。

1977年3月的一天，畜牧二队的马队长亲自带着拖拉机上山去拉运木料。将暖不暖的天气，一会儿化雪一会儿上冻，造成山上的路特别的滑，拖拉机突突突的发出的声响都让人发慌。当地有个说法："九沟十八坡，上山容易下山难。"终于安全上山装上一车木料后，坐在后车厢木头上的马队长就吩咐驾驶员尽快下山。

天逐渐变黑，拖拉机行驶在天寒地冻的下山路上。坐在木头上的马队长紧抓着捆绑木头的绳子随着木头颠动着。当拖拉机行驶到一个陡坡转弯处时，巨大的惯性和重力偏移，使捆绑木头的绳子崩断了，马队长随着滚动的木头一起被甩下了车厢，失去了年轻的生命。

农场为了追悼这位因公殉职的先进典型，向家属要一张他的遗照，谁料

丝路明珠 红色记忆
——新疆兵团第十二师民间故事荟萃

想,这个一年四季忙在农场建设工作中的先进,除了在农场先进个人的大合影中有一些米粒大的模糊的影像外,竟然没有时间去照一张正规的相片,更别说和家人一起照张全家福了。

最后,农场的画家只能凭大合影里模模糊糊的感觉画了一张不像他本人的遗像。

其实,在五一农场,像马队长这样为农场建设贡献了生命,直至牺牲却没有留下遗照的值得纪念的人岂止他一个。

人物故事

千里接马

素材提供者：杨世芳，男，汉族，71岁，第十二师五一农场退休干部
采录者：刘侠
采录时间：2020年4月23日
采录地点：第十二师五一农场
流传地区：第十二师五一农场

20世纪五六十年代农场要成立畜牧队，决定派人去伊犁昭苏接马。其实，接马就是要挑优良马匹回来做种子。

供销社主任接到书记通知，说走就走。谁知，一路汽车一路风尘翻山越岭到了昭苏，找好当地的挑马专家、翻译专家，却赶上青海部队正在牧区挑选军马。这下，只有耐心等待。这一等就从春天等到了冬天，才终于挑够了100匹上等的优质马匹。

这边，农场畜牧队的马场、饲养员、技术员已经全部到位，就等"新娘入洞房"。12月的天气，找不到拉马匹的汽车，另外汽车拉马匹成本也高，考虑过后，供销社主任决定雇人骑马赶着马群出发。

五六十年代的老一代人，真是能吃苦啊。严冬季节，山里阴天下雪的时候多，晴天暖阳的时候少，他们带着干馕就着风雪，一路翻山越岭，真正的风餐露宿，一天一天顶风冒雪往回赶。主任由于骑马两条大腿卡子都磨出了

丝路明珠 红色记忆
——新疆兵团第十二师民间故事荟萃

血茧子。

这天，100多匹马眼看翻过最后一道坡，就到了通往五一农场的公路上。马群热闹得就像赶集一样，由头马和牧工带着顺着公路走着。主任的心充满了即将完成任务的喜悦。40天回程，1000多公里，一年的辛苦付出，总算给农场畜牧业发展交上了一份满意的答卷。正想着，突然发现马群后面直直的开过来一辆大油罐车，鸣笛声惊吓了最后面一匹枣红马。这枣红马偏离了马群跑到了公路的中央，正好被路面上一块冰面滑倒，直接被驶过来的油罐车撞上。

供销社主任胜利的心情直接被这突然发生的意外撞飞了，当时眼泪就下来了。他趴在枣红马身上号啕大哭道："我的马呀，我的金贵呀。"原来这是一匹怀孕的母马，40多天的朝夕相处，主任连小马的名字都起好了。

后来，这只还未出生叫"金贵"的马的故事就在畜牧队流传下来。人们常常会私下把从伊犁千里接回的马按个头大小叫作金贵1号、2号、3号……

人物故事

比人命金贵

素材提供者:杨世芳,男,汉族,71岁,第十二师五一农场退休干部
采录者:刘侠
采录时间:2020年4月23日
采录地点:第十二师五一农场
流传地区:第十二师五一农场

畜牧二队，有一位老革命老杨。他曾经在抗日战争时参加过淞沪保卫战，解放前加入了地下党组织，农场成立时又响应号召进疆成了农场畜牧队的一名饲养员。

老杨是个耿直的人，能吃苦，性子拗，不服输。与人相处，对方稍不占理就爱梗起脖子理论，对自己的孩子管教起来毫不含糊，直接抡鞋底子。可是说来也怪，他对自己管理的公家的马匹，可是温柔的很，上心的很。

有一天半夜，洪水暴发。老杨想起他的马，爬起来就从家里赶到队里的马圈。马圈已经被滚滚而来的洪水包围。老杨只身奋力挖开被堵塞的还没化冻的渠道排洪，干了大半个晚上。等天亮大伙赶到马圈，老杨已经瘫在圈旁，一身泥水，浑身打颤。

大伙在送他往医院的路上说：你不要命了。可他却说：马比人金贵。

人物故事

飞身撬水闸

素材提供者：杨世芳，男，汉族，71岁，第十二师五一农场退休干部
采录者：刘侠
采录时间：2020年4月17日
采录地点：第十二师五一农场
流传地区：第十二师五一农场

1973年夏秋时节，伴随着新开垦的片片一望无际、整齐划一的条田，王家沟水库也建成了。

这天，看着建好的输水涵洞，指挥部决定开闸放水。随着绞盘机上的推杆转动，水库闸门也慢慢升起。过了一会，推杆转着转着却越来越沉，最后转不动了，闸门被卡住了。为了查明原因，施工队副队长苏光德同志二话没说一个猛子扎进冰冷的水里探看情况。原来是有一块大石头卡住了闸门，造成水闸倾斜，卡在水槽里。

"怎么办啊？"大伙着急万分，饥渴的条田还在等着灌溉呢。

这时，苏队长大声动员起来："是共产党员的站出来，跟我一起下去，咱们上下合力，撬也要把闸门打开。"

听着铿锵有力的话语，看着苏队长坚定的眼神，大伙增强了打开闸门的信心。4个水性好的小伙子先后跳下，和苏队长一起扛起撬杠，使出浑身力

气与上面的人配合撬动着闸门和卡住闸门的石块。

终于,水闸升起来了,大伙一阵欢呼。突然,水流加大,一股汹涌的涡流把5个人卷入了水中……

等大伙一一救出飞身撬闸门的英雄时,苏光德队长已经牺牲了,他再也没有醒来。

人物故事

水漫胶靴

素材提供者:杨世芳,男,汉族,71岁,第十二师五一农场退休干部
　　　　　鲜生祥,男,汉族,70岁,第十二师五一农场退休干部
采录者:刘侠
采录时间:2020年4月17日
采录地点:第十二师五一农场
流传地区:第十二师五一农场

1965年冬天,农场决定开发撂板滩。撂板滩是五一农场西北角一块未

开发的土地,因为盐碱的覆盖,长不成庄稼,需要挖排碱沟,借着雨水、雪水和洗碱浇灌的水把融化的盐碱排走。

在泼水成冰的2月天气里,硬要把冰封的冻土挖出一条渠来,是一项非常艰苦的任务。一镐子下去,只能挖出一个小小的白窝窝出来,进度非常缓慢。这天,终于开挖到40厘米,冻土层开始渗水,冰水一下漫进了三队几个职工的胶靴里。冰水刺骨,如万箭钻心。三队维吾尔族小伙子阿不都干脆脱了胶靴,光脚站在碱水中继续挖土。其他人也纷纷照着阿不都的样子,脱靴下到渠里干了起来。

不几天,摺板滩"水漫胶靴"的感人故事,就传到了正在五一农场参加文艺演出的江苏柳琴剧团里,感动了12名从江苏千里迢迢到新疆的演员。她们根据这个故事编了一出琴剧,就叫《水漫胶靴》。

人物故事

乌书记成了"吴书记"

讲述者：木巴热克·木合买提，女，维吾尔族，25岁，第十二师三坪农场干部
采录者：吴永煌
采录时间：2020年4月17日
采录地点：第十二师三坪农场
流传地区：第十二师三坪农场

中国有句老话：站不改名，坐不改姓。姓氏是一个家族香火的延续。但在战火纷飞和乱世纷争的年代，因为某种原因而改姓的事情，在历史上也还是有的。如三国时期曹魏大将张辽的家族就是避祸改姓。《三国志》张辽传中提及："本聂壹之后，以避怨改姓。"而张辽祖先聂壹虽然在历史上名声不显，但却是赫赫有名的"马邑之谋"的发动者，成为匈奴人最大的仇家，从聂壹这一代开始，他们就改姓为张。

乌斯曼·都尕买提就没有改名换姓的必要，他的家庭也没有必要。他却偏偏也"被改"了。

新疆解放的时候，他才7岁，以前用"乌斯曼·都尕买提"这个名字，上学用这个名字，工作后还用这个名字，一直用到39岁，却被一个叫马金祥的连长给"改了"。

1972年春节过后，乌斯曼·都尕买提被头屯河农场党委调到了三连，担

丝路明珠 红色记忆
——新疆兵团第十二师民间故事荟萃

任连队党支部书记。

报到那天,他骑着自行车,冒着料峭的寒风,压着薄冰碴子,来到了三连连部。

"哈哈,我们的乌书记来了?赶紧进办公室,这初春外面还是很冷的。"刚好碰到上班的连长马金祥。

他们原来就认识,都在连队做主管,经常开会见面。乌斯曼·都尕买提是地地道道的新疆人。马金祥的祖辈在清朝就从陕甘宁一带走西口,来到新疆,到他已经是第四代了。他们俩都是头屯河一带的老住户。

等连队干部齐了,马连长介绍新到任的乌书记,大家一起研究安排春播工作。

一个维吾尔族干部来当书记,大家觉得名字太长,不好记,也不好叫。尤其是他们是这几年从内地来的汉族同志,怕叫不好,书记不高兴。

"唉唉,老乌,咱们得商量个事。"还没有两天,马连长找到乌斯曼·都尕买提书记。

"什么事?"

"关于你名字的事。"

"嘿!我名字有什么事?!"

"你名字太长,叫起来也比较难,特别是汉族同志,他们基本都是从安徽、江苏那边过来的,过去呀,那里是吴国,姓吴的特别多。"

"老马,你就说我的名字,"他感到好笑,用手指点点办公桌,"说,我的名字怎么了?"

"这样。我怕你有忌讳,不高兴,就迂回一下。"

"唉唉唉,你就没有忌讳呀,是不是?少绕弯子,快说。"没等马金祥说下去,乌斯曼·都尕买提等不及了。

"好!以后大家就不叫你乌斯曼书记,直接喊你乌书记,行不行?"

"行啊!没问题!"

"再说,这些安徽、江苏来支边的,很多都姓吴的,再说汉族也有姓乌的。'乌''吴'同音,他们叫起来顺嘴些,如果叫成吴书记,就更有亲近感了。"马金祥又逼进一步。

乌斯曼·都尕买提一听,挺有道理,也觉得不错。桌子一拍:"行啊!叫乌书记,哦,吴书记,甚至老乌、老吴都行!"

马金祥看他高兴,还是追问了一句:"真行?"

"哎呀!天下华夏一家人,虽然回家各进各家门,出门都是一家人。吴书记,吴书记,就叫吴书记。可以了吧?!"

乌斯曼·都尕买提说着,笑着,看着马金祥。

"行。"马金祥笑笑,又推心置腹地说,"他们中间有文化的人不多。就是有,也不高,我也怕他们写请假条和报告什么的,把你'乌'字写成马字,弄不好,就会搞得我们两个打起架来。"

"你这越说越有道理了。你还姓马,我'乌'改成'吴',就可以了吧?!"

乌斯曼·都尕买提从三连调到三坪农场,从连队调到场部,这中间走换了几个单位,直到今天他退休十几年,近半个世纪,干部职工都一直喊他"吴书记"。他也一直爽快地答应着。

人物故事

不是兵的兵

讲述者：张孟姗，女，回族，33岁，第十二师三坪农场干部
采录者：吴永煌
采录时间：2020年4月18日
采录地点：第十二师三坪农场
流传地区：第十二师三坪农场

"年轻时候想当兵，种种原因没当兵，不是兵来也是兵，退休还是一新兵。"这是三坪农场退休干部张寿华对自己一生的总结。

张寿华是祖上来到新疆的，他已是第六代了。

1963年，国家刚刚度过生活最为困难时期，但已经被饿怕的父母，希望把已经18岁的张寿华送到部队去。

这年秋天，张寿华却被农场抽调去当了施工员，参加三坪农场七队开发规划渠系测量工作，吃住都在工地上。

当时，张寿华想，想当兵总不能等在家里，该去工作还得工作。就跟着测量队伍来到一片茫茫的戈壁滩，也就是现在的三坪农场七队。

茫茫戈壁滩，荒无人烟。秋风送爽，寒风刮脸。测量工作必须在入冬之前结束，刻不容缓。张寿华早出晚归，与其他同志忘我地奋战在开发测量第一线。

测量工作结束了，张寿华回到了家，父母一愣。

"你没有去当兵？"父亲问。

丝路明珠 红色记忆
——新疆兵团第十二师民间故事荟萃

不问不要紧，一问就伤心。张寿华这才如梦猛醒一样，傻傻地看着父亲，半天才说："哎呀！完了！"把自己脑袋一拍，仰面八叉地倒在床上，眼睛直愣愣地望着报纸糊的顶棚。

原来征兵工作已经结束了，新兵也已经出发了。

父亲也曾经想去工地找儿子，可身体多病不允许。母亲也劝父亲："那么远的路，又没有车子，身体累坏了，就拖累一家人啊。孩子他自己已经不是小孩了，自己的事自己知道，会自己去的。"

那时没有现在这么方便的通信、交通条件，无法通知。

张寿华又有着年轻人一样的想法，生怕领导和其他同志说表现不积极，一心一意地忙着测量工作，竟把征兵的事给忘了。

如今退休了，他主动找到社区，要求加入社区志愿者队伍，高兴地穿上一身迷彩服，臂配"兵团民兵"标牌，戴着军训帽，神气地走在农场的大街小巷。特别是新冠肺炎疫情防控时期，他更是勤勉，逢人就说："我终于是个兵，一个新兵。"

人物故事

焦裕禄鼓励他留在新疆

讲述者:张寿华,男,汉族,74岁,第十二师三坪农场退休干部
采录者:吴永煌
采录时间:2020年4月
采录地点:第十二师三坪农场
流传地区:第十二师三坪农场、乌鲁木齐垦区

在三坪农场园艺队,有个"焦裕禄",他就是牛同章。

1960年,21岁的牛同章在老家河南兰考县农村,饭都吃不饱,哪还有力气做农活呀!

他远在新疆三坪园艺队的哥哥收到弟弟的信后,十分焦急,得让弟弟找口饭吃!

丝路明珠 红色记忆
——新疆兵团第十二师民间故事荟萃

"要不让弟弟先过来照顾你,新疆虽然吃不上好的,但粮食还是有得吃。"牛同章的嫂子刚生过孩子,也需要人照顾,弄得他哥哥忙里忙外,很是辛苦。听他哥哥这么说,嫂子也就同意了。

牛同章扛着行李卷,搭上了火车,没有座位,就坐在行李卷上,四天四夜,终于到了乌鲁木齐。又搭了马车到了三坪园艺队。

时间一晃,四年过去了,小侄儿也上幼儿园了。

是返回兰考,还是在三坪园艺队待下去?

一天,哥哥从队上带回一张《人民日报》,上面有兰考县委书记焦裕禄治沙先进事迹的文章。平日里,他哥哥就喜欢到队部溜达,一看有家乡的消息,就嬉皮笑脸地对队长说:"队长,这报上有篇写我们老家兰考书记的文章,就给我带回家好好看看。"

队长马显义看看牛同章的哥哥,问:"识字?"

牛同章的哥哥点点头,竖起四根指头:"读了四年私塾。"

马队长笑笑,说:"我看过了,就给你了。好好看。"

哥哥带回一张报纸,对牛同章说:"俺们老家县里书记上报纸了。"

哥哥看完后,牛同章又接着看。牛同章在老家村里读了小学,读个报纸还是没有问题的,在老家农村还当过合作社业务员。

读了两遍,他舍不得扔,压在床头,犹豫的几天里,他就控制不住地拿出来看看。

他被焦裕禄的事迹感动了。可老家那么远,回去得花哥哥一年的工钱。再说,回到老家,人多地少,难以有用武之地。

一天,他到队部取信,刚好碰到马显义队长。队长问他:"你就是从兰考来投奔哥嫂的?"

他点点头。

"焦裕禄治沙的报纸看了?"

他又点点头。

"读了几年级?"

他这才说:"小学毕业。"

"可以呀,我们这小学毕业的人不多。"马队长顿了一下,问道:"不要回去了,就在我们这。至少饿不着肚子。"

"我要回去治沙。治了沙就饿不着肚子了。"他很认真地说。

"嗨呀,兰考有沙治,我们新疆更有沙治,治好了,更有饭吃。"

像一语点醒梦中人一样。是啊,新疆就是大沙漠地区,三坪园艺队就在沙漠边上,这里一治,地就更多。这么多地,有收不完的粮食。

他高兴地回家告诉哥哥嫂子,哥嫂都同意,弟弟在跟前,也好有个照应,何况马队长也想留他在三坪园艺队。

牛同章找到马队长,说愿意留在三坪园艺队,说:"焦裕禄书记在兰考治沙,我就在新疆治沙。"

马队长爱才如渴,对牛同章说:"只要你留下来,就行,你记个账没有问题,就去给司务长当下手,先拉个面粉发个面粉。"

牛同章一听,简直不敢相信自己的耳朵,飞快地跑回哥哥家。他从此成了三坪园艺队的一员。

丝路明珠 红色记忆
——新疆兵团第十二师民间故事荟萃

葛秀珍的小作坊

讲述者：王崇德，男，汉族，78岁，第十二师三坪农场退休职工
采录者：吴永煌
采录时间：2020年4月
采录地点：第十二师三坪农场
流传地区：第十二师三坪农场、乌鲁木齐垦区

1959年，三坪农场有一对从安徽定远来支边的母女俩。母亲叫葛氏，女儿叫葛秀珍。这是农场唯一一对一起到三坪农场的支边母女。

从她们住进地窝子开始，母亲就常念叨老家的小石磨，吱吱的转动声，很有节奏，很养耳，很亲切，她就喜欢抓住磨柄，周而复始地转，闻那麦子磨出来的醇香。

葛秀珍也喜欢这些，更喜欢磨出来的麦子炕的烙饼，浓香扑鼻，留唇不散。

刚到三坪农场，这里什么也没有，只有地窝子，仅有的几间土坯房，还是队部。哪里有小石磨呀！再说，农场吃的大食堂，也用不着小石磨。

时光荏苒。一晃十年过去了，连自己从老家带来的小小的捣蒜的土陶罐子，在十年"文革"中，也被斗私批修交了公。

改革开放，不知不觉，又突如其来。像润物细无声，又忽如一夜春风来。

人物故事

老母亲也退休了，闲在家里没有事，就又想起了老家的小石磨。也勾起了葛秀珍的胃口。

"那时，要不是家里有那个小石磨，我也尽吃粗糠野菜了。一吃大食堂，公家给没收了。现在也早没有了。"在老家时，村民磨个面，要挑着麦子跑到五六公里的乡里去磨。他们家祖上传了个小石磨，省了跑腿的苦。村里也有人悄悄找他们代磨，留下一两公斤或一脸盆面粉，作为报酬的。葛秀珍的母亲不止一次说："那是救命磨啊！"

"现在听说允许做小买卖了，要不，咱们整个小磨作坊？"葛秀珍对母亲说。

母亲向后捋了两下齐耳短发，像得了乡愁病一样："新疆哪有小石磨呀？"

葛秀珍笑了，说："现在几十年过去了，再不发展，也用不着那玩意，是带电的小钢磨了。"葛秀珍一次跟拉面粉的马车，去过农场的面粉加工厂。

1980年初，葛秀珍打听到乌鲁木齐机电市场有小电动钢磨，就带着母亲赶到乌鲁木齐，买回来了一台小型的小钢磨，办起了一家面粉加工小作坊，也加工其他粮食,如玉米、黄豆、高粱等。这是三坪农场第一家家庭小作坊。

几年里,小作坊为他们家挣了一些钱,日子过得自然也比别人家滋润。

随着社会发展,他们家的小电动钢磨不仅落后,也已经没有人再办这种作坊了。他们也就把这套小电动钢磨当废铜烂铁卖掉了。

现在日子过得赛蜜甜。葛秀珍的母亲已经谢世了但葛秀珍还和母亲一样,对那钢磨一往情深,经常对孩子说:"没有那小钢磨,也就没有你们有吃有喝的好日子。"

在20世纪80年代,农场由于受到体制和管理等制约,经济发展比较缓慢,人们收入不高。葛秀珍家就靠那电动小钢磨,积攒了一部分钱,又在农场率先开起了商店,日子一直过得红红火火。

人物故事

自制汽车

讲述者：木巴热克·木合买提，女，维吾尔族，25岁，第十二师三坪农场干部
采录者：吴永煌
采录时间：2020年4月
采录地点：第十二师三坪农场
流传地区：第十二师二坪农场、乌鲁木齐垦区

一提起汽车，三坪农场人，特别是六队的人，都会马上想起张寿华，想起他和两位帮手装配的汽车。这是三坪人自己装配的汽车，也是唯一的一辆自己装配的汽车。

"文革"结束之前，六队没有自己的汽车，只有几台老式的苏制科特博-35型拖拉机和洛阳生产的东方红拖拉机。去外地拉个物资，都得麻烦地找农场打报告，很不方便。有次队上一位工人生病了，农场的汽车都出去了，队上急得没有办法，只得用拖拉机把病人送往乌鲁木齐市人民医院。当时路况也没有现在好，拖拉机轰轰隆隆地开往医院，颠来摇去，走了两个小时。到了医院，医生说："这太耽误时间了，幸亏病人身体好，不然，就耽误人命了！"

张寿华是六队党支部书记，听了这话，觉得很对不起病人，也对不起全队干部群众。

丝路明珠 红色记忆
——新疆兵团第十二师民间故事荟萃

"咱们也得有辆自己的汽车！"他对干部们说。

说起来很轻松，真要有一辆汽车是很难的。汽车都归农场管，不允许连队自己有汽车。再说，要买辆汽车，还要跑很多手续。连队也拿不出那么多钱，农场也不会批钱买。还得有人开，开车的人得有执照。这些都是棘手的事。

"开车的好说，队上不是有个从部队复员回来的吗？他在部队就是开车的。"张寿华对队上情况很清楚。

资金、手续，都不是在队上掌控的。怎么办？他想到了新疆汽车配件厂，那里肯定有合格和不合格的配件。他也想到了乌鲁木齐市废旧物资市场，那里肯定可以找到一些汽车配件。

废旧物资市场好说，你给钱，他就卖。可汽车配件厂就不行了，没有关系，是拿不到手续和配件的。

张寿华想到交通厅系统在三坪农场接受再教育的子女。农场有个知青,就在他的朋友刘文杰的单位。其父亲就在交通厅工作,与刘文杰关系不错。

"你得帮我这忙,找你交通厅的朋友弄些汽车配件。"他找到刘文杰,开门见山地说。

刘文杰毕竟是他多年的朋友,二话没说,就答应了。帮他批了一些汽车配件。

张寿华做什么事都很灵光。他只要队上给了两个帮手,就在自己家的院子里开始了装配汽车的工作。

时间一天天过去,油污和尘土沾满身上和脸上。每天一进家,老伴陈春玲就怪嗔地说:"简直像个土里钻出来的,就是一只土拨鼠!"

他也总是一笑了之。

这事一忙,他连胡子都顾不得刮,胡子巴叉的。老伴说他。他说:"车子不装出来,不刮胡子。"

有一天,有个不曾谋面的外地干部找到张寿华家,要他帮个忙。走到院子,一看,几个人都是脏兮兮的,脑子里马上发出一个错误信号:这些人可能改造人员。认定走错了门,没有问,就退出了院子。

正坐在阴凉墙角下的张寿华看到了,忙问:"你找谁?"

"我找张寿华书记,不好意思,走错了。"

"没有错。这就是。"张寿华说着站了起来。

那人还不相信,迟疑地站在院子门口。

"他就是我们张书记。"两位帮手说。

那人简直不敢相信,打量着张寿华。

冬去春来,暑走秋到。他和两个帮手整整忙碌了一年零八个月。一年八个月,就是六百多天。他们终于把汽车装配起来。

汽车装配出来了,队上就像看宝贝一样,都跑到他家的大院子,一个个笑逐颜开,啧啧称赞。

丝路明珠 红色记忆
——新疆兵团第十二师民间故事荟萃

车有了,他们很威风地开到了队部,索性让全队老老小小看个够。

热闹过去了,有人好像想起什么,问了张寿华一句:"张书记,这车能不能开上公路?"

不问还真忘了,一问还真是一个大事。他马上又想到了刘文杰。

刘文杰是热心肠,对朋友相托的事很上心。虽然那位知青已经调走了,还是去找了那位知青的父亲,又帮着队上办了行车证。

办行车证也是一个机会,刚好部队有辆汽车报废了,但行车证还没有来得及注销,那位知青的父亲就协商,把部队的行车证,更改为队上的行车证。

这辆车在队上使用了整整5年,为队上解决了不少困难。队上干部群众都说那辆自制的汽车是"帮忙车""解困车""宝贝车"。

人物故事

"硬书记"

讲述者:张孟姗,女,回族,33岁,第十二师三坪农场干部
采录者:吴永煌
采录时间:2020年4月
采录地点:第十二师三坪农场
流传地区:第十二师三坪农场、乌鲁木齐垦区

张寿华从1971年就当队书记,当时只有24岁。

24岁,在一般人眼里,是乳臭未干,如果没有两下子,是很难服众的。有的人嘴上喊书记,其实,心里还是不服气,不放心。

张寿华是很有个性的人,认准的就做,要做的事就做得很好。

队上有位爱扯闲话的女同志,说队上副队长有作风问题。在过去,这是一个十分敏感的问题,完全可以一下把人打倒爬不起来。这事也归书记管,不解决好,不仅影响副队长的工作情绪,也影响队班子和全队的工作和形象。

副书记马艳花请示张寿华书记:"怎么办?"

"怎么办?凉拌!你没看这话从谁嘴里出来的?!"张寿华年纪轻轻,做事还是心里有数,他告诉马副书记,"静观其变。"

原来,编闲话的女同志就为副队长没有多给她算工分,记恨在心。看队

丝路明珠 红色记忆
——新疆兵团第十二师民间故事荟萃

上没有处理副队长,就又以上吊要挟,不明不白地说:"我没脸活在世上了。"言下之意,就是再给副队长加上一码。

急得马艳花副书记又赶紧找到张寿华书记。

张寿华一副沉着冷静的样子,说:"往自己头上抹屎,你见过吗?脸都不要的人,能有什么好点子!"

第二天,那女同志非但没有死,还跟大家一起到菜地里劳动去了。

1971年,三坪农场六队要埋设地下电缆,队上接到任务后,派了13个男劳力,每天每个人任务是七米,一天一分。戈壁滩土地干燥坚硬,表面有沙砾,一层薄土下面是石子,再下面是坚硬的砂岩。

"我带着去。"接受任务后,张寿华主动要求带队。

"你是书记,队上很多事离不开你。"队上干部说。

可张寿华的性格,大家都知道。

到了工地,张寿华没有把自己当领导,也给自己分了一份任务。第一天,他就一下子挖了14米多。

参加挖电缆线沟的同志看了,都傻了,在心里佩服他们的书记。

还有一次,六队缺水非常严重,而满渠的水从六队的庄稼地前的渠道流往下游。他找到灌水的领导,领导说不是不给他们水,是设计有问题,如果放水给他们,很可能导致破渠跑水。

张寿华一不做,二不休,跑回队上,带着干部和几个工人,来到渠道进入六队的进水口。一看,果真设计有问题,而且流经的渠水带来的淤积泥沙堵在了进水口。

"扒!"他把队伍分成两组,一组修正进水口,一组清理淤沙。他自己拿起铁锹,跳下进水口。

"要不要先报告一下?"有干部担心挨批评,建议他说。

"这还要报告什么?!等报告下来,可能有的庄稼就旱死了。"他就这样果断地进了水。

后来,六队的干部工人给张寿华书记又取了一个名字:硬书记。

张寿华拜师

讲述者:杜传英,女,苗族,62岁,第七师退休干部
采录者:吴永煌
采录时间:2020年4月
采录地点:乌鲁木齐市
流传地区:第十二师三坪农场、乌鲁木齐垦区

张寿华是三坪农场有名的聪明人。1965年春天,已经是队上党支部书记的他到农场场部去办事,看到有位女同志开着拖拉机,很稀奇,也不服气。心想:女的能开拖拉机,那我也行。他自以为曾经在公共汽车公司学过两三天。拖拉机是车子,汽车也是车子,万变不离其宗。

这位女拖拉机手叫钟毓凤,是1952年8月从浙江进疆参军调到头屯河农场的,给张迪源当徒弟,后来担任康拜因机车组长。为了开发三坪农场,1965年从头屯河农场调到三坪农场当师傅带徒弟。

拖拉机停在路边,张寿华走了过去,上去就摸摸这摸摸那,嘴里还说着:"这是离合器,那是发动机。"

正在擦车的女驾驶员听了,笑着说:"那是发动时拉皮带的轮子,你说的不准确。"又解释说,把皮带缠在轮子上,用力一拉,发动机才能发动起来。

在回家的路上,张寿华自言自语:"从前孔子以小孩项橐为师,我今后也

人物故事

得尊这位女驾驶员为师。巾帼不让须眉,她就是当代穆桂英、花木兰。"

第二天一大早,张寿华找到了停拖拉机的地方。女驾驶员正准备发动机车去劳动。看昨天对拖拉机好奇的张寿华又来了,就问:"怎么又来了?"

"我想跟你学开拖拉机,拜你为师。"张寿华说。

"听说你学过开公共汽车,还学这干什么?"女驾驶员又问。

"我也只是当了两三天学徒,还没有入门,就又被爸爸送进了学校,但从来没有摸过拖拉机。"

"拖拉机发动是用皮带拉轮子发动,公共汽车是用摇杆转动轮子发动。"

"哦,都是发动,方法还不一样。"张寿华感到学问真不少。

他看着女驾驶员发动拖拉机,目不转睛,全神贯注,又想起昨天的事。等拖拉机发动了,他又急切地说:"我就要拜你为师。"

女驾驶员笑吟吟地说:"你不是这个单位的,怎么学?"

"每天早上过来,你教我一会儿,日积月累,不就会了?"

女驾驶员看他诚心诚意的样子,就说:"行。"又从兜里掏出一本已经书页翻卷、脏兮兮的《驾驶员手册》递给他,说:"先回去把这书好好看看。"

张寿华回到队上,认真地翻看女驾驶员给的书。每次说起这事,他总是说:"三人行,必有我师,女同志也是良师益友啊。"

人物故事

"兵团黄埔军校"的元老与精英们

讲述者:蒋平复,男,汉族,89岁,第十二师头屯河农场退休干部
采录者:李晓
采录时间:2020年5月11日
采录地点:第十二师头屯河农场
流传地区:第十二师头屯河农场

头屯河农场历来被视为兵团的"黄埔军校",之所以这样说,基于从1951年头屯河农场建场时起,头屯河农场从内地各省市陆续调来不少知识青年,他们有思想有文化,积极学习新技术,在早期的农场发展史上留下可圈可点的故事,对农场的建设和发展都奉献了自己的青春与热血。虽然一些离开了农场去支援其他兄弟农场发展,但作为农场早期开创时的无名英雄,头屯河农场的历史不会忘记他们。

随着建场时的一批老战士相继调去支援兵团各师团,一批新的科研技术人员又补充到农场。1954—1955年,相继有三批农学农业与园艺专业毕业的学生分配来到农场,参与了与农科所合作的农业科研项目,如玉米自交试验、马尔采夫耕作法试验、牧草试验等,农场的蔬菜瓜果生产也得以迅速发展。

这些大学生有的肩负起科研开发和园艺技术工作,为农场的农业规划

丝路明珠 红色记忆
——新疆兵团第十二师民间故事荟萃

的实施与技术管理作出了积极贡献,有的大学生在农场坚持数十年而成为农业技术骨干,为农场发展献出了青春。

在补充技术力量的同时,农场也吸收了来自五湖四海的人才。1953年,来自山东掖县的10位姑娘落户农场,她们的到来成为种植蔬菜的骨干力量。1955年,又有一批来自河北唐山的知识青年来到农场,还有零星调入的军人和职工,以及从湖北、安徽、江苏、天津来的支边人员,所有这些同志都为农场挥洒了汗水,为农场的发展奉献了青春。

从1951年冬天起,牛贵林、李钟声、史务本、李崇山、韩佩珍、高凤林、曾宪云等人的加入,让农场机耕组的士气大增。

其中牛贵林原是王司令员的小车司机,来农场开上了大卡车,他和刘传汉(第一代女康拜因手)喜结良缘成为农场第一对新人,他俩1954年调农四师工作。

李钟声为农机教员尼可丁的俄文翻译,精通柴油机,曾对张迪源等人在技术上有所帮助。但耕地时不幸被犁轮压残腿部,于1953年调离。史务本任农场团支部书记,是机耕组吃苦耐劳的好榜样,1954年调农二师大修厂工作。李崇山为起义战士,工作认真细心,1953年复员回安徽老家。

韩佩珍是四川妹子,工作大胆泼辣,于1955年与爱人苏厚荣(农场农业技术员)调农十师工作。曾宪云也是四川妹子,是志愿军家属,于1953年复员回原籍。高凤林是张芝明场长的爱人,于1953年底调离。

1952年8月进疆参军的浙江姑娘钟毓凤调来农场,分配到张迪源小组做助手,后来担任康拜因手和机务组长,1965年调往三坪农场。

1953年以后又从农学院农机班分配来李开兴、谢绪轩、张新义、王崇云和李明、段恩波、唐爱华、杨海山、郭向阳等人,1955年后又陆续调离支援兵团各师,其中谢绪轩、张新义调农七师,王崇云调农四师,段恩波、唐爱华调农三师,李明调兵团子校,而李开兴则被选中调民航公司机场工作,只有杨海山、郭向阳一直留在农场驾驶汽车。

张芝明老场长是1938年参军的老八路,一直跟随王震将军南征北战,进疆后担任司令部四科科长、生产训练大队队长和农场第一任场长,为人忠厚朴实,待人和蔼可亲,1953年调往农八师石河子红山农场工作。

宋云中副场长于1955年春调农四师二牧场工作,而薛福清副场长早在1954年底调离,政治指导员张进才于1955年调离。第一任机耕队长樊明德1953年调农五师工作。

第二任队长高天成与爱人张迪源同志于1956年调东北农垦局农场工作,后落户于湖北荆州岑河农场。

尕文祥同志于1953年后调农六师任机务科长,昌吉回族自治州成立时被选为副州长,后升任州长,20世纪80年代担任自治区经委副主任,90年代升任自治区政协副主席。老机耕队员宋长安后来长期担任机耕队的政治指导员,于1965年调西郊良种场工作,后不幸病故。

蒋平复在农场工作14年后,也于1964年随侯德歧场长一起调往新成立的农垦厅乌鲁木齐西郊管理处。侯德歧任副处长负责抓垦区的农业生产,蒋平复在生产办公室担任农机技术员指导全垦区农业机械化工作。

从1951年建场到1954年前后,农场在建设发展的同时,陆续向外输送人才,近30名领导干部和技术人员调往兵团的8个师,遍及天山南北各地,为新组建的生产建设兵团贡献了力量。农场成为部队向外培养、输送技术和人才的一个基地,堪称兵团的"黄埔军校",一批培养起来的技术人员相继调出支援兄弟单位。

头屯河农场第三任场长张旭初就任新成立的三坪农场场长,在农牧业技术和优良品种等各方面也对全垦区提供了无私支援。

当年的建设者如今已白发苍苍,有的甚至已长眠于头屯河畔,有的献了终身献子孙,他们的后代继续为农场默默奉献着一切,回顾头屯河农场60年前那段艰苦创业的岁月,广大指战员和支边青年们为农场挥汗如雨、奉献一生的精神值得后人敬仰学习。

头屯河农场诞生了全军第一位女拖拉机手

讲述者:蒋平复,男,汉族,89岁,第十二师头屯河农场退休干部
采录者:李晓
采录时间:2020年5月11日
采录地点:第十二师头屯河农场
流传地区:第十二师头屯河农场

1950年1月21日,新疆军区发布驻疆部队一律参加生产的命令,时任中共新疆分局第一书记的王震给湖南省委第一书记黄克诚写了一封信,提出"在湖南招收大量女兵支援新疆建设"的请求,因这封信便有了"八千湘女上天山"的故事。其中一位"湘女"留在了头屯河农场这片土地参加发展建设,后来成了全军第一位女拖拉机手闻名全国,她就是八千湘女中的张迪源。

1950年夏天,新疆军区从湖南长沙招聘一批青年知识分子支援边疆建设,8月底这批湖南知识青年乘火车到西安,改坐大卡车进疆,经一个多月的风餐露宿和颠簸前行到达迪化,一部分被分配在新疆军区八一机耕农场(后改名为头屯河农场)文艺团。

当时全军大生产运动,得知军区生产训练大队已从苏联进口拖拉机时,新疆军区在头屯河举办拖拉机驾驶培训班,张迪源和大家都坐不住了,联名向新疆军区政治部打了一份报告。当时报上不时地发表第一位女火车司机

丝路明珠 红色记忆
——新疆兵团第十二师民间故事荟萃

田桂英、第一位女飞行员戚木木、第一位女拖拉机手梁军以及苏联妇女如何建设社会主义的事迹。

以张迪源为代表的11位学生兵主动地向王震司令员提出"学开拖拉机，献身农业机械化事业"的申请报告，报告的主要内容就是坚决要求到艰苦的地方去，到生产一线去，用我们的双手驾驶拖拉机开垦万古荒原，创造社会主义财富。很快，11月初申请报告得到组织批准，张迪源、蒋平复等人于1950年11月10日来到头屯河畔的军区生产训练大队报到，参加拖拉机驾驶培训班的学习。当时各部队派300人参加学习，参加培训的学员共有57人，女学员也就三五人，张迪源他们是插班生，当时用于教学的有两台拖拉机，发动时马达声响如放炮，有的女学员胆子小，马达一响被吓哭，张迪源与男生一样毫不畏惧。张迪源凭着师范学校毕业的扎实文化功底，理论知识理解得快，她技术掌握得很快，经过4个月的学习完全掌握了拖拉机的驾驶技术。这年新疆军区八一机耕农场在头屯河成立，培训班结业时，她被留在了农场。

1952年3月冰雪开始消融之际，八一机耕农场开始建场以来第一次春耕大会战，农场全体战士开赴生产第一线，在魏户滩原地主庄园处建立了田间工作站指挥生产。

拖拉机履带碾压吞没着杂草，在杆杆红旗的指引下开出了第一犁。

"闹春耕，百姓争看铁牛犁地。"1952年4月2日，一条消息在迪化的大街小巷传播："解放军在头屯河用拖拉机犁地，开拖拉机的是一个解放军女战士。"迪化市民从来没见过拖拉机犁地，而且开拖拉机的还是个姑娘，人们都想一睹为快，向头屯河八一机耕农场涌去。

八一机耕农场的三台拖拉机都擦得锃光瓦亮，张迪源开的是"斯大林80号"，高大的机车就像待命进入战场的坦克。大家都被这威力强大的"铁牛"耕出的大片土地所震撼，尤其是女拖拉机手张迪源开着拖拉机的飒爽英姿令在场的人印象深刻，王震的秘书王玉胡也去了现场，当天晚上写了一篇通讯《拖拉机开动了！》4月7日发表在《新疆日报》上，配图就是张迪源开着拖拉机在土地上春耕的画面。

八一机耕农场使用先进机器耕种这一新鲜事物，被《新疆日报》刊登后也引起了中央媒体的关注，张迪源开着拖拉机在边疆新开垦的土地上驰骋的消息就此传开。9月播冬麦时，解放军画报社记者陆文骏到地里采访拍摄，张迪源正开着"维特兹"拖拉机播冬麦，当年第9期《解放军画报》刊发了一组题为《新疆军区八一机耕农场机械化作业》的照片。其中，张迪源开"维特兹"拖拉机的文字说明是："中国人民解放军的第一名女拖拉机手张迪源同志，她在新疆军区直属农场愉快地驾驶着拖拉机进行耕种。"当年国庆节后，邮电部将张迪源驾驶拖拉机播种作业的照片选为"特5《伟大的祖国》"系列邮票之一，在全国发行。

从此，张迪源就成为中国人民解放军第一位女拖拉机手，一时间，国内外媒体争相报道，张迪源的名字传播到全国各地，她站在播种机上耕耘播种的邮票传递到大江南北、千家万户。

张迪源刻苦学习拖拉机驾驶、修理技术，成为场里的技术尖子。1951

年,她被评为劳动模范,1952年光荣加入中国共产党。她领导的女拖拉机组曾向全国女子拖拉机队发起挑战,尤其是与闻名全国的黑龙江省查哈阳机械农场梁军女拖拉机队的比拼,一度传为佳话。

那是一个"比学赶帮超"的年代,在八一机耕农场,干部与干部,拖拉机手与拖拉机手都要相互之间写挑战书。1952年3月下旬,在新疆军区八一机耕农场向全国各地国营农场和人民解放军经营的农场发出爱国增产挑战书后,黑龙江省查哈阳机械农场梁军女拖拉机队也向全国各地国营农场的女拖拉机队发出爱国增产竞赛挑战书。各地掀起爱国增产竞赛的热潮,张迪源女拖拉机机组于1952年4月23日,应战梁军女拖拉机队,并向全国国营农场女拖拉机队发起挑战。1952年4月26日《新疆日报》一版全文发表了这份挑战书。

为了这次挑战,第一机耕小组在张迪源的倡议下,主动延长作业时间,一干就是十几个小时。那时,张迪源的身体并不是很好,经常蹲在地头,捂着个肚子,为了不影响作业进度,她强忍着,从没到医院检查过。

1956年,高天成张迪源夫妇奉命调往黑龙江八五〇九农场。1964年,两人调到湖北省荆州市岑河农场,高天成在机耕队当书记,张迪源先后在医院当院长,在学校当校长,后任农场工会主席。1989年,张迪源因肝硬化病逝。

2007年,《乌鲁木齐晚报》联合多家媒体发起"寻找张迪源"活动。2007年8月21日,中央人民广播电台制作播出了长达两个小时的直播节目《永不丢失的军垦精神》,歌颂为西部建设做出丰功伟绩的人们。2011年7月1日,张迪源当选"新中国屯垦戍边100位感动兵团人物"。

人物故事

从抗美援朝军人到军垦人

讲述者：李翀，男，汉族，53岁，第十二师头屯河农场史志办干部
采录者：李晓
采录时间：2020年5月11日
采录地点：第十二师头屯河农场
流传地区：第十二师头屯河农场

在头屯河农场建场初期，有一位经历过抗美援朝，从抗美援朝战场到中国西部边疆的屯垦战士。几乎经历了中国近代变迁的所有过程，这就是抗美援朝老兵，头屯河农场的开场元老建设者——陈三洋。

1952年10月，满怀一腔报国热情，成为一名解放军战士仅仅两年的湖北武穴人陈三洋，年仅22岁，他告别新婚一月的妻子，踏上抗美援朝的战场。初到朝鲜天气寒冷，条件异常艰苦，饿了就吃几口压缩饼干，渴了就喝河里的水。由于道路被炸毁，外界物资便很难到达部队。使用的武器也相当落后，装备简陋贫乏的中国军人面对的是武器装备先进的美帝，陈三洋与战友们一起历经了血与火的生死考验。饥饿寒冷，装备落后，战机轰炸，随时随地都有生命被战火夺去的危险。

1953年7月27日晚上，战地出奇的安静，没有枪炮声。突然有人大喊："停战了，停战了，不打了！"正是这一天，签订了停战协议。战争结束了。虽然战争胜利了，但陈三洋所在的军队继续驻扎分界线内，继续巡逻训练，直

丝路明珠 红色记忆
——新疆兵团第十二师民间故事荟萃

到1957年下半年。就在这期间，陈三洋被提拔为士兵的最高军衔——上士班长，1956年又光荣地加入了中国共产党，与战友一起被授予军功章。1957年，陈三洋被允许探亲，这才真正回到祖国。

1959年6月，亟待发展建设的新疆军区派人来到湖北招收支边建设人员，陈三洋毅然报了名。随陈三洋一起来新疆的还有一个排的战士，他们原计划在新疆待3年就回湖北家乡，但没想到踏上天山脚下这片正在开发的边疆热土，一待就是一辈子。

陈三洋初到新疆被分到了八一农学院，后来到了八一农学院的示范农场。由于出色的工作能力，陈三洋被任命到一连当队长，带领大家发展经济。当时陈三洋工资仅为60元，妻子仅30元，但夫妻俩很快适应了艰苦的农场生活。

1977年，陈三洋先被调到一队担任书记，1979年又被调到农场医院担任院长。起初，陈三洋并不熟悉医院业务，但他谦虚好学，一边向医院职工了解医院情况，一边自学医院管理，很快，从财务到行政一系列工作他都做得井井有条。

在工作中，他发现医院存在着职工不团结现象，影响到整个医院的运行与发展,为了改变这一现状,他通过多方面的调查找原因,想方设法改变了医院人浮于事不团结的现象,使得医院上下紧密团结更像一个整体。在担任医院院长的同时,他还兼任厂的副厂长,他依旧保持自己勤勤恳恳的做事风格,认真对待每一项工作,一直到1990年退休。

陈三洋曾这样教育子女:人的一生不能只看利益,而是应该看自己的良心,看自己的一生为别人付出了多少,为祖国付出了多少,能让更多的人得到了幸福与快乐才是最重要的。人活一辈子,只有内心的快乐与充实是金钱无法衡量的,只有这样才不枉此生。

从抗美援朝到军垦人,一路走来陈三洋践行着一个共产党人、一个革命军人率先垂范的精神,他将青春与热血奉献在天山脚下头屯河畔的这边土地,堪称最可爱的人。

头屯河农场第一个卫生所与它的创始人

讲述者：丁少棚，男，汉族，59岁，第十二师头屯河农场退休干部
采录者：李晓
采录时间：2020年5月11日
采录地点：第十二师头屯河农场
流传地区：第十二师头屯河农场

1957年，新疆军区第一个机械化农场——头屯河农场八一机耕农场，随着各项事业的发展，迫切需要创建一个卫生所便于农场职工看病就医，组织把八一农学院的军医潘新厚派往农场，为新兴的国营农场广大干部战士及当地群众防病治病。

潘新厚不仅有比较深厚的医疗知识，而且还具有较丰富的临床经验，在预防治疗常见病、医治地方病等方面都有较出色的表现，为此成为创建八一机耕农场医务所的首要人选。和他一起被调去农场的还有他在新疆医学院当护士的妻子李成兰。

正在开发建设中的八一机耕农场，距离乌鲁木齐市区较远，生活、工作条件艰苦，交通十分不方便。潘新厚调去农场，意味着夫妻分居不说，还顾不上家，照料不上年幼的3个孩子。面对这种情况，妻子李成兰毅然决定放弃大城市医院工作，随丈夫潘新厚一起来到了当时的八一农学院的实习农

场——八一机耕农场,夫妻一起创建有史以来农场的第一个卫生所。

当时的卫生所是如今新机关广场以南一棵大榆树附近的两间套间平房。来到农场后,潘新厚担任卫生所的所长,李成兰为护士,夫妻俩同心协力建设农场第一个卫生所,当时的艰辛常人难以想象,学习、工作几乎成了李成兰的全部。

在20世纪五六十年代,各个队上的卫生条件极其恶劣,吃穿用度物资贫乏,缺医少药,各种疾病肆意流行。卫生所创建时,只有5名医务工作者,当时卫生防疫任务艰巨,除害灭病,初级合作医疗,地方病普查,麻风、天花、肠道疾病防治,疟疾歼灭战等成为工作的主要内容。

护士出身的李成兰负责大家的业务学习,定期或不定期地组织大家学习内科学、外科学、肠道学、地方病防治等11项课程。没有系统的学习资料,她千方百计想办法搜集,使大家的业务学习始终没有放松过。李成兰具有山东女性不屈不挠、坚韧不拔的性格特点,她克服重重困难,逐渐由一名护士成长为一名能独当一面的医生。

1967年秋季,农场党委决定成立大门院镇卫生所,承担基层连队居民医疗服务的任务,潘新厚、李成兰夫妇从农场卫生所调至大门院镇创建大门院镇卫生所。

1973年,农场决定在头屯河农场当时人口最多、耕地面积最大的四队成立卫生所。李成兰担当重任,亲自带领徒弟打扫队里安排的两间房子,用石灰粉刷墙壁。当时尽管条件简陋,医疗设备陈旧,缺少最基本的医疗器械,仍以听诊器、体温计、血压计"老三件"为主要医疗诊断手段,但在李成兰带领下,大家积极性很高,工作热情一点也不减,风霜雨雪,酷暑严寒,不计报酬,不怕苦累。

生产队的春播、夏管、夏收及秋收,修渠、清淤、基础设施建设等劳动竞赛一波接着一波,白天李成兰与徒弟身背药箱,走遍每一个劳动工地为职工防病治病,同时走家串户抢救危重病人,晚上还要为忙碌一天的职工群众提供医疗服务,通常坐诊都要到晚上12点左右。

当时,交通工具极其缺少,全队只有一台手扶拖拉机,大部分时间进药品都是李成兰从乌鲁木齐医药公司自己背回来,有一次,乘坐手扶拖拉机去乌鲁木齐进药,李成兰站在车厢里指挥线路时不慎从车上跌下,摔断了胳膊,可她身体还没有完全痊愈就上班了。

为了解决农场缺医少药的困难,她努力学习医疗知识,坚持不花钱也治病、少花钱治大病的原则。就拿当时的接生工作来说,无数个难产都被她化解,几十年没有出过医疗事故,更没有因为医疗不当,造成病人死亡。

从大门院卫生所创建到四队卫生所创建,李成兰一心为公,兢兢业业,无私奉献,一心为农场的医疗事业,为职工群众医疗服务鞠躬尽瘁,为新兴国营农场的建设作出了突出贡献。

人物故事

头屯河农场培养的第一位汽车驾驶员

讲述者：李翀，男，汉族，53岁，第十二师头屯河农场史志办干部
采录者：李晓
采录时间：2020年5月11日
采录地点：第十二师头屯河农场
流传地区：第十二师头屯河农场

1952年，建场初期的头屯河农场八一机耕农场隶属新疆军区直接管理，随着农场的发展壮大，农场的农业、林业、牧业、工矿业包括煤炭业、制砖业等如雨后春笋般蓬勃发展，货物运输便成了制约发展的"瓶颈"。

由于农场距离乌鲁木齐比较远，交通运输十分落后，严重影响农场初期开发建设所需生活、生产必需品的供应。而当时八一机耕农场见过汽车的人都很少，更没有人会开汽车。为此，时任新疆军区司令员的王震同志关心农场的发展，特地给农场调了一部从苏联进口的"吉斯"150汽车。与此同时，王震司令员的小车司机牛贵林也调到农场，支援农场建设。牛桂林来到农场后不久，就与农场第一名女康拜因机车手刘传汉结婚，夫妻俩比翼双飞共同建设农场。1952年年底，农场又选拔一位叫张广成的年轻人做牛贵林的徒弟学习汽车驾驶技术。

在此之前张广成在马车班工作，他在工作中踏实努力，驾驭马匹的技术全面，拉货比其他人马车装得多，别人拉草装180捆，他能装220多捆并且不

丝路明珠 红色记忆
——新疆兵团第十二师民间故事荟萃

出问题,每天都能安全超额完成任务。张广成在工作中吃苦耐劳,还想方设法使大车不出毛病。一次在拉炭回农场的路上,张广成听到马车声响不对,回到农场卸完炭后立即卸下车轮检修,直到把马车修好,这时天已经很晚了。第二天一大早他又去拉炭,没有让工作受到丝毫影响。

当时农场有30匹马,每匹马每年平均要钉10副掌,一年下来300副马掌,为了节约开支,工作之余张广成承包了钉马掌的全部工作,不管是严冬还是盛夏,尤其是冬天运输期间,只要他检查到没有钉掌的马,都主动钉上掌。这不仅直接给八一机耕农场节约了资金,提高了工作效率,也给其他职工完成工作任务创造了便利条件。

由于爱学习,好钻研,热爱集体,爱护公物,吃苦耐劳,助人为乐,各方面表现优秀,张广成也因此成为八一机耕农场培养的第一位学习开汽车的人选。

1954年10月7日,新疆军区生产建设兵团正式成立,各地急需大批专业技术干部,兵团从当时的八一机耕农场调出部分干部支援各地建设,其中包括1954年兵团成立后调入农四师工作的牛贵林与刘传汉夫妇。牛贵林调离农场后,张广成无疑成为农场汽车运输的骨干力量。

在成为汽车驾驶员后,张广成像爱护自己的眼睛一样爱护汽车,努力将驾驶的汽车维护好,只要发现有任何一点小毛病,就立即检修,亲自打黄油、换机油。按规定轮胎行驶三至四万公里就不能用了,但是,他凭借娴熟的驾驶技术和细心的保护,他的车辆行驶了七八万公里还未更换轮胎,为农场节约了资金。在那"鼓足干劲,力争上游"的时代,张广成驾驶的汽车两年行驶17万公里没有大修过。

他不知疲倦地工作,每次长途运输都能提前完成任务。当时,从八一机耕农场到伊犁拉油需要五天时间,张广成两个昼夜未眠,提前两天半赶回农场。在短途运输中,他每天几乎工作十五六个小时。

当时八一机耕农场运输工具缺乏,职工和公家用炭不能及时拉运,他主动提出来,由每天只拉两车增加到每天拉了3~4车,连星期天也不休息,解决了职工冬天烧炭和办公取暖等煤炭不足的问题。

张广成为人正直,热情豪爽,不管是风雨同行的几十年的战友,还是亲人朋友,都被他高尚的品德感染。他在工作生活中平易近人,和蔼可亲,不仅团结他人,助人为乐,而且他还手把手地教出了多名优秀的汽车驾驶员,为农场经济建设做出了突出贡献。

因为爱护公物,厉行节约,张广成很快成了新疆八一农学院运输系统的"运输标兵"并受到表彰,1961年1月,八一农学院党委对其进行表彰,号召学习其先进事迹。

张广成在入党申请书里写道:"我是一个穷苦人家的孩子,是中国共产党教育培养了我,我要拉革命的车永不松套,当一辈子的人民老黄牛。"他是这样写的,也是这样做的,他用毕生精力实践了他的诺言。

1985年3月经组织批准张广成光荣离职。2009年1月17日,张广成因病在乌鲁木齐头屯河农场逝世。张广成参加革命工作35年,为头屯河农场的经济建设竭尽心血,他的功绩将永远载入头屯河农场的史册,被农场职工铭记学习。

丝路明珠 红色记忆
——新疆兵团第十二师民间故事荟萃

细流沟灌技术诞生记

讲述者:蒋平复,男,汉族,89岁,第十二师头屯河农场退休干部
采录者:李晓
采录时间:2020年5月11日
采录地点:第十二师头屯河农场
流传地区:第十二师头屯河农场

在头屯河农场建场初期的屯垦生产中,有一项轰动全疆影响全国的水利技术——细流沟灌技术,为农场早期的建设发展立了大功。吃水不忘挖井人,在此讲述这项技术背后的故事。

头屯河农场地处硫磺沟风口,土壤有机质层较薄,南北坡差较大,农业灌溉所用水源为头屯河水,大田种植作物的浇灌为大水漫灌。农场的冬小麦种植面积大,一到冬天,大风把积雪吹得一干二净,既不利于冬麦的御寒过冬,更不利于春季墒情的保持。造成春季用水严重不足,春天冬小麦大面积死亡,到了夏季用水高峰期,大水漫灌,耗水量大、劳动量大,土壤从南向北流失严重。没想到这个困扰农场大农业生产的难题被一个叫崔新丰的年轻人攻克了。

1954年9月,带职在八一农学院参加农学大专班的学习崔新丰,把生产中遇到的难题拿到课堂上,与老师和同学共同研讨,其中关于如何解决农场

土层薄、坡降大的灌溉难题，得到苏联专家的建议指导。1957年在秋播冬麦时，他根据苏联专家的建议提出进行细流沟灌，详细的分析和论证得到农场领导的重视，并积极组织实施。

为了确保细流沟灌的成功实施，崔新丰和技术攻关小组既当农民，又当技术员。为了保存麦田积雪，在种小麦时采用开沟播种，沟植沟播，便于冬季积雪留存在沟里不易被大风吹走。春季浇水时，抛弃大水漫灌，采用小水沟灌，严格计算并控制每沟放水量与每亩用水量。

在技术试验中测算水流量，勘察地形，研究大渠和小渠怎样均匀分水才既保证庄稼吸收到足够的水分又能省水，从沟植到沟播到沟灌，崔新丰详细记录，用心揣摩，反复对比，认真总结。就这样，崔新丰的实验小组攻克了种种难题，终于在1956年研制成功细流沟灌技术，解决了大坡降地区灌水时引起土壤冲刷水土流失严重的问题，每亩可节约上百立方的水，改变了以往传统的大水漫灌灌溉方法，实现了农作物的高产丰收。

细流沟灌这项技术主要有三大好处：首先，可保证供给农作物有充足的水分，同时又最大程度地节水；其次，可增加土壤的渗透性，从而吸收更多的水分和热量；再次，细流沟灌的腰渠和毛渠保证了农作物良好的通风效果，可以进行更好的光合作用和呼吸作用。

1958年，全场推广沟植沟播、细流沟灌技术。由于灌溉方式的改变，场机耕队开展技术比武，积极探索适应新灌溉方法的农机作业技术，使农机作业技术和灌溉技术比翼齐飞，为机械化农场的发展添砖加瓦助力。

细流沟灌技术推广到三坪农场七队、五一农场四队、三工公社长胜大队、安宁区大队、土凳子农场等，之后又迅速推广到哈密、和田等地。细流沟灌实验小组的成员也被请到天山南北讲解并进行实地操作，每到一处都受到了当地的热情欢迎。细流沟灌实验小组也因此多次获得兵团、自治区乃至全国给予的多项荣誉。

1965年，自治区成立10周年，在展示兵团科技成果时，细流沟灌技术被点名成为成果项目之一进行展示；自治区指定头屯河农场制作一辆游行花车，在庆典现场全面展示农场农业建设硕果。很快，西北五省节水灌溉现场会在农场召开，作为项目科研主导人员，崔新丰做现场讲解，随后，此技术迅速在全新疆推广，并被甘肃、青海等西北地区引用。1978年，因对兵团农业科技的特殊贡献，崔新丰获得自治区科学大会科技成果推广奖，1983年又被国家科委、经委等部门授予先进科技工作者的光荣称号。

人物故事

泥浆姑娘

讲述者：杨德明，男，汉族，80岁，第十二师二二一团退休干部
采录者：卢艳红
采录时间：2020年4月20日
采录地点：第十二师二二一团
流传地区：吐鲁番

这是发生在1979年的故事。

当时，二二一团为了尽快建成万亩葡萄园，就把三、四、五连的拖拉机、推土机和最优秀的机耕队员都集中到六连，组建二二一团机耕队。

身为自治区三八红旗手的徐桂芹也被抽调到六连，并接下任务：25日内，与同机组伙伴共同完成200亩地的条田开垦任务。

徐桂芹驾驶一辆504推土机，进入了紧张的工作状态。机器开动，"突突突"的声音在原野里传出很远。

一天活干下来，机耕队队员个个汗流浃背，灰头土脸。徐桂芹更是显得与众不同，泥土和汗水混在一起，成了泥浆，牢牢吸附在她的脸上，只看到一双亮晶晶的眼睛在忽闪。

机耕队成员小邓觉得很好奇，大家开垦荒地，干的是一样的活，不可能干净到哪里去，但也没见谁的脸脏到徐桂芹这个程度。即便是坐在推土机

丝路明珠 红色记忆
——新疆兵团第十二师民间故事荟萃

后面打洋犁的人，在风大、土多的天气，脸上有土，也不至于这么厚。难道，这姑娘的脸跟别人不一样？更何况，徐桂芹当时怀孕已有7个月，小邓觉得，作为一个孕妇，她这个模样，也是太不讲究卫生了。

一天下午，小邓为防蚊虫叮咬，穿着长袖衣服干活，还在草帽上围了一圈白纱布并固定好，纱布垂到肩膀防止蚊虫袭击。突然，他瞧见，徐桂芹在不远的地上蹲着，轻轻抓了一把泥土，搓碎，然后往自己脸上抹，像抹雪花膏一样认真。他明白了，不是徐桂琴的脸跟别人不一样，而是每次劳动开始之前她给自己抹上些泥土！他想：人家擦干净脸还来不及，她反而把那么多泥土往自己脸上抹。真是个怪人！

小邓走到徐桂芹跟前，问："你这是在干什么？还嫌脸上的泥土不多吗？"

徐桂芹笑起来，两只眼睛和一张嘴就像泥土中的三口井，她说："地里的蚊子多得要命，抓一把都可以炒一盘菜。打蚊子太浪费时间，我事先在脸上抹上泥土,蚊子就不能叮咬我了。"

小邓觉得这是个好办法,不仅见样学样,还把徐桂芹的经验介绍给大家,工地上的"泥浆人"更多了。

从此,徐桂芹也获得绰号——"泥浆姑娘"。

囡囡的"凶"姥爷

讲述者:张囡,女,汉族,35岁,第十二师二二一团职工子弟
采录者:卢艳红
采录时间:2020年5月1日
采录地点:乌鲁木齐
流传地区:吐鲁番

漂亮的囡囡躺在昌吉市家里的沙发上休息,手中拿着一双小袜子,轻轻地摩挲。她又想姥爷了,这双由颜色不同的毛线,用平针织成的袜子,是20多年前,姥爷送她的礼物。

小时候,囡囡在二二一团长大。她曾听团里小朋友的父亲提起,姥爷年轻时候打仗可厉害了,他俘虏过敌人、缴获过枪支,敌人看到姥爷冲过来,吓得魂飞魄散,汗毛都会竖起来。

故事听到这,小朋友们就会对她说:"囡囡,你有个凶姥爷!"

囡囡就会和小朋友们争辩:"我姥爷可好了,一点都不凶,我姥爷是最好的姥爷!"

囡囡的姥爷名叫韩应合,退休前在二二一团水管所担任司务长,是个工作认真、性格细腻温和的人。

囡囡小时候,最喜欢吃冰棍,夏天,姥爷有空,就拉上她,带她去小卖部

买冰棍。姥爷没空,就给她几角钱,她就像快乐的蝴蝶一样,自己"飞"去买冰棍吃。

冬天,小卖部没有冰棍出售,馋嘴的囡囡想吃冰棍,姥爷就逗她:"好囡囡,你等着,姥爷给你变魔术,明天你就有冰棍吃了。"

韩应合就找了一只铁碗,将奶粉、冰糖和凉开水装进碗里,再将铁碗放在室外冰冻。

20世纪80年代,火洲吐鲁番的冬天,室外温度还是挺低的,有时候会达到零下20摄氏度,一夜过去,铁碗里的水可以结成冰,囡囡就可以吃到凉凉甜甜的冰棍。

姥爷冬天还会给囡囡织毛衣、袜子、小手套什么的,手比姥姥、妈妈还巧。

有一次,囡囡在外面玩累了回家,看到姥爷坐在椅子上,戴着眼镜,正一针一线地给她编织袜子,她说:"姥爷,你咋会编织袜子呀?不是女人才会编织毛衣、袜子的吗?"

韩应合说:"囡囡呀,你姥爷来自南泥湾三五九旅,织毛衣、袜子,是在南泥湾的大生产运动中获得的宝贵财富。那时,我们的口号是自己动手,丰衣足食。"

韩应合还情不自禁地给囡囡哼起了歌曲《南泥湾》:"……当年的南泥湾,到处呀是荒山,没呀人烟,如今的南泥湾,与往年不一般,不呀一般……"

囡囡当时还小,对姥爷的故事不懂。

2001年,韩应合因病去世,囡囡也长大成少女。一次,她和同学在石河子军垦博物馆参观,看到了姥爷的照片,才知道姥爷的经历。原来,姥爷参加过百团大战、邰阳王庄战斗、宜川战役、提火镇战斗、蒲城扶风战斗等数十次战役,还在射击比赛中获得过军区的物质奖励。

囡囡的泪水当时就流了下来,她觉得仿佛认识了一个不一样的姥爷。确实,自己的姥爷还挺"凶"的,因为他是个英雄。

人物故事

周硕勋的三劝之行

讲述者:杜传英,女,苗族,62岁,第七师退休干部

采录者:吴永煌

采录时间:2020年5月

采录地点:乌鲁木齐

流传地区:第十二师二二二团、乌鲁木齐垦区、第七师一二八团、车排子垦区

认识周硕勋的人都会这样说,他是一个很认真的人,说话认真,做事认真,做人也认真。

世纪之交,他出版了一本书,这书出得就认真,选文选图,都是一丝不苟。他早年在二二二团宣教科的时候,就名噪北亭,被认为是团场的第一秀才。秀才遇到兵,有理讲不清。这话说的就是秀才认真。

"今天真去?"这天一大早,家人见周硕勋起得早,忙着收拾行囊,问他。

"当然真去。现在有时间了,给那些团场的同志送去,晚了就跑不动了,人可能也换了。"周硕勋很认真地说。

"退休了,还操那心思,你也太认真了!"家人不理解地说。不高兴归不高兴,也只是说说而已,也不好硬拦。家人知道他的性格,打算要做的事,九头牛也拉不回来。

丝路明珠 红色记忆
——新疆兵团第十二师民间故事荟萃

他退休之后,就立马集中精力,把自己从二二二团宣教科以来的新闻作品和新闻写作体会,精心整理出来,汇编成书,还有很多生动感人的照片。他要把这些珍贵的资料送到兵团团场基层宣传科同仁的手里,给基层同仁以借鉴。

在一般人眼里,退休退休,万事皆休。他没有,退而不休。

在一般人眼里,出书出书,索而赠书。他没有,出而送之。

在一般人眼里,名望所归,托而办之。他没有,一一送至。

他带着一大包书,从乌鲁木齐出发,来到距离250公里的奎屯。兵团第七师宣传部的同志,看他长途而来,劝他把书放在部里,等有机会时,转送给各团场宣传科的同志。

"不行,我得亲自送到他们手里。"周硕勋一股子认真劲。

陪同他去团场的同志,一个团场一个团场地跑,一个一个宣传干部地送,怕他受不了,劝他:"这几个团场送了就可以了。早点回到奎屯休息。"

周硕勋翻了翻名单，认真地说："时间还有，这片还有一二八团没有送到，那里还有安新他们。"

安新是一二八团的宣传科长，对周硕勋老师仰慕已久，听说周硕勋出了一本有关新闻写作的书，很想一睹为快。接到周硕勋要来送书的电话，早在团里等候着。

"那里是'四到头'的团场，很不方便，我们帮你转一下就行了。"陪同的同志又劝他。

一二八团是第七师路到头、水到头、林到头、电到头的"四到头"团场，而且还是单线公路团场，距离奎屯近百公里，去一趟确实不方便。

"来之前已经与一二八团宣传科的同志联系过了，他们也在等着我送书过去，不能言而无信。"

陪同的同志看他这么认真，也只好陪着继续往一二八团走。

到了一二八团，见到安新，书也给了，他才踏实地说："这书亲自送到你们手里，我也算了了一件心事。"

安新挽留他住下来吃饭。他婉言相谢："来日方长，来日方长。"

邹政委堵水

讲述者：林向东，男，汉族，71岁，第十二师退休干部
采录者：吴永煌
采录时间：2020年4月
采录地点：乌鲁木齐
流传地区：第十二师二二二团、乌鲁木齐垦区

邹保生是1946年10月在老家湖南参加中国人民解放军的。转业后，主动要求来到新疆，1960年12月，调任阜北农场（后为二二二团）任政治委员。

1962年1月的一天，阜康县通过三工河给阜北农场冰湖水库放水。突然，有处渠道垮了，渠水流入天然渠，无法进入冰湖水库。

巡渠工人看着，心中很焦急，但无法堵住，因为天寒地冻，打不下木桩。

立马报告了分管部门。

分管部门的同志迅速赶到出事点，听了巡渠工人反映的情况，一时也没有了主意，派人返回场部报告。

正当大家不知所措之时，农场政委邹保生带了两车职工赶到了。在场干部向邹政委汇报了情况，并表现出无奈的心情。

邹政委问："缺口下的水有多深？"

在场干部回答："有1米多点，但水势太急，水底下是冻土，无法打木桩。"

人物故事

"什么硬仗都打了,这桩还打不了?!只要思想不滑坡,办法总比困难多。"邹政委说完,就命令两辆车的司机立即去找能挖的土,拉上来。

这个缺口约1米宽,1.2米深,水势很猛,加上天气很冷,人也不好靠近。

"去几个人找些干草,光土不行,容易冲跑,有草就好堵了。"邹政委又立即命令几个干部。

土来了,口子没有堵住;草来了,口子还是没有堵住。水越来越多,口子也越冲越大。

"不打桩子不行啊!"有同志着急地说。

邹政委安排拉土,安排找草,怎么就没有安排打桩?大家也不知他葫芦里卖的是什么药!

正在大家忙中不解时,只听邹政委大声说:"大家都准备冲锋!"

邹政委随即推开人群,纵身往水里一跳,伸出双臂,他对同志们说:"快!拿草!"他就像纹丝不动的"肉桩子"。

岸上的人，有几个跟着跳了下去。

上面的人把草给在水里的人。水中的人又把草均匀地放在身子后面，再用脚踩下去。

"甩土！"邹政委站在水里，又大声命令着。

几十把铁锹挥舞着，朝出口处甩土。尽管气温已经降到零下30摄氏度，可他们干得满脸流水，眉毛胡子上结满了冰霜，只得把棉衣也甩了。

水中的几个"肉桩子"，邹政委站在中间，两边都是共产党员，他们的脸上、头上，露出水面的胸部以上都积满了冰花，嘴唇由红变紫再变青，腮面肌肉鼓起疙瘩。

抢险工作完成了，3米宽的缺口堵好了，可邹政委的毛布裤子撕开了一道30厘米的口子，那是留给他的纪念。

生活故事

生活故事

大风口四道岔的风吹雪

讲述者：王海啸，男，汉族，64岁，第十二师一〇四团退休干部
采录者：李晓
采录时间：2020年4月18日
采录地点：第十二师一〇四团团部会议室
流传地区：第十二师一〇四团团部

在一〇四团沿着西山路通往西山的必经之地，现在乌奎高速与西山路交叉处一带，被称作"四道岔"，曾经在20世纪60年代，这里是著名的风口区。每年一到入秋八九月份，时常刮起东南风，一刮就连续刮三天不停。

那时住的是窑洞地窝子，一到秋冬季节，这里雪大风大，雪下的厚度几乎与窑洞房了差不多高，大雪后经常把居民家的门掩埋住，第二天必须得室外的人从门外把积雪清理掉才能打开房门。当时这地区经常刮大风，入秋八九月就开始刮风，一刮起来就不停，一直到次年的5月份。大风刮起来常常是八九级，人在风中站都站不稳。有一次，有个职工出窑洞要到距离窑洞几十米的另外一处窑洞吃饭，大风吹得人站立不稳，无奈只有趴在地上，匍匐爬行前进着几十米才勉强过去。一到冬天，大风更是刮得厉害，零下近40摄氏度的气温严寒酷冷自不必说，有时还经常伴着风吹雪。

有一次，一位职工在一个风吹雪的夜里从窑洞外出，一出门就被一股大

丝路明珠 红色记忆
——新疆兵团第十二师民间故事荟萃

风刮得瞬间就看不见影子了，这一出去再也没见回来。第二天大伙到附近找遍了，依然杳无音讯。就这样这人被风刮得失踪了。直到第二年的开春雪融化后，在距离窑洞一个四五百米的地方，大家发现了这名职工的尸体。原来，大风带雪直接把这人刮到了四五百米之外，天寒地冻人又被雪掩埋起来，历经一个冬天的雪埋冰冻，直到春天化了雪，才把雪下的人暴露出来。风吹雪能把人掩埋，当年四道岔这里的风雪究竟有多大，可想而知了。

生活故事

垦区深夜走错夫妻房

讲述者：王海啸，男，汉族，64岁，第十二师一〇四团退休干部
采录者：李晓
采录时间：2020年4月18日
采录地点：第十二师一〇四团团部会议室
流传地区：第十二师一〇四团团部

在20世纪60年代初期，天山九场举全场之力建设开发南戈壁垦区，当时参加垦区大会战的基本都是来自北京、上海、天津、武汉、河南等地的知青，有的已经成家，大部分是未成家的年轻人。

在垦区建设初期，尚没有建起营房宿舍，住的大是简易的帐篷。因物资贫乏，不能保证一对夫妻一个帐篷，于是安排两对夫妻住一个帐篷，在帐篷中间拉一个布帘一分为二，算是两家各自分开，互不干扰。

一天晚上，一个帐篷里的一家男人半夜睡梦里要起夜，起夜完回到帐篷时，因天黑没有照明，便凭着感觉摸黑进到帐篷，往自己家那一半走去，黑暗中走错了方向，走到了另外一对夫妻的领地，自己浑然不知，摸到床上倒头就要睡。这下好了，床上的另外一对夫妻半夜被一个活生生的"肉身"惊醒，大叫起来。

这一叫，倒头睡下的男子懵懂间醒来，还不知发生了什么事，这家的男

丝路明珠 红色记忆
——新疆兵团第十二师民间故事荟萃

人不管三七二十一,只管推搡着想把这个突然来犯的入侵者赶出去。推搡惊闹声让这个闯入别家"领地"的男人猛然醒悟,这时自己熟悉的媳妇的河南口音在外面那头叫着自己:"死鬼你走错了啊,你跑到人家家做什么,你快回自家来!"

生活故事

老鼠做媒

素材提供者:杨世芳,男,汉族,71岁,第十二师五一农场退休干部
采录者:刘侠
采录时间:2020年4月17日
采录地点:第十二师五一农场
流传地区:第十二师五一农场

20世纪60年代初,随着大漠中的新农场翻土刨地、拓荒开田的建设运动,形成了"戈壁荒滩老鼠多,十步一只百步窝"的人鼠相处的自然现象。野地里的老鼠经常会从小孩子脚边跑过,成为一群孩子追逐嬉闹的对象。就在这样的生存环境中,流传着一个老鼠牵线给支边青年做媒的故事。

漂亮的天津支边女青年文琴不仅脸蛋生得也好,歌唱得也好,对于那个年代里荷尔蒙旺盛的像牛犊子一般的小伙子们来说,最惹火的是苗条的身段,再肥大的衣裤也遮不住那婀娜多姿的曲线。身边几个一同到农场子校教书的男知青,除了成分不好的小徐,其他几个就像蜜蜂围着野百合嗡嗡转一样,恨不得每天多看文琴两眼,解解心头的馋。他们变着法子讨好文琴,送书、相约着看露天电影、买农场小商店里的花手绢送她,巴望着能打动她和自己相好。可是,骄傲的文琴似乎一个也没看上,总是一撩拎拉在左边肩头上的黑亮亮的长辫子,淡淡的一句"谢谢",生生把小伙子们的热情给挡回

丝路明珠 红色记忆
——新疆兵团第十二师民间故事荟萃

去了。

  一个星期天，同屋的女伴去场部了。刚来农场还不习惯十天半个月才洗一次澡的文琴想借机擦个澡。她在土窑洞的土炉子上烧好了一锅水，调好温度，倒进脸盆端到门边的脸盆架上。刚脱掉外裤和套头毛衣，忽然看见一只硕大的老鼠从床底下钻出来，停在她的脚边，转动着乌亮乌亮的小眼珠子瞪着文琴。也不知是老鼠被文琴吓住了还是文琴被老鼠吓住了，场面一时僵住了。两秒钟后，一声"妈呀——"惨烈的尖叫声从文琴口中传遍了子校几栋土窑洞的上空，紧接着是脸盆架倒地的哐当声。

  文琴这一声骇人的尖叫可是惊动了隔壁土窑洞里正在看书的小徐。小徐平日文文气气，不爱扎堆凑热闹，相貌平常，也很少出现在文琴的视线里。听到声响，不明就里的小徐放下书，随手拿起门边的铁锹，窜出了自己的土窑来到文琴的窑门口。只听得里面文琴还在"妈呀妈呀"地大叫，小徐两脚踹开被棍子顶着的门，一边问"怎么了"一边看向已经跳到床上穿着短裤手捂胸口的文琴。狼狈的文琴只管说着"老鼠老鼠"缩瑟在床角。看到这种景象的小徐登时脸红耳热，顺着文琴手指的方向，看到了窜到床下的老鼠尾巴。他发现床下有一个通向外面的老鼠洞,便顺手捡起半截砖堵住洞口。这当口文琴也抓过一件外套穿在身上。

事后,文琴开始关注起这个不起眼的小徐,发现了蕴含在他身上闪光的品质。半年后,他们一同参加了农场的集体婚礼。老鼠做媒的故事也从此在荒漠戈壁上建成的农场里流传开来。

丝路明珠 红色记忆
——新疆兵团第十二师民间故事荟萃

占座风波

素材提供者:杨世芳,男,汉族,71岁,第十二师五一农场退休干部
采录者:刘侠
采录时间:2020年4月17日
采录地点:第十二师五一农场
流传地区:第十二师五一农场

新成立的五一农场场部建在一片榆树林的边上。其中林子北边有两棵高大的榆树,就像神话中的哼哈二将,农场放映队的放映员每次放电影时,就把幕布挂在两棵大榆树中间。

在文化娱乐生活匮乏的年代,每当场部电影放映队贴出花花绿绿的海报,就会使农场的大人小孩像迎接新年一样兴高采烈。支边的青年们也借此寻找和心仪对象接近、表现的机会。

这天,又是电影放映日。机耕队漂亮的湖北籍女青年小英下工后匆忙吃罢晚饭,回宿舍换上新买的衬衣和自己钩的薄开衫,再赶到食堂染磨司务长借了一张三人坐长椅,提前一个小时来到了大榆树下,想着占个最佳观影位置。小英一直喜欢同班组的赵广军,这个高高的能干的安徽籍帅小伙早就占据了她的心。可是,无论她怎样暗示,广军总是和她保持一定的距离。下午,两人开着机耕队的东方红拖拉机耕作时小英问他几点到场部看电影,广军说了时间。

生活故事

　　天已经蒙蒙黑了,距离电影开始还有20分钟,还不见广军的影子,小英的心越来越沉。她把手里的手绢放到椅子上占着座位,站起身走到人群外面张望。这时,她看见广军正跟磨工房的张梅肩并肩说着话走过来,顿时气不打一处来,大声喊道:"赵广军,我给你占座,等你多长时间你知道吗?!"说完拉着广军不由分说往长椅上坐过去。

　　广军生性腼腆,让小英拽着趔趄着坐到了前排的长椅子上。再一回头发现张梅不见了。其实,广军早已有意性格温柔的江苏姑娘张梅,今晚就是专门约了张梅,想借机向她表白,没想到被小英这一番动作给弄得不知所措。顿了顿,广军挪到椅子边上说我要去趟厕所,随即站了起来。就在广军起身转头的刹那,椅子失衡,小英一下子跌倒在土地上,顿时暴起一层浮土。不知情的广军已经朝张梅宿舍的方向跑去。而这边小英灰头土脸地傻坐在尘土飞扬的地上引起了周边人的哄堂大笑……

　　故事的结局还算圆满。后来,追上张梅的广军向姑娘表达了爱意,小英也原谅了事后向她道歉的广军,并转变心意嫁给了一直追求她的另一个高高壮体贴的同乡小伙子。可是,"占座"的故事在当地流传下来,成了"追求""暗恋""吃醋"的代名词。

丝路明珠 红色记忆
——新疆兵团第十二师民间故事荟萃

手绢传情

素材提供者：杨世芳，男，汉族，71岁，第十二师五一农场退休干部
　　　　　　王立汉，男，汉族，78岁，第十二师五一农场退休教师
采录者：刘侠
采录时间：2020年4月17日
采录地点：第十二师五一农场
流传地区：第十二师五一农场

1959年夏秋时节，团场又陆陆续续迎来了一批江苏籍的支边青年，让这个在荒草覆盖的土丘、沙堆、戈壁石和白花花的盐碱地、芦苇基础上正在开垦农田的新农场增加了一丝新的气象。

江苏籍的女知识青年大多都有着南方妹子的特征。她们说话轻柔、细腻，皮肤白净，爱干净。一到农场，就挑起了湖北籍、安徽籍和本土小伙子们的情绪，让原本整日在荒凉的沙窝子、戈壁滩上开荒种地、填土焚草的小伙子们，有了生活的向往，一些人因生活艰苦起了返回家乡的念头，由此也暂时搁置了下来。

这天，上班的钟声敲响，集中起来的职工们被告知要开展"苦干加快干，奋战十五天，完成条田平整大会战"竞赛活动。活动主要精神是：男女、强弱搭配，自由组合，加快大面积平整条田速度，赶在下雪入冬前全面完成团场

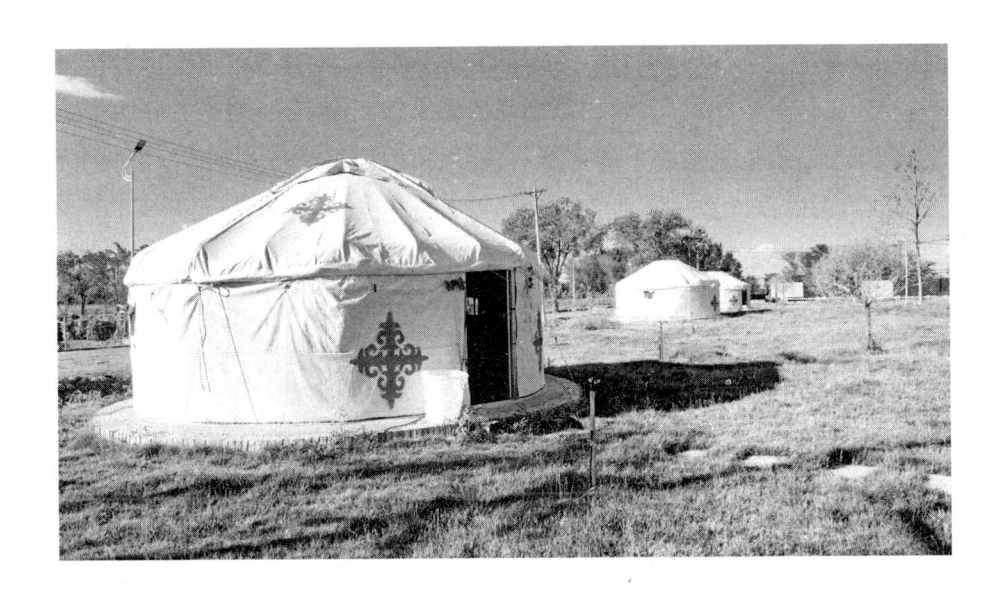

新开垦条田任务。

听完连长动员讲话,在老乡中出众的湖北小伙陈炳生立马跑到江苏姑娘徐惠面前,提出他俩结对子搭配干活。小陈注意徐慧有一段时间了。这个姑娘不大爱说话,看起来柔柔弱弱,眼睛里总有心事,听说是跟家里赌气来到新疆的,这让陈炳生心生怜惜、疼爱之情。听完连长讲话的徐慧原本心里正暗暗叫苦,没成想出挑的陈炳生愿跟自己搭伙,这不是天上掉下来的好事吗?姑娘没有一丝犹豫,露出了难得的羞涩的笑容。

这戈壁荒滩开垦条田说好干也不好干。坑坑洼洼、高低不平布满了一簇一簇杂草的沙堆、土丘,环绕着一些梭梭草、芨芨草根、野榆树和其他说不上名的矮灌木的根茎,铲、烧、平,再加上清理碎石,对于没有一定的体力、耐力和技巧的人来说,推进一分地就得费上半天工夫。小陈脑子活、体力好,带着徐慧很快就干出了效果。几天的劳动下来,徐慧对小陈有了依赖和钦佩,心生爱慕之情。这天,俩人挖出一截大树根,用绳子捆扎抬起来,刚走几步,把重量主要放在自己肩上走在后面的小陈脚下被杂草绊了一下,突然重心失衡,身子直接扑倒在树根上,脸当即就被擦破一大块皮,土血混合在一起,吓坏了徐慧。匆忙之间,徐慧掏出裤兜里的花手绢,一边吹着陈炳生脸上的尘土,一边擦拭他脸上的血迹,心疼之情全部都写在她红扑扑的脸上,俩人的脸也快挨到了一起,两颗心也碰撞在一起。

后来,因为徐慧的手绢上沾满血迹,小陈又重新在场部商店买了一条绣有鸳鸯的手绢送给了徐慧,两人正式确定了恋爱关系。小陈脸上因为老树根也留下了一些痕迹不明显的麻坑,在农场留下了"湖北青年麻子多,手绢传情点子多"的美好爱情故事。

生活故事

蚊子爱上"飞刀手"

素材提供者:张元湖,男,汉族,79岁,第十二师五一农场退休职工
采录者:刘侠
采录时间:2020年4月23日
采录地点:第十二师五一农场
流传地区:第十二师五一农场

1959年夏天,农场麦收大会战开始了。经过垦荒后的农场麦田已达万亩,为了鼓励职工赶在入秋前完成收割任务,在没有大型收割机械的当年,农场想出来评选"飞刀手"的竞赛活动。

评选办法如下:全体干部职工一起上,麦收指挥部设在地头上。男职工每天割麦3亩半,女职工每天割麦3亩,若连续3天达标,就被评为"飞刀手",并奖励印着"飞刀手"的二道背心一件和一把由农场能工巧匠鲜师傅打造的新镰刀,而且每天在连队和场部的广播里通报表扬。

割麦虽然辛苦,但有了"飞刀手"评选奖励,所有人情绪昂扬,热情高涨。场部还组织宣传队员在地头给大伙鼓劲加油,有一句口号叫"小病不下火线,小雨照常上班"。

三队的老李年纪有点大,连着几天作业,腰疼病犯了。这天,眼看天将黑,可任务还没完成,指标差得有点远。每天听着工友们的名字一个个被大

丝路明珠 红色记忆
——新疆兵团第十二师民间故事荟萃

喇叭表扬着,自己的脸怎么也挂不住了。他暗自发狠:"不行,决不能落后,好歹给媳妇看看我也能领一件背心啊。"等收工的号令发出,大伙陆续回家,他让同伴告诉家属别等他回家吃晚饭,就又低头割起麦子来。

当天的指标完成了,天也彻底黑了。老李也实在腰困乏得不行。想想明天若能像今天这样,那媳妇可要额外奖赏他几个热辣辣的亲嘴呢。想到这,老李索性捆了几捆麦草,支起一个小小的麦屋,盖着外衣蜷缩着就睡在了地里,一晚上都是和媳妇亲嘴的梦。

第二天,天蒙蒙亮,老李精神头来了,腰也感觉好受多了,只是觉得嘴发痒发木。挠了两下就又趁大伙还没来,割起了麦子。

等上工时间到了,老李已完成了一亩地的收割量。队长带着宣传员过来,看着老李大笑起来,说:"老李,你昨晚和媳妇都干啥了,咋嘴都被亲得肿成这样啊?"

原来,老李一晚上都是在和地里的蚊子亲嘴呢。

黑白双煞

素材提供者:王立汉,男,汉族,78岁,第十二师五一农场退休教师
采录者:刘侠
采录时间:2020年4月17日
采录地点:第十二师五一农场
流传地区:第十二师五一农场

20世纪60年代初,磨工班的安徽女知青小周看上了七队的红旗手大刘,两人热热闹闹地参加了农场的集体婚礼,一年后就有了一个可爱的男娃娃。

这天,大刘回到地窝子的家里,告诉小周:农场为了解决工业用煤和职工取暖用煤问题,在米泉中洪沟建了新煤矿,目前工人严重缺乏,号召团场连队骨干职工报名。领导已经找大刘谈话,做思想动员工作,要求大刘积极报名,前去担任班组长职务。大刘看领导说得诚恳,自己也想为农场建设贡献更多的力量,就答应了。

小周听完大刘一番叙述后,看着不到一岁的孩子放声大哭,埋怨道:"人家都说煤矿工人远看是要饭的,近看是掏炭的,我在磨工坊吃白灰,难道你还要离开老婆孩子去吃黑灰吗?万一有个三长两短我娘俩怎么活?!"小两口的争吵惊动了旁边土窑里的李师傅两口子。经过劝慰,小周总算想通了,表示支持大刘的决定。

丝路明珠 红色记忆
——新疆兵团第十二师民间故事荟萃

　　大刘去了新煤矿,热火朝天地开始了新的工作。井下工作艰苦而又危险,从几十米的梯子下到深井里,再通过只能容下一人的窄窄的巷道进入作业面,开采的煤全靠人工背驮到洞口,再靠马拉绞盘提拉,把煤运到地面上。一天下来不仅人黑的似炭,很多人还由于长期驮煤得了腰病。但是,一想到源源不断挖出的煤能给农场带来那么多的好处,小周也就不再埋怨大刘了。每天白天孩子送到场部托儿所后,小周就在磨面坊研究如何出粉多并且能出白粉。晚上,小周就在对大刘的思念和担忧中搂着孩子进入梦乡。作为煤矿工人家属的日子就这样一天天过去了。

　　因为孩子小,煤矿领导批准大刘半个月可以回家休息2天。

　　又到了大刘回家的日子,小周在磨工坊的心都快飞起来了。最近她研究出了一套有效增白高效出粉的新办法,今天下午再次验证成功,再加上丈夫今天回家,双喜临门的情绪一下就高涨起来。这会,小周只想赶紧用箩子筛掉磨好的面里的麸皮后,接上孩子回家给大刘做一顿好吃的。这心情一急切,动作猛了一点,面粉灰就扬起来扑了小周一脸。她赶紧用手在眼前扇了扇继续干起活来。

下班钟声响了,小周匆忙赶往托儿所,等到了托儿所门口看见儿子正在一个炭似的人怀里哇哇大哭。小周奔过去夺过孩子,这才发现正是自己的丈夫大刘。原来大刘归家心切,正好下午矿上有便车回场部,他顾不上洗脸洗澡只换了工作服便跳上便车一路风尘仆仆地回来了。

当两人并肩抱着孩子走到家门口时,邻居老李看着被大刘吓得还在啼哭的孩子哈哈大笑,只说:"你俩简直就是黑白双煞,看把孩子吓的。"原来啊,被石磨坊扬的白面粉扑得更白的小周站在大刘身边,显得白的更白、黑的更黑。

丝路明珠 红色记忆
——新疆兵团第十二师民间故事荟萃

飘着羊粪味的涝坝水

素材提供者：杨世芳，男，汉族，71岁，第十二师五一农场退休干部
采录者：刘侠
采录时间：2020年4月17日
采录地点：第十二师五一农场
流传地区：第十二师五一农场

农场南面的几个垦荒连队成立了，崭新的地窝子也搭建好了，支边青年

总算有了安身之处,可是生活用水却成了大问题。相比能用上井水的连队,这里就要艰苦的多了。由于南面地势高,地下水位深,地面薄薄的土层下全是沙石,人工是根本挖不出水井来的。

生产队长向农场领导汇报完情况后,回来集合大家在住宅附近挖了一个大坑,放满农业灌溉渠道里流来的水,形成了一个大涝坝。涝坝里的水就成了几个连队职工的生活用水的源泉。

一天中午,队长下工回家,看见土坯砌的桌子上有一碗凉开水,端起来就大口喝。喝完后,总感觉有一股骚骚的羊粪味,便皱起了眉头。媳妇走到跟前看着他的表情哈哈大笑起来。他见媳妇这样,忙凶道:"你给我喝的是羊尿吗?"媳妇把他拉到涝坝跟前,只见涝坝的水面上漂着一层羊粪蛋。原来,连队的牛羊牲畜喝的也是涝坝里的水,这两天刮大风,不仅沙石尘土柴草树枝被刮进涝坝里,就连羊粪蛋也刮进去了,真是太不卫生了。

丝路明珠 红色记忆
——新疆兵团第十二师民间故事荟萃

活的"土粮仓"

讲述者：张元湖，男，汉族，79岁，第十二师五一农场退休职工
采录者：刘侠
采录时间：2020年4月17日
采录地点：第十二师五一农场
流传地区：第十二师五一农场

1964年，农场成立了第一个机械化生产队，划出一片地势高低不平，沟壑起伏的荒滩交给爱啃硬骨头的三队队长老舒。要求老舒必须按照"好条田、好渠道、好林带、好道路、好居民点"的"五好"要求，带出一支硬骨头式的队伍，平整出900亩整齐划一的条田来。

起初，老舒安排拖拉机手看着条田尽头的旗子开足马力修整垦荒，可是在坑坑洼洼的土地上，拖拉机就像跳舞一样高高低低的上下跳跃，不仅垦荒效果差，而且几个来回下来，拖拉机手就吃不消了，跑到渠边稀里哗啦呕吐起来。

眼看着这机械化的大铁块头被软塌塌的土地治住了，不服输的老舒开始较上劲了。他闷声不响地琢磨了几天，在地里一会儿从东走到西，从南走到北，一会儿又搬起铁犁看个半天。日子一天天过去，大家都在嘀咕不知舒队长要想出什么妙招，改变目前大型机械在坑洼地里无法施展拳脚的问题。

生活故事

这天,舒队长喊来几名拖拉机手和技术员,搬出来一个旧的五铧犁犁架,指着拖拉机示意大家进行改装,大伙立刻就明白了队长的意思,直说:"姜还是老的辣。"经过大家一起努力,一个条田刮土机就诞生了。然后,舒队长拿出手绘的图纸,让人按标记在不同的高低位置插上不同颜色的旗子,指挥拖拉机手开始刮土平整条田。终于,这亘古荒原乖乖的臣服在了农场人手动研制改良的刮土机下,900亩优质条田诞生了。土壤的改善,使三队连续十三年获得自治区粮食生产丰收奖,建了好几个能存10万斤的土粮仓,三队从此也被喻为"五一农场的粮仓"。

不过,由于平整条田刮土时灰尘太大,一个作业班次下来,拖拉机手和农具手除了眼睛是黑的,全身都是灰白色,所以大家开玩笑说,三队的人都是活的"土粮仓"。

丝路明珠 红色记忆
——新疆兵团第十二师民间故事荟萃

沙河子的"八家户"

讲述者：杜传英，女，苗族，62岁，第七师退休干部

采录者：吴永煌

采录时间：2020年4月

采录地点：第十二师三坪农场

流传地区：第十二师三坪农场、乌鲁木齐垦区

在乌鲁木齐，提起八家户，没有人不知道，此外，大家还知道，八家户还有东八家户和西八家户之分。东八家户在乌鲁木齐河的东面，西八家户在乌鲁木齐河的西边。其实，乌鲁木齐西八家户的西边，还有一个八家户。

这个八家户在远离乌鲁木齐四十公里远的沙河子下游。

相传在清朝光绪年间，从内地走西口的八户人家，领头的是马风明的祖爷爷，他们千里迢迢来到乌鲁木齐河东岸，还没有把行李卷放下来，一位捷足先登的居民说："你们到河那边去看看，你们如果在这里，不仅你们要饿死，还要拉着我们一起饿死。"捷足先登的回族兄弟，是早些年从宁夏过来的。

还没放下行李的八户人家一听，这就是逐客令。谁叫人家先到呢?! 凡事总有个先来后到。他们只得中蹚过乌鲁木齐河。

"那边不让你们待，就跑我们这边来刨食。不等你们刨出食来，我们就

生活故事

饿死了。"河西边的居民还没有等他们爬上岸,就呛了一句。

人生地不熟。乌鲁木齐河两岸已经被人占地为王了。

"走!从关内到这都走了几千里,还在乎再走几十里。"马风明的祖爷爷走上岸,看到十几个人拿着大头大脑的坎土曼,在一点点地刨河石,填沙土。人家也不容易啊!他站在岸边,望望西边。西边的大地很辽阔,天空也很辽远。那里兴许有立足之地。把行李卷往肩上一扛,大声地对一道而来的老乡说。

天近暮色,他们来到了一条小河边。这条河就是沙河子。

"就在这里落脚吧。"马风明的祖爷爷又四下里望了望,这里没有人家,也就没有开过的土地。路是人走出来的,地是人开出来的,有水就可以生万物。

他们把行李卷放在小小的沙河子岸边,吃了带着的干粮,喝着沙河子水,就算是在沙河子吃的第一顿饭。

"这水很甜,很爽!"马凤明的祖爷爷高兴地说。

这水是从天山上流下来的雪水。

他们风餐露宿,感到这里的夜空很高,也十分空灵,星星特别明亮,也特别多。

第二天早晨,天气很好,马凤明的祖爷爷往河上游走了一段,找了一个高坡,站在上面,手搭凉棚地向东边的乌鲁木齐望着。朝霞里的乌鲁木齐,炊烟袅袅,一片宁静。

"新疆是个好地方啊!"马凤明的祖爷爷知道,新疆山高皇帝远,地广人稀,只要找到水,只要勤劳,就可以开出地,种出庄稼,就可以养家糊口,休养生息,传宗接代。

他从坡上走回来。几家人看着马凤明的祖爷爷。那眼神就是:怎么办?

马凤明的祖爷爷明白大家的心思,笑笑说:"着急了?"接着说,"就在这里安营扎寨了,从今往后,这里就是我们几家人的家了。"

可这里没有一寸现成的土地,没有一间现成的地窝子。大家围在一起,把四下里又望了望,蹲下来,像战前研究排兵布阵一样,在地上画来画去。

一会儿,八户人家,刘家、张家、马家等,按照划定的位置,各自散去,在属于自己的一亩三分地上开始挖地窝子,开土地,修水渠,撒种子。

"咱们在这,得有个名字。"一切安顿下来,大家又聚到一起,有人说。

马凤明的祖爷爷思索了一会,说:"乌鲁木齐那边有东八家户、西八家户。咱也想不出什么好词,就叫沙河子八家户吧?!"

"太长了。"有人提出异议。

"他们叫东八家户、西八家户。我们就干脆一点,就叫八家户。"

于是,乌鲁木齐地区又多出一个八家户。

生活故事

"白水灰路黑泥坑"

讲述者:马清明,男,回族,62岁,第十二师三坪农场退休职工
采录者:吴永煌
采录时间:2020年4月
采录地点:第十二师三坪农场
流传地区:第十二师三坪农场、乌鲁木齐垦区

劳动人民在日常生活和生产过程中,积累了丰富的经验,表现出高超的智慧。如早晨起来,手在空中抓抓空气,就知道天气情况或者湿度。还如"庄稼一枝花,全靠肥当家"。

在三坪农场有句"白水灰路黑泥坑"的农谚。而这句农谚对回族职工单志元来说,是挥之不去的印象。

1974年,16岁的单志元初中毕业了,回到自己家所在的队上,当了一名农场职工。

那时没有现在的滴灌等先进的水利设施,庄稼需要人工浇水,特别是秋冬灌,虽然没有春夏灌那么辛苦,但天气已经冷了,弄湿了衣裤,就可能犯下关节炎、风湿病等。

秋灌的时候,单志元第一天跟着班长去浇夜班水。

班长提起马灯,对他说:"如果没有跑水,你可以在地头休息,我去巡下

丝路明珠 红色记忆
——新疆兵团第十二师民间故事荟萃

渠。"班长是位汉族同志,这是关心他这个才参加工作的年轻人。

秋冬灌就是这样,只要田坝没有问题,可以一觉睡到天亮。

单志元把父亲给的黄军棉衣往地头一铺,躺在上面,望着天空的星星。他感到好神秘,他眨巴眨巴着眼睛,星星也眨巴眨巴着眼睛。

正在想得出神的时候,听到班长在前面喊:"小单,快过来,跑水了。"

他不敢怠慢,今天是第一天浇水,而且是班长亲自带着。就立刻站起身来,拿起铁锹,往班长那里跑去。

没有马灯,田埂也不宽,他顺着田埂往前跑,东倒西歪,跌跌碰碰。突然一个怪念头闪现出来:"旁边平。"

旁边一片明晃晃的。他毫不犹豫地迈开步子,一脚踏向那明晃晃的地方。他哪里知道,那明晃晃的地方比田埂低。他一个踉跄掉了下去,当耳边响起"哗啦"声时,也感到脚一下陷了下去,水花溅到了脸上。他掉进水里了。

在他的意识里,白天看到的路都比路旁要白些。刚才,他就误以为白的地方就是路,便一脚踩了上去。

他从泥水里出来,感到下身又冷又笨重,胶桶鞋里也发出"扑哧扑哧"的声音。

他走到班长跟前,喘着粗气,看着马灯照着的班长正在挖土堵口。

班长没有时间看单志元,忙着堵跑水口。等堵住了水,班长一边松下劲来,一边嘟囔着:"这年轻人就是,喊都喊不来。"

班长弯腰提起马灯,扛起铁锹,还没走出两步,吓得后退了一步。马灯的前面,一个湿漉漉的人蜷缩着,抖得像筛糠一样。经常上夜班浇水的班长,胆子还是比较大,他定了一下神,把马灯往高处提了提,探头定睛一看,说:"是小单吧?怎么搞成这个样子?!"

单志元发着抖,看看班长,讲了前面发生的事情。

班长赶紧放下马灯,脱下外面的裤子,对他说:"把你身上湿裤子脱下来,把我的干裤子换上。"

单志元看着班长穿着秋裤,站在马灯旁,没有动弹。

"换上!"班长几近命令式的,看单志元还是没动,就说:"你换上,我就给讲条夜班浇水的经验,以后就没有这些麻烦了。"

单志元想,自己就是没有这方面的经验,才落到这副狼狈相。一听班长这话,麻利地换上了裤子。

班长说:"特别是夜班浇水,一定要记住,白水灰路黑泥坑。白天的路是白的,晚上有光,水也是白的。"

他们回到地头,熄了马灯。班长借着星光找干草去了。单志元坐在干草上,发愣地看着星光下的农田,浇满水的农田,一片明晃晃的,他在心里反复地念着班长交给他的经验:"白水灰路黑泥坑。白水灰路黑泥坑……"

第二天回到家,父亲看他穿着别人的裤子,他就把昨天晚上发生的事说了。

父亲说:"班长说的是经验。白水灰路黑泥坑,以后得记住了。"

雨天顶着晴天晒

讲述者：王崇德，男，汉族，78岁，第十二师三坪农场退休职工
采录者：吴永煌
采录时间：2020年4月
采录地点：第十二师三坪农场
流传地区：第十二师三坪农场、乌鲁木齐垦区

20世纪60年代初，三坪农场党委决定新建一个实验场，这个实验场就是后来的七队。党委在各方面条件还很欠缺的情况下，从长远出发，要高起点、高标准、高水平地将七队建设成为农场的机械化生产队。

为了保证建设达到预期效果，党委从当时的新疆八一农学院的实验农场调来了郑善堂。郑善堂是从内地大学毕业分配来的知识分子，农学院实验场也是刚刚建起来，对人才也是非常重视，但为了支援三坪农场的发展，忍痛割爱，将郑善堂调给了三坪农场。郑善堂是学水利专业的。七队的灌溉渠系都是由他来负责和监督建设。

各路人马到了，一片荒无人烟的戈壁滩，就像一张空白的纸，他们充满憧憬，准备大显身手，描绘出一幅美丽的图画。

他们到达的那天中午，大家蹲着在一起吃饭。突然，老天爷下起了大雨。有句话就是这样说的：戈壁滩的天，孩子的脸，说变就变。初来乍到，连

个地窝子都还没有来得及挖,往哪里躲?!

他们慌忙把碗放下,抓起刚刚铺在露天的麦草通铺上的被子,往头上一顶,权当了应急帐篷,缩在被子里,抢着把饭吃完。

被子湿了,那一天晚上,他们只得和衣躺下,大家一个挨着一个。虽说是盛夏,戈壁滩的晚上还是比较凉的。正如新疆那句老话:早穿皮袄午穿纱,抱着火炉吃西瓜。他们抱团取暖,熬过了难忘的一夜。

第二天一大早,根本睡不踏实的他们,早早起了床,忙着做的第一件事,就是晒被子。

戈壁滩很荒凉,没有花草,五颜六色的被子铺晒在戈壁滩上,俨然从天而降的一片织锦。

郑善堂他们铺晒好被子,像欣赏一幅美丽的图画一样,站在那片被子跟前,苦笑着。郑善堂风趣地说:"这就是雨天顶着晴天晒呀!有情趣,有情趣呀!"

丝路明珠 红色记忆
——新疆兵团第十二师民间故事荟萃

一颗鸡蛋

讲述者：王崇德，男，汉族，78岁，第十二师三坪农场退休职工
采录者：吴永煌
采录时间：2020年4月
采录地点：第十二师三坪农场
流传地区：第十二师三坪农场、乌鲁木齐垦区

1976年，七队来了一个卖冰棍的，吆喝声，吸引了不少人，特别是小孩。当时，毕竟人们还是心有余悸，做生意的还很少。冰棍也是稀罕物，有是小孩喜欢的东西，在乡下很有市场。

一根冰棍，也就五分钱。但当时人们的收入还是很低，当时工作，拿的都是工分，割麦子，算工分，割苜蓿，算工分，收多收少都要等到年底才分红，平日里过日子得一分钱掰两分用。

队上庄玉华的儿子才四岁，听到卖冰棍的吆喝声，就拽着她要买冰棍。卖冰棍的骑着一辆自行车，车后架上绑着一个箱子。看到有小孩来，故意把吆喝声提高八度，还拿着一根在嘴边舔着。

"妈妈，我要冰棍，我要吃冰棍。"庄玉华拉不住孩子，知道自己没有拿钱，也舍不得花这五分钱。可看孩子眼巴巴的样子，心里也泛酸。

"好，咱们去拿鸡蛋买冰棍。"小孩弄不懂鸡蛋和冰棍的关系，但听"买冰

棍",就跟着妈妈来到鸡窝旁。

有没有鸡下蛋,庄玉华心里没谱。看到鸡窝真有一只老母鸡卧在窝里,心里踏实了,对儿子说:"我们在这等一会,就拿着鸡蛋去买冰棍。"

他们蹲在鸡窝旁,伸着脖子,歪着头,眼睛紧紧地盯着。

一分钟过去了,两分钟过去了,三分钟过去了……

鸡还一动不动地趴在窝里,他们母子俩也一动不动地蹲在窝外。彼此眼睛对视着,都不敢眨。

可能感到时间有点漫长,孩子终于等不及了,说:"卖冰棍的要走了!"

庄玉华赶紧捂着孩子的嘴。

孩子哪里知道会不会吓住正在下蛋的老母鸡,扒掉妈妈的手,大声哭起来:"走了!"

庄玉华气得拍了一下孩子的屁股,也大声训斥:"吓跑了!"

她的话音还没有落地,老母鸡扑通一下站起来,"咯咯咯"地冲出了鸡窝。也就在站起来的一刹那,一颗白白的鸡蛋从屁股口滚了出来。

"看,吓跑了吧?!"庄玉华看看跑出窝的老母鸡,站在几米外的地方,惊恐地打着"咯",又像光荣地完成了一项任务,向全世界报告喜讯。她又收回目光,往窝里一看,一颗白白的鸡蛋安安稳稳地卧在麦草窝里,她兴奋地赶紧往窝前走了两步,把手伸进去,抓起来热热的鸡蛋,高兴地对孩子说:"快,还热着,换冰棍去。"

母子俩拿这热乎乎的鸡蛋,追上卖冰棍的人。

庄玉华把一直攥在手心的鸡蛋,递到卖冰棍人的眼前,讨好一样,说:"这鸡蛋刚下的,还热乎乎的。给孩子换一个冰棍吧。"

那时游街走巷的小商贩,大多东西都可以兑换。但鸡蛋这种易烂的产品,一般是不收的。除非专门收购蛋类的。

卖冰棍的人,看看母子俩,摸摸孩子的小脸蛋,说:"好可爱哟!"掀起保温棉被,打开小冰棍箱,拿出一只晶莹透亮的冰棍,递到孩子眼前,和蔼地说:"小朋友,拿去吃吧。"

孩子高兴地接过冰棍,可爱的抬头看看母亲。卖冰棍的对庄玉华说:"这鸡蛋就算了,也留给孩子吃吧。"

庄玉华一下激动起来,脸上表情复杂,赶忙对孩子说:"赶紧谢谢叔叔。"

孩子只顾得吃冰棍,哪有心思说谢谢。卖冰棍地笑着说:"不用了,小孩子嘛。"

庄玉华感激地连声道了谢,牵着孩子高高兴兴地走了。

生活故事

翁婿选址

讲述者：王崇德，男，汉族，78岁，第十二师三坪农场退休职工
采录者：吴永煌
采录时间：2020年4月
采录地点：第十二师三坪农场
流传地区：第十二师三坪农场、乌鲁木齐垦区

三坪农场七队，原来没有人烟。虽然是一片戈壁，但地势平坦。

1964年开春的一天，王成华起得特别早，将饭盆子里的两个馒头装到黄挎包里。挎包上面还印着一个红色的五角星，五角星下面有一行红字：为人民服务。又往军用水壶里装满了开水。

"你这干什么去？"爱人一边穿着衣服，一边问。

"中午我就赶不回来了。要新建个七队，我去看看地方。"王成华对爱人说。

丝路明珠 红色记忆
——新疆兵团第十二师民间故事荟萃

王成华是位回族干部，工作很认真。他怕自己一个人去，判断有误，就来到老岳父家，请老岳父一起去，帮助他给将要建设的七队选地址。

王成华的老岳父是这一带的活地图，从小就在这方圆百里放羊，哪个旮旯里有个坡，有个坑，都烂熟在心。

没有路，戈壁滩上到处都是石子。他们背着吃喝，披着霞光，向等待开垦的戈壁滩走去。

快到中午了，他们终于到了戈壁滩一块地势较高的坡上，站在上面，借着霞光，顺眼而望，一马平川。

"就在这里。"老岳父指着眼前一片平坦的戈壁滩，对女婿说，"你看，河水从天山上下来，走到这里，也比较平缓，把水引过来，就可以开出上十万亩土地，养活两三万人没有问题，将来住上几代、十几代，一点问题没有。"

"当时我们在河上游，叫头屯，建了头屯河农场，现在建七队，也可以发展成一个农场。"王成华看了看，又听老岳父这么说，也高兴地说，满眼充满了憧憬。

俩人说着，坐在高坡上，打开挎包和水壶，边吃边喝着，不时地望望眼前辽阔的戈壁滩，描绘着美好的前景。

他们一会儿坐下来，一会儿站起来，反复修改着设想的美景。

他们就这样，等太阳已经照得头皮发痒了，王成华才对老岳父说："这太阳现在就很毒了，回去，得早点抓紧时间带人进来，早开荒，早播种，早栽树。"

"那队部放哪？"老岳父问。实际上，老岳父早心里有数，只是想看看女婿的想法。

"就在脚下。"王成华说，"这里地势高一点，不占耕地。"

老岳父点了点头。

王成华还是想再走走看看，做到心里更加有数，就对老岳父说："您在这再看看，我去远点地方看看，您就不去了，年龄大，累。"

王成华顶着烈日,往东走去。他是一个对工作很负责的队长。中午的太阳,让人分不清东南西北。那会儿路少车也少,也没有通信工具。他估摸着往前走,不知不觉走到了沙河子与312国道交汇的路口,这才想起来,糟糕!自己已经走到了回家的路口,老岳父还在高坡那里。

他心急火燎地赶紧转身,往高坡方向走,迎面就碰到老岳父,吓得他赶紧说:"哎呀!吓死我,自己走着走着,就到了岔路口,把您忘了,真要丢下了,您女儿还不吃了我。"

他老岳父呵呵一笑:"我能丢了吗?丢掉的羊都是我找回去的。你把我女儿说得那么恶,你是工作迷了路,又不是故意的。我是这一带有名的活地图,你看到的地,还没有我走过的路多,丢不了。"

不久,王成华受命担任七队首任队长,带着队伍开进了这片戈壁滩。王成华也就成了七队的第一人。他们在这里拉开了第一犁,栽下了第一棵树,播下了第一粒种子,修建了第一条水渠,挖了第一个地窝子。

丝路明珠 红色记忆
——新疆兵团第十二师民间故事荟萃

棉花和铁的故事

讲述者：陈春玲，女，汉族，72岁，第十二师三坪农场退休职工
采录者：吴永煌
采录时间：2020年4月
采录地点：第十二师三坪农场
流传地区：第十二师三坪农场、乌鲁木齐垦区

1954年，7岁的张寿华上小学了。

那时小学条件很差，课桌是两头栽根粗木桩子，上面钉一块长木板。小板凳也是自己从家里带来的。数学课不叫数学课，叫算术课。

第一天上算术课，同学们都板板正正地坐在小凳子上，教算术的祁成福老师站在讲台上，问同学们："一公斤棉花和一公斤铁，哪个重啊？"

如果问现在的小孩，可能都能答对。

可在那时，很多算术老师的第一节课，可能都会是这样开讲算术课的。

"棉花重！"张寿华抢先回答。

张寿华是三坪农场土生土长的，打小就比较聪敏，也比较顽皮，七队一般大小的孩子都喜欢跟在他屁股后面。

"是吗？"祁老师又问大家。

同学们都点点头。

这时候,祁老师从带的布包里掏出一大包棉花,一小块铁,还有一个天平。

张寿华和他的同学们,都见过棉花和铁,没有见过天平,很是好奇,眼睛都齐刷刷地盯着讲台。

祁老师调好天平,把棉花和铁块分别放在两端的托盘上,两个托盘平平的,一头是高高的棉花,一头是小小的铁块。一大一小,怎么会平平的,棉花怎么压不下去?同学们都好奇地眨巴着眼睛。

祁老师说:"看起来,棉花是一大包,铁只是一小块,但它们只是体积大小不一样,它们的重量都是一样,都是一公斤。"祁老师还有意识地把"一公斤"三个字音说得重重的,拉得长长的。

同学们有的理解了,点点头;有的还没有理解,仍然把眼睛瞪得大大的,看着老师。

祁老师有说:"不管什么东西,不管体积有多大,只要它们的斤数一样,它们的重量就是一样。如果斤数不同,它们的重量可能就不一样,不论体积的大和小。"

张寿华感到很羞愧,不好意思地红了脸。

回到家,他把这事告诉了父亲,问:"怎么是一样呢?棉花那么多,铁就那么一点点。"

父亲告诉他:"祁老师说得对,慢慢你就清楚了。"

为了搞懂这个,他还一本正经地对同学们说:"祁老师说得对,你们以后谁要和我一样,就不要跟我玩了。"他这样,就是为了维持他在同学们心目中的地位。

生活故事

"游击学生"

讲述者:赵文慧,女,汉族,31岁,第十二师三坪农场干部
采录者:吴永煌
采录时间:2020年4月
采录地点:第十二师三坪农场
流传地区:第十二师三坪农场、乌鲁木齐垦区

1960年,张寿华小学毕业了。父亲张生禄想让他继续读书。他很懂事,说是家里兄弟好几个,他要出来给家里挣钱。

那天,刚好乌鲁木齐市要在东三工办农场(也就是现在三坪农场的八连),父亲张生禄被请去当农业技术员。趁父亲外出,他就悄悄报名来到农场的公共汽车公司学技术。

天下没有不透风的墙。不知道场长怎么知道张寿华是张生禄的儿子,就把他在公司学技术的事告诉了张生禄。

张寿华的父亲听说,气得骂了一句:"这坏小子,竟背着我跑来工作了。"父亲跟着场长来到他的宿舍,把铺盖卷拿走了,并对他说:"才十六七岁,上什么班,读书去!"其实,他父亲早已经给他在乌鲁木齐县中学报了名。

"不去,县里的学校不去!"别看张寿华当时还小,可做事很坚决。

"那不去县里学校,就去市里学校。"父亲又说。

丝路明珠 红色记忆
——新疆兵团第十二师民间故事荟萃

　　那时，没有择校、划片这一说，到哪个学校都可以；也没有学费、择校费一说，在哪个学校读书都是免费。

　　他来到了乌鲁木齐市十四中学。

　　在十四中学没有几天，学校又被划给乌鲁木齐县了。选来择去，还是乌鲁木齐县的学校。

　　说是学校，也只是筹建之中，是边筹建边办学。没有教室，也没有操场。书，没有读一天，土坯，倒打了3个月。

　　3个月的建校劳动结束了，张寿华又和同学们被转到了安宁渠中学。

　　这安宁渠中学也好不到哪里去，也是才建的新学校，新盖的教室还没有上房泥。

　　他们仍没有读一天书，在安宁渠中学又继续新的建校劳动，给教室上房泥。

　　干了两个多星期，安宁渠中学的教室房泥上完了，学校通知他们放两天假,休息休息。

在从安宁渠回三坪农场的路上,他经过一片农田,看见二牛抬杠,觉得上学尽是劳动,把人累得腰酸背痛,而真正的农场劳动,累的不是人,是牛。他回到家,就不想再去学校。

"至少上完这个学期,也算你上过中学,也是个初中生。"在父亲的坚持下,他勉强在安宁渠中学又待了3个月,上课的时间还是没有劳动的时间多。

第二学期要开学了,17岁的张寿华真的没有去学校,而是去了三坪农场四队。虽说张寿华只读了一个学期的初中,但也算队上读过中学的人。

三坪农场要进一步规划发展,从八一农学院农场调来副场长张旭初到三坪农场当场长。

"你就去当施工员吧。"队长通知张寿华。张寿华不知道怎么办,把这事告诉了父亲。"他只是个'游击学生',能行吗?"父亲也担心,就征求四队队长的意见。

队长说:"这也是队上唯一读过初中的人了。'游击学生'怎么了?当年我们的游击队,不是越打越厉害吗?!"

张寿华这个"游击学生"就这样当上了农场开发初期的施工员。

丝路明珠 红色记忆
——新疆兵团第十二师民间故事荟萃

雪中送炭邻里情

讲述者：田春，男，回族，59岁，第十二师头屯河农场工程师
采录者：李晓
采录时间：2020年5月11日
采录地点：第十二师头屯河农场
流传地区：第十二师头屯河农场

  这是发生在20世纪70年代初头屯河农场两家人生活故事。二娃子和尕黑子两家是邻居，两个孩子是好朋友。两家过日子风格不同，尕黑子一家喜欢养鸡、鸭、羊等，搞多种经营，二娃子一家只靠集体分配的收益，尕黑子家除了集体利益还有羊群、鸡，生活自然比二娃子家富裕得多，每次尕黑子的妈妈做了好吃的，都习惯给二娃子分一点，但二娃子父母似乎并不领邻居的情。

  一次尕黑子妈妈做了葡萄干红枣抓饭，对尕黑子说："二娃子跟你一起玩，经常帮你放羊拔草，这孩子挺好，你给二娃子送些过去。"可二娃子舍不得吃，非要带回家和兄弟姐妹一起分享。没想到为了吃这点抓饭，二娃子全家闹得鸡犬不宁，二娃子父母说什么"投机倒把""资本主义尾巴"，二娃子的姐姐说："你们吃着人家的饭还说别人坏话，太不厚道了……"，最后二娃子的父母说："你们觉得尕黑子家好，就给他家当孩子去。"结果一家人闹得不欢而散，让二娃子与尕黑子两个小伙伴也疏远了。

  深秋的一天，二娃子他爸八钢的维吾尔族朋友送了个大铁床。二娃子

喊尕黑子去他家帮忙把火炕挖掉，大家三下五除二就把火炕拆除了。没想到这年冬天特别冷，到11月份时，气温就已骤降到零下十几度，家里的墙面、玻璃上都挂满白霜，怎么烧柴房间里都不热，这还没到数九寒天，晚上就冻得受不了。二娃子的手脚肿得好像面包似的，医生说是被冻着了。有火炕时，时不时可以扔几把柴火，身子底下的炕就不冷了，从来没有觉得火炕有多重要，现在要把所有的衣服被子全都盖上还觉得冷飕飕。

二娃子全家人冻得实在受不了，不得不在大冬天里把铁床拆掉打火炕。二娃子的哥哥姐姐一边铲土和泥、抱土块，一边发牢骚怪父亲。二娃子的妈妈和孩子们站在同一战线，并唠叨责骂丈夫："你真会耍洋牌子啊，大冬天让我们娘几个挨冻受罪，你要耍洋牌子脱光去冰天雪地里耍去撒，一个庄户人非要整个'街上人'的牌子耍，你开得哪门子洋荤啊？"二娃子爸爸被骂得一声不吭，只默默干活。尕黑子带着父亲过来帮忙，尕黑子父亲劝二娃子妈妈妈少说几句，赶快把火炕垒起来，别再让孩子们冻着了。

第二年春天，尕黑子家母鸡抱了一窝鸡娃，出窝后，尕黑子妈妈连大鸡带小鸡把20多只送给二娃子拿回去养。从此，两家互帮互助，好像一家人一样。

丝路明珠 红色记忆
——新疆兵团第十二师民间故事荟萃

龙王招女婿

讲述者：马月忠，男，回族，72岁，第十二师西山农牧场退休干部
采录者：王卢俊茹
采录时间：2020年4月26日
采录地点：第十二师西山农牧场
流传地区：第十二师西山农牧场

过去每年夏季丰水期,职工们都要到大渠上去防洪。大家捡来大石头,抱着大石头扔渠里,因为都是大石头,实在是太重了,石头扔下去,重力猛地一减轻,再加上溅起来的水浪,人一下子就被打倒了。

有一次防洪,小伙子周海清摔倒在渠里,被水冲着往下游去了。人们拼命喊着"快救人,救人!"有的人拿绳子,有的人捡个树枝,沿着渠跑。水大,流得又急,根本来不及,人们只好一直沿着渠跑。跑到下面,水稍微小点儿的地方,周海清终于抓住了人们递给他的树枝,被拉了上来。拉上来后浑身都湿透了,人们赶快把他送到房子里,把衣服换掉,才算是捡了一条命回来。

马月忠看到他人已经没事了,跟他开玩笑说:"海清,你咋回来了?你不是让龙王招去当女婿了吗?"旁边有人就接上说:"本来龙王是想找女婿呢嘛,结果人招到跟前一看,太难看了,又给放回来了!""哈哈哈……"开会儿坑笑,又接着干活了。

丝路明珠 红色记忆
——新疆兵团第十二师民间故事荟萃

背着石头上学

讲述者：丁学明，男，回族，56岁，第十二师西山农牧场退休教师
采录者：党荣理
采录时间：2020年4月17日
采录地点：第十二师西山农牧场
流传地区：第十二师西山农牧场、乌鲁木齐垦区

西山农牧场所在地是个风口，东风大，每年到10月以后就开始刮个不停，有时候刮到10级以上，树会连根拔起，屋顶会被掀翻。特别是建场初期，住的都是地窝子，地面上的屋顶常会被风损坏。这时，人们不敢出门，怕被风卷走，回不来就会被冻死在荒郊野外，这样的事情也发生过。

当时农牧场有三所小学，一所中学，各连队离学校都有一定的距离。上学的孩子最怕刮风下雪了。有一年10月份后，不知是从谁开始，从什么时候开始，风大时，书包里都要装上一块石头，以增加重量，防止被风刮跑。后来大家都效仿，背着石头上学就成了西山农牧场的一大特色了。

有一年，早晨上学的丁学明嘴里嘟囔着："狂风刮了一夜，也不知道累。"边说边从暖烘烘的屋里出来，这时一阵狂风吹来，差点把他推回屋里去。冷风吹在脸上，就像毛刺刷过一样疼，再加上路旁的干树枝在风中狂舞，不时发出各种怪声，令人特别紧张害怕。他就和其他同学一起，你叫上我，我叫

上你,手拉着手一起前行。等同学们艰难地走到学校时,衣服外面冻成冰,里面却出了一身汗,一个个气喘吁吁,浑身酸疼,叫苦不迭。

当时,书包大多是布包,每到刮风时都放一块石头,书包就遭殃了,特别是书包背带最爱坏的。学生们常说:"大风吹着石头跑,背着石头上学校,锻炼身体斗狂风,石头比书还重要。"

就是这样艰苦的条件下,这些团场的第二代,未来的希望,没有人退缩退学。大家都知道,要学好文化,学好本领,将来建设自己的农牧场。这些学生中,许多考上了大学,成了国家的栋梁,也有许多留在了自己的家乡,用知识与汗水改变家乡的面貌。

丝路明珠 红色记忆
——新疆兵团第十二师民间故事荟萃

背着柴火去教书

讲述者：丁学明，男，回族，56岁，第十二师西山农牧场退休教师
采录者：党荣理
采录时间：2020年4月17日
采录地点：第十二师西山农牧场
流传地区：第十二师西山农牧场

西山的冬天特别冷，气温常在零下30摄氏度左右。下雪天也多，通常下雪厚度在两尺左右。由于戈壁滩上风大，雪常被吹到一些高台、墙根处，这些地方更是达到1米，有的时候特大暴雪甚至可以达到将近两米，直接形成雪墙，顺着积雪可以上到房顶，非常震撼。早晨起来，门都推不开，要从窗户上爬出去，挖开一个道。

1984年，刚从高中毕业的丁学明回农场当了一名小学老师。每个冬天他最操心了，下雪天就更不用说。当时，学校的教室窗户没有装玻璃，都是钉上塑料布来遮挡风雨。平时还好，刮风下雪就难受了，总有尘土与雪花飞入，教室温度可想而知。当时的教室没有暖气，是土火墙，虽说有了煤（农场有自己的煤矿），可戈壁滩无树无大的野生植物，生炉用的柴火就十分珍贵。所以，每天早上，丁学明和其他老师一样，都要从家里背上柴火，早点到学校，生炉子，烘教室，等学生们来上学时，教室里已是热气腾腾了。

当了老师的丁学明不管春夏秋冬都要捡柴火,因为他知道冬天老师有生炉子这项重要的任务。其他地方调到西山的老师刚开始不适应,轮到他们值班时,往往因找不到生炉子的柴火而急得团团转,后来慢慢地都养成捡柴火的习惯。无论走到哪里,只要看见树枝、硬草,都要捡起来,带回家积攒起来,以备冬天用。

西山的老师都对背柴火去学校教书这段经历深有体会。他们说,当老师教书与育人同等重要,育人中,保护学生身心健康是第一位的。无论条件多艰苦,都不能改变人民教师为人师表、教书育人的初衷与宗旨。

丝路明珠 红色记忆
——新疆兵团第十二师民间故事荟萃

推迟一天的婚礼

讲述者：王卢俊茹，女，汉族，38岁，第十二师西山农牧场文体广电服务
中心工作人员
采录者：党荣理
采录时间：2020年4月18日
采录地点：第十二师西山农牧场
流传地区：第十二师西山农牧场

来自湖北麻城县的潘菊熙和来自江苏如东的缪秀萍于20世纪五六十年代先后来到西山农牧场。经人介绍，两人正式确定了恋爱关系，定好于1962年7月25日结婚。

那一年，农场遭受了冻灾和特大旱灾，条件非常艰苦。两人没有通知过多的人，也没有让领导知晓。凭结婚证买了一床被面、一条床单、一对枕头和枕巾，称了一公斤水果糖，准备低调地把这件人生大事给办了。

7月正是土地复翻的时节，要为9月和10月种植冬小麦做准备。25日，虽说是潘菊熙举办人生大事的日子，一早他还是像往常一样来到单位上班。他发现有一台机车上的一个配件坏了，大家手忙脚乱地把零件拆下来，查找问题。把黑乎乎的零件全部清洗一遍，捣鼓了半天，最后才弄清楚是化油器的主喷孔坏了。当重新组装时发现主喷孔找不到了。少了这个主喷孔，机

车就无法启动,不能工作了。指导员卫琴生习惯性喊道:"潘菊熙,你去乌鲁木齐县修配厂配制一个。"

"是!"潘菊熙二话没说,就动身了。没有车只好步行,等赶到修配厂时已经是下午三点多了,加工的师傅又正巧不在,又去找师傅,这样一来二去的,等加工好了,天已经完全黑了。几十公里的土路,全是戈壁荒滩,周围杳无人烟,一个人步行又不敢走,只好第二天一早开始往回赶,快中午时才赶到农场,先到单位,安装好配件,试好车,才给领导说了结婚的事。领导一听,又惊讶又生气:"你昨天咋不说?你说了我换个人去啊!你看看你这弄的,赶紧回家准备去吧!"他才赶紧到家清洁了一下自己的卫生。晚上由指导员亲自布置主持了婚礼。

"我一心想着赶紧去把零件修好了,让机车动起来,却把结婚的事完全抛在脑后,接了任务就出发了。"潘菊熙回忆着当时的情景说道。

西山三宝

讲述者:安宏喜,男,回族,71岁,第十二师西山农牧场退休干部
采录者:党荣理
采录时间:2020年4月19日
采录地点:第十二师西山农牧场
流传地区:第十二师西山农牧场

来到西山农牧场,这里的人们都会自豪地给你介绍他们的三件宝贝:渠道、林带、苜蓿草。这三件宝贝也反映了农牧场几代职工艰苦奋斗的历程,承载了农牧场老职工们一生的希望。

过去,这里沙尘弥漫、人烟稀少,没有树、没有水,根本就没有现在的三宝。"西山农牧场,建在戈壁上,风吹石头跑,地上不长草。"这是建场初期的真实写照。职工们说:"缺什么,我们就把它当作宝贝来建,一定要实现。"

"与黄沙斗其乐无穷,与干旱斗其乐无穷,与贫瘠的土壤斗其乐亦无穷。"西山农牧场职工怀揣着改变家园的决心,在西山农牧场这片土地上辛勤劳作。而今,西山农牧场已是一片绿意盎然、生机勃勃的沃土。

渠道:从1960年开始,西山农牧场每年农闲时组织全体劳动力修水渠,一直到1990年,30年的坚持与建设,使西山农牧场水渠纵横,水声围绕,全部满足了土地灌溉的需求。从大水漫灌到渠水条灌,再到滴灌,实现了科学、

高效、节约。

　　林带：植树造林是西山农牧场一直秉持的防风固沙理念。几十年来，选择抗旱的小白杨与沙枣树隔行相栽的方式，从路边开始，再到田间地头，再到防风林带。现在去西山农牧场，随处可见绿树成荫，果树成林，俨然成了"宜居、宜业、宜游"的生态绿色城镇。

　　苜蓿草：为了使开垦出来的土地，可种植，粮食能上产量，农牧场职工在实践中总结出了轮种的"三个三分之一"的耕种模式，即土地每年三分之一种庄稼、三分之一种苜蓿、三分之一休作。第二年，苜蓿地里种庄稼、空地里种苜蓿，庄稼地里空着休作。这样多年的坚持，粮食产量连年创新高，苜蓿也越来越好，周边地区都来购买。大家都这样说："西山农牧场苜蓿长得旺，牲畜吃了肥又壮。"

　　幸福是奋斗出来的，三宝也是汗水浇灌出来的。

丝路明珠 红色记忆
——新疆兵团第十二师民间故事荟萃

儿时的自制玩具

讲述者：杜建福，男，汉族，66岁，第十二师二二一团退休职工
采录者：卢艳红
采录时间：2020年4月21日
采录地点：第十二师二二一团
流传地区：吐鲁番

流氓兔、变形金刚……这些玩具在如今的青少年看来，都是过时的，他们大多到电脑上玩了。但在20世纪60年代后期，杜军读书时，因为经济条件普遍不富裕，他和伙伴们的玩具大都是自制的。

当时，杜军在吐鲁番红星三场小学（二二一团的学校）上学，教室和宿舍都是平房，由过去国民党军营的马圈改造而来，条件十分简陋。

艰苦的生活中，孩子们一样是大人们的宝，奶奶们用大公鸡漂亮的尾羽给孩子做毽子；爸爸们用树杈加橡皮管做弹弓，用小钢珠嵌入木块做成陀螺，用报废的自行车内胎给小姑娘剪一根柔软绵长的皮筋，"马莲开花二十一，二五六，二五七，二八二九三十一……"妈妈们用旧衣服的布给孩子们做沙包、小布老虎，用过的雪花膏盒子，给女娃儿玩"跳房子"，她们单脚蹦跳，一边跳一边踢香脂盒，最先跳出九宫格的为胜。

杜军也有不少自己的玩具。他喜欢打乒乓球，但当时家里经济条件不好，买不起乒乓球拍，父亲就把木板想方设法削成球拍的模样，让他带到学

校和同学一起玩。玩具是简陋的,但开心是真的。孩子们玩乐的时候,个个脏得像黑泥鳅,胳膊腿上都是摔跤后的疤痕,但总是乐呵呵的。

杜军印象最深的,是爷爷给他做的活动竹节不倒翁。新疆没竹子,但爷爷捡到几支旧毛笔,他老人家拿一把小锯子,将毛笔筒截成两厘米左右的竹节,再用麻绳将竹节串成人体形状,麻绳在肘关节、膝关节有绳结,这些绳结既不能太小,挂不住竹节,也不能太大,阻碍绳子拉动。竹节不倒翁通过脚底绳子的控制,可以像机器人一样鞠躬、踢腿、展臂、下蹲、仰脸……不想玩了,就可以松开绳子,收入小口袋中。

杜军的这个竹节不倒翁,给他们班同学带来很多欢笑,大家觉得孙悟空就是这样子的,可伸可缩,活灵活现。这个不倒翁当时哪也买不到,百十多个孩子里,只杜军一个人有,他内心的得意和幸福自不必多说了。

打土块接房子

讲述者：于飞，女，汉族，48岁，第十二师二二一团职工子弟
采录者：卢艳红
采录时间：2020年4月20日
采录地点：第十二师二二一团
流传地区：吐鲁番

20世纪70年代，雪翠的弟弟也上了初一，十几岁的姐姐和弟弟，再不能在一张床上滚了。她家3个中学生，加两个大人，原来一间半的小屋太小，不够住了。

妈妈拿主意，决定在屋子西头接一间房，给两个姑娘当卧室。妈妈找连队领导打了接房子的申请，批下来后，爸爸找来3个小伙子，加上雪翠姐弟仨，开始准备盖房子的土块。

打土块是力气活，必须在大热天干，一是打土块需要大量麦糠，六七月

冬麦下来脱了粒,麦糠一堆堆"躺"在晒谷场上,本连队的人随便拉,不要钱。二是三四厘米的土块,得靠毒太阳晒干,太阳越大土块越结实。阴天或雨天打不成。三是学校放暑假,身为老师的爸爸有时间,且家门口有条小渠,有邻居去年打土块时挖过的土坑,取土取水相对方便。

但是,重体力活就是重体力活,每次想到打土块,雪翠的眼前总浮现出父亲踉踉跄跄的脚步,和他晒得脱皮的后背、眼周细纹中的无奈。打土块是农活中的霸王龙,打过土块的人,再难的日子也能扛下来。

打土块的一般流程是:选地、挖土、泡泥、和糠、起模打胚、晒土块、垒土块。

选地最好挨着宅基地选,这样接房子时方便,不用再花钱拉土块。挖土须费很大力气,因为新疆的土多为黏土,适合打土块或烧砖块,黏土本就又干又硬又白,挖松五六个立方米得两三个小时。泡泥需要大量水,运气好可引公用渠的水,运气不好,得用水桶从机井中挑。水倒到土坑中,眨眼间就渗了下去,好像土坑下有张饥渴的大嘴。泥土要泡得湿而不流,加入糠草,男女老少光脚去踩,就像揉面一样,糠草泥踹匀净了,才更有筋性,更抱团儿,让土块像混凝土一样牢固。

这一切准备就绪,打土块的小伙子们赤膊上场了,他们将草泥挖入土块模子中,抹平、搬起、运走、倒扣、脱模,嗨,场坝中隆起四角平棱的土块,一条缝也没有,一只角也不缺,这时,雪翠的爸爸就会高喊一声"漂亮!"借着"漂亮"两个字,大家继续挑战下一组泥团。

土块有多重? 晒干的土块很重,雪翠把晒干的土块垒起时,常被新土块挤着手指,一挤一条紫痕。湿土块就不知道有多重了,她压根搬不动,父亲一米六的个头,土块模子搬起来,一半靠肚子撑起,两条细腿哆哆嗦嗦,半跌半走地挪到打土块的地儿,腰一沉马步一蹲,土块模子"啪"一声翻倒在地上,再单单将模子起出,两块土块脱出……

多年后雪翠想起当年,直念叨矮个子老爸的不易,一个文弱书生,打小娇生惯养,少爷一般活到18岁,执意去新疆下乡支边。结婚生子,养家糊口的重担压下来,他无法逃避。打土块这种重体力活,好像一道门,拦截掉幻想、虚弱和安逸,男人过了打土块这一关,会踏实下来。

妈妈每天中午剁一只鸡,给打土块的人加餐,帮忙的小伙子们不拿钱,菜里的油水代表感谢。

土块在太阳下晒半干,雪翠和弟弟妹妹将它们一一扶起,让阴面受阳,左右上下都吹吹风,再晒半天,八九成干了,就将土块顺房根码成整齐的一垛,继续风干。

打了两个月土块,妈妈又凑了些钱,请了盖房子的工程队,在屋西头接了一间带大玻璃窗户的偏房。

雪翠和妹妹的大床和书桌搬进了偏房,家里的米面也放在这屋。妈妈买来几卷顶棚纸,架上梯子将顶棚缠好,刷上石灰水,这间房,就成了家里最亮堂整洁的房。

生活故事

夜班饭

讲述者：严平，男，汉族，73岁，第十二师二二一团退休职工
采录者：卢艳红
采录时间：2020年4月19日
采录地点：第十二师二二一团
流传地区：吐鲁番

1971年，阿德有过一段当厨师的经历，那是他从兵团工一师中学下到团场接受再教育的第二年。

因为性格好、工作踏实，他被二二一团二连炊事班的陈班长看上了，他拍拍阿德的肩膀："小伙子干干净净的，干工作也踏实，跟我到炊事班干活去吧。"

"可是班长，我从前没做过饭，没有经验。"阿德实打实地说。

可陈班长不管这个理由，硬是找到连队领导，把阿德要到食堂工作，并手把手地教他掌握刀工，制作热菜、凉菜。

当时，二连的土地还没有全部种上葡萄，还有一部分地种高粱、花生等作物，每年秋冬季节，农作物收获后土地都要进行耕翻。而当时，团里机耕队车少，需要翻耕的单位多、土地面积大，机耕队员需要白天黑夜倒班干，为此，每晚一点左右，他们在哪个连队干活，那个连队的炊事班就要给他们（3

丝路明珠 红色记忆
——新疆兵团第十二师民间故事荟萃

人左右)加一顿餐。

阿德就住在食堂旁边的房子里,夜班饭理所当然成了他的差事。

陈班长嘱咐他:"阿德啊,为了让机耕队师傅尽快把我们连队的地犁完、犁好,你一定要保证让他们吃饱、吃好。"

"班长,这事情有些难度。"阿德摸摸脑袋,有些犯难。

当时条件有限,吃饱容易,吃好有点难办,巧妇难为无米之炊呀。

阿德不想让陈班长失望,就勤动脑、想搭配。炒菜呢,有肉会更香一些,但每天的肉食都是有数量的,阿德不敢动放在库房里宰好的整块大肉,就从猪脖子处取上一点肉给机耕队队员隔天改善伙食,让他们几乎每两天就能见上荤腥。炒素菜,他也很费心思,那时候没有现在这么多调料,他就尽量挑选新鲜的蔬菜,研究炒到什么火候蔬菜不软趴趴又好吃。

凉拌蒲公英、豆腐配西红柿、野菜加鸡蛋做包子馅……他用有限的食材给机耕队员做了不少简单好吃的饭菜,有时,诗兴大发,他还会给青菜豆腐起个"青龙伴云"的名字,让机耕队员哈哈一笑,干活的疲惫,好像在笑声中消失了。

　　机耕队员在二连吃了10天夜班饭就转移到别的连队干活了,但这10天,是阿德最难忘的10天。他发现,这些机车驾驶员都是有高度组织纪律和一定素质的机务人员,在食堂吃饭,他们从不乱动食堂的东西,吃完饭连支烟都没有抽就急忙往工地上赶,非常敬业。

两个班长"练兵记"

讲述者：林秀芬，女，汉族，86岁，第十二师二二一团退休职工
采录者：卢艳红
采录时间：2020年4月20日
采录地点：第十二师二二一团
流传地区：吐鲁番

20世纪60年代，二二一团有一群"后进"姑娘，在生产班长和政治班长带领下，完成了一次由茧成蝶的蜕变，成就了一段美谈。

故事是这样发生的。深秋的一个傍晚，二二一团三连指导员邓国宝来到女知青居住的地窝子前喊话："包玲娣，在吗？快出来。"

"来啦，来啦！"正在用棉线编织袜子的包玲娣放下手中活，掀开地窝子的破布门帘，小鸟一样"飞"出来。

"小包呀，前些日子，一些城市来的姑娘分到三连，对吐鲁番的气候、环境不适应，干农活手也生，情绪不稳定，无法安心工作。组织上打算把她们集结起来，成立一个三八红旗班。你就当红旗班生产班长吧，让政治班长任花成配合你开展工作。"邓宝国说。

"指导员，您是在开玩笑吧，哪个连队的'红旗班'不是标兵集体？可您给我分的队员都是生手。"包玲娣看着邓国宝一本正经的样子，心想，指导员也许是操心的事太多，才累得脑子发昏。

"哈哈……哈哈……所以，才需要勤劳的你当生产班长呀，你和任花成要负责在思想、行动上帮助她们。"邓国宝看到包玲娣心不甘情不愿的小表情，乐了。

"好吧，这事我答应了。"包玲娣见指导员如此信任自己，就接下了这个烫手的山芋。

第一次班会开得可不顺当。三八红旗班的12名成员分别来自上海、山东、湖南、湖北等地，由于没有经历过集体生活，行为大都散漫。包玲娣在桌子旁站着说话，她们就在椅子上坐着玩指甲、用不同的方言闲聊。

"哎，姐妹们请安静，不要干和会议无关的事！你们都给我听好了，"性格耿直的包玲娣清清嗓子，"我知道你们来自大城市，没开过荒、种过地。我是江苏扬州人，新中国成立后也在上海纱厂工作，知道上海有高楼，但也知道再高的楼也是一点点盖起来的。我们这个班，目前的主要工作，就是平整土地，打埂挖渠、挖排碱沟。不会？没关系，我和政治班长教你们。"

包玲娣说了一串与生产劳动相关的词，姑娘们听得迷迷糊糊的。会议结束，包玲娣叹口气，和政治班长任花成交流了一下意见，觉得，有些城市姑娘连坎土曼都没见过，需要多参加实战锻炼。

第二天，二连分配平地任务，三八红旗班分到的地段有许多高土包。看着这些土包，几个年龄小的姑娘抱着镐头就坐在地上哭，还有人抱怨："平地都不好刨，现在又有这么多土包，啥时才能刨平它们？"

丝路明珠 红色记忆
——新疆兵团第十二师民间故事荟萃

附近其他小队的人看见三八红旗班的姑娘这么怂,都掩住嘴,要笑出声来,不少人在心里想:这算哪门子红旗班?就一个草包班呀。

包玲娣看到其他小队队员的古怪表情,就大声朝他们喊:"有什么好笑的?刚开垦荒地时,你们有些人的镐头不是也敲到自己屁股了吗?"

"哈哈……哈哈……"刚才还哭泣的三八红旗班姑娘,听到这话,也忍不住破涕为笑。姑娘们情绪稳定下来,但干起活来还是垂头丧气、马马虎虎。

晚上,回到驻地,任花成召集姑娘们开会,她带着大家学习了《毛泽东选集》里的三篇短文:《纪念白求恩》《为人民服务》《愚公移山》。

这样的教育方式很受姑娘们欢迎。在任花成让大家谈学习心得的时候,吴桂兰、王庆玲、王桂花、张玉莲、曹细荣等姑娘,七嘴八舌地说开了:"张思德同志事迹很感人,我们要学习他全心全意为人民服务的精神。""白求恩大夫毫不利己专门利人的精神值得学习,是我们的榜样。""我们要像愚公移山一样坚持到底,誓把荒漠变绿洲。"

听到姑娘们七嘴八舌的表态,任花成和包玲娣欣慰地笑了。

一本本书读下来,一次次思想交流会开起来,三八红旗班的姑娘们思想上获得的洗礼,都表现在了行动上。

有一次,为鼓励生产,二二一团举办"百方大战",号召大家一天一夜的时间争取挖土一百立方。姑娘们积极响应号召,点起马灯夜以继日地干了一天一夜,这个姑娘挖土方手上震开了口子,另一个姑娘就替换下她,铆足了劲抡起洋镐往地上刨……最后,姑娘们都挖了100立方土,完成了任务。

姑娘们除了干好本职工作,还积极参加积肥改良土地的义务劳动,为了多积肥、积好肥,她们争先恐后早早起床,追着牛群捡牛粪,牛在高粱地里吃草,她们就在后面等着牛拉屎,恨不得从牛屁股里将牛粪抠出来……

"三八红旗班呀,斗争意志强,夜宿地窝子,晨起挑大梁……"这首歌,就是当时三连一位会写歌的同志,专门为三八红旗班写的。

"优秀集体""生产标兵"……一张张奖状,一份份荣誉落到了三连三八红旗班。它终于成了让人竖起大拇指的标兵集体。

生活故事

老闫写史

讲述者:严平,男,汉族,73岁,第十二师二二一团退休职工
采录者:卢艳红
采录时间:2020年4月
采录地点:第十二师二二一团
流传地区:吐鲁番

2003年,二二一团领导找到职工老闫,让在团里生活了大半辈子,又颇有艺术造诣的他撰写《二二一团简史》。

"我身体有些不适,这件事,你们还是另请高明吧。"老闫推脱。他不是不想为团里效力,是担心自己能力不够,耽误团里的大事。

领导让他考虑几天再回复。

领导走后,老闫的妻子发话了:"老闫,你忘记自己是一个共产党员了吗?你忘记当初的入党誓词了吗?现在团里需要你出力,你怎能往后缩?"

老闫被妻子数落得有些不好意思。是呀,他是中国共产党党员,在师范念书时,是党组织给他提供生活费,到二二一团工作后,又在党组织的关怀下茁壮成长,没有党,哪能有他的今天呢?

不需要考虑几天,老闫当天就给团领导打了电话:"这活,我接下来了。"

编写团史,是个既费时又费事的活,既要耐得住寂寞又要有一定专业知

丝路明珠 红色记忆
——新疆兵团第十二师民间故事荟萃

识。从老闫接受这一新工作起,他就变成了大忙人。

老闫找来《中国共产党简史》《世界近代现代史》等大量教材和兄弟团场已出版的志书简史进行参考,并仔细琢磨,熟悉了编写不同史料的要求。

为将二二一团组建以来的发展历程及干部职工数十年中无私奉献、艰苦奋斗、开拓奋进的历史比较全面、真实地记录下来,老闫翻阅了上百份档案材料,摘录了上百张纸载资料。

"干活过得去就行了,你这么认真,闹出病来可咋整?"有人劝他。

然而,与史相关,不容疏忽。有些资料过于简单,就需要了解完善。就拿1958年大炼钢铁来说吧,团里寻到的资料纸片上只有一句话:1958年进行了大炼钢铁。为这句话,老闫询问了许多人,大家都说不知情。老闫想,不会呀,既然资料里写有,那就肯定有这回事。

为寻找答案,老闫每天都步行去找团里的老同志聊天、打听,终于找到几个参加过团部大炼钢铁的老人,他们告诉他,团里当年确实炼过钢铁,但没有成功,很短时间内就结束了。

另外,团里的老人来自五湖四海,方言有别,从前写的资料,也给老闫的工作造成了麻烦。看这些资料的时候,他就研究这是什么地方人讲话的方式,然后就去找这个地方来的老人了解情况,常常为一句话,找几十个老人聊天,跑10多公里路。

老闫像勤劳的蜜蜂一样,资料室里,他是常客;史料座谈会上,他是学生;老职工唠嗑处,他是听众。终于,几经反复梳理,他理出二二一团发展各时期横竖脉络,并经反复琢磨、分析,列出了分期划段的编写提纲,经两年多早出晚归的伏案疾书,写出了《二二一团简史》草稿。

2010年5月至2011年10月,经过各级审核,经过数十次逐章、逐节、逐目的删除、增补,《二二一团简史》终于进入出版程序顺利出版。

丝路明珠 红色记忆
——新疆兵团第十二师民间故事荟萃

"兵二代"的爱情

讲述者：杨德明，男，汉族，80岁，第十二师二二一团退休干部
采录者：卢艳红
采录时间：2020年4月
采录地点：第十二师二二一团
流传地区：吐鲁番

杜建福、徐桂芹打小就是邻居，都住在二二一团五连。小时候，他们一起玩耍、跳大渠洗澡、进防风林掏鸟窝、捡柴火烧饭……几乎兵团孩子玩过的游戏他们都玩过。两人从小学到高中都是同学。

十七八岁的时候，杜建福情窦初开。每次看见徐桂芹，脸都会悄悄红到耳朵根，就像吃了块糖，甜甜腻腻的。胆小的他，不知道她对自己有没有意思，也不好意思去问。不久，他参军去了塔城地区，这点小心思，就被藏在了心底。

杜建福从部队复员回到二二一团，1979年调到六连机耕队工作，很巧，徐桂芹也在六连机耕队。他乍一见到，心头小鹿乱撞，想大方地朝她打声招呼，开口时，却变得比大姑娘还扭捏。

徐桂芹已长成一个亭亭玉立的大姑娘，相貌秀气，笑起来眼睛弯得像月牙。杜建福很快了解到，徐桂芹虽然娇小玲珑，但在工作中，却是顶天立地

的女汉子,业务能力非常出色,几乎年年都是单位里的先进个人。

　　杜建福在机耕队驾驶的是东方红老75推土机。一台推土机配备6个机组成员,3个老师傅带3个年轻徒弟。杜建福跟推土机接触时间晚,技术比不上别人,他很着急。有时候,看到他笨手笨脚欲速则不达的样子,大家会发出善意的笑声,徐桂芹若在场,也会跟着笑。这让杜建福不好意思,他不想在心爱的女人面前丢脸。

　　杜建福找师傅孙教兵开小灶。孙教兵是湖北人,心肠热得很。他除了教杜建福怎么升降推土刀、处理故障等基本知识,还手把手地传授经验,告诉他一些犁地、平地、耙地的心得。渐渐的,勤学好问的杜建福成了机耕队的一面旗帜,徐桂芹也对他刮目相看,有空就会主动找他说话,儿时的熟悉感一点点被找回来。

　　杜建福不知道徐桂芹心里是否有自己,和她聊天时故意说:"哎,你还记得小时候父母为何给我起名'建福'吗?寓意是建设带来幸福。可我觉得,和你在一起才幸福。"

　　她笑笑,没说话。

丝路明珠 红色记忆
——新疆兵团第十二师民间故事荟萃

杜建福发现,徐桂芹工作不是一般的认真。每次上机前,都要认真拧开机油盖,用机油尺量机油,然后看水温表、试刹车。他笑着问她:"你都是老司机了,还像新手一样谨慎?"

她会俏皮地瞪他一眼:"你忘记从前收麦子时发生的事故了吗?"

怎么能忘记呢?那事发生在不久前。当时,收割小麦用的是苏联生产的康拜因牵引式联合收割机,因为机器老化,需要有人钻进机子里用手掏拥堵的麦子,而收割机操作员技术不过关,踩离合时发生失误,导致在机器里掏麦子的人受伤。

这血淋淋的教训怎么能忘!想到这,杜建福打了个冷颤,投向徐桂芹的目光更加温柔。

徐桂芹工作那么负责,杜建福也不落后。他跟随机耕队的老师傅一起进行科技改革,把东方红老75推土机原先的钢丝架子取掉,改成油缸液压,这样,荒原上再硬的土块老75推土机也可以推动,大大提高了工作效率。不久,他被大家推选为机耕队队长。连队里,有不少姑娘喜欢高大帅气又有责任心的他,但杜建福的心里只有徐桂芹。

一天,团里放映队来六连放电影,放映《鲜花盛开的村庄》。杜建福邀请徐桂芹去,她答应了。星空下的露天影院,他们搬去两张小板凳相邻而坐,当听到台词"她虽然长得胖,一年能挣600个工分呢!"两人哈哈大笑。

他边笑边看着她:"我喜欢你,你喜欢我吗?"

她还是笑,没有说话。他心里很着急,虽然不知道她到底咋想,但依然一如既往地关注她。

1979年11月,他们迎来艰巨的开荒任务,那是机耕队有史以来最忙碌的日子。机车除了保养加油外,24小时不停车,干部也跟班在工地做后勤工作。为了抢时间,机耕队给拖拉机盖上帆布篷,来回接送驾驶员,还用拖拉机拖上油罐将油送到现场。饭,也是在工地上吃,冬天很冷,饭送进嘴里的时候,都硬成了疙瘩。

一天，食堂送饭来了，徐桂芹看到杜建福主食只买了一个馒头，就说："哎，大个子，一个馒头你怎么吃得饱？"

他脸有些红，说："勤俭节约嘛！"

徐桂芹看看他，掏出一叠粮票放进他手里，说："一个月38斤粮票不够你用吧？我也是38斤，总吃不完，我们合在一起用吧。"

丝路明珠 红色记忆
——新疆兵团第十二师民间故事荟萃

永远的守护

讲述者：严平，男，汉族，73岁，第十二师二二一团退休职工
采录者：卢艳红
采录时间：2020年4月
采录地点：第十二师二二一团
流传地区：吐鲁番

二二一团有一位叫李端芝的女职工，她自己也没有想到，自从1958年来到团里，红星三渠就成了与她朝夕相伴数十年的老伙伴。

故事得从1958年2月说起。那时，吐鲁番修建红星三渠，李端芝被从哈密调来，成为建设者之一。

当年，修建红星三渠的人不少，结了婚的同志，就在大河沿二十九公里一带临时挖个地窝子住，没有成家的单干户就地打起帐篷。

吐鲁番的风真大，大风一来，帐篷会被风卷走，水桶、脸盆更是被刮得满戈壁滚，地窝子也会落满泥沙。但这些，都没有让李端芝发愁，她为难的是，挖渠的地方是一片戈壁石子夹着盐碱的硬地，她抡起十字镐，刨在坚硬的戈壁上，除了迸出星星火花，动静不大。

"这土地这么硬，可咋办呀？"和她一样犯难的大有人在。

后来，有人提出先用水浸泡使盐碱溶化，然后再挖地。经过实践，这个

办法还真管用。

李端芝当时有孕在身,坚持着与其他同志一起挖土方,大有巾帼不让须眉的气势。后来,班长找到她:"端芝呀,你怀有身孕,就去捡石头吧,这活干起来轻松自由一些。"

接受了新任务的李端芝,不停地在戈壁滩上走动,遇到埋在土里的石头就用十字镐把它刨出来,把符合要求的卵石捡到一起码好,堆成能装满一车或半车的石堆,让专门的负责人拉运到渠道施工工地。

当时,和她一起捡石头的还有3个孕妇,为给彼此鼓劲,她们还唱响修水渠歌:"鲜红的旗子迎风飘扬,祖国的号声多么响亮。修成现代化的红星水渠64里长,戈壁滩上开荒造田要把那戈壁变农庄。人民要幸福,祖国要富强,永远建设我们的新疆。不怕天山高,不怕戈壁大,今天修好水渠,一定能实现我们的理想。"

有歌相伴,再苦也乐。

同年5月，红星三渠修通放水，李端芝和伙伴们激动得热泪盈眶。那时，她可没想到，她和红星三渠的缘分没尽，1964年，再次与它亲密接触。

这时李端芝已经调到水管所，主要工作就是守护红星三渠。

每天，天空刚泛白，红星三渠旁边就会准时出现李端芝的身影，她拿着纸笔，观察、记录着大河沿河水的水势变化，及渠首以上山里的天气变化，还要随时观察龙口过水情况，只要发现有柴草、树枝、石头进入渠道，她会立马清除。看到放入龙口的大铁栅栏被杂物堵塞，水势较大且浑浊时，她也会不顾危险地下到水中，用铁榔头使劲把堵塞物一块块敲打下来。

因为有她在，有其他守护红星三渠的人在，红星三渠运行畅通，二二一团的葡萄、树木，总是长得水灵灵的。

李端芝在水管所，一直干到1982年退休。她过世后，还有人说，恍惚中，会看到，她出现在红星三渠旁，依然在关心它、守护它。

生活故事

"结草衔环"的故事

讲述者：严平，男，汉族，73岁，第十二师二二一团退休职工
采录者：卢艳红
采录时间：2020年4月21日
采录地点：第十二师二二一团
流传地区：吐鲁番

"投我以桃，报之以李""滴水之恩当以涌泉相报"……中国人大都懂得知恩图报，在我国古代，就有过"结草衔环"的传说，这个传说的现代版，居然数十年如一日地在二二一团上演。

故事中的主角，名叫闫平德，现年73岁，是1968年响应毛主席号召上山下乡的知识青年。当时，他从乌鲁木齐原工一师中学来到二二一团接受"再教育"，后来，在二二一团结婚生子。

工作忙了，闫平德和妻子经常错过食堂的饭点，好在，他以前在浇水队工作时的师傅安德志是个热心人，就叫媳妇做点苞谷面窝窝头，用水煮些野菜，招呼他们到自家来吃夜宵，饭菜虽然简单，但这份情谊很深厚。

闫平德和妻子刘绣芬有孩子后，生活更忙得像一团乱麻。又是安德志主动找上门来："平德，你们的父母不在身边，孩子就交给我和你师母吧。"

以后的日子，老两口把孩子带得特别好，上幼儿园送去，放学接回，还变着花样给孩子做好吃的，买漂亮衣服给孩子穿，孩子喊两个老人"爷爷奶奶"。

丝路明珠 红色记忆
——新疆兵团第十二师民间故事荟萃

闫平德和妻子刘绣芬有空的时候,就买上菜、水果,给两位老人送去,还时常去家里给他们做饭、捶背,处得像一家人。

时光荏苒。闫平德的孩子长大了,白头发也在安德志夫妇头上长出来,他们脸上的皱纹一点点加深,身体一天天老去,行动渐渐不便。尤其是从前当过浇水班长的安德志,因为长期与水为伴,腿脚落下了毛病,需要坐在轮椅上出行。

闫平德见此情景,回家后就给妻子、孩子下了政治任务,要求家人和自己一样,承担起协助安德志女儿照顾80岁老两口的义务,谁有空就由谁去陪伴老人,跟老人聊天,给老人读报,推老人出门散心……

隔三岔五的,闫平德夫妇还去老人家里分别给两位老人洗澡。闫平德的妻子刘绣芬,直接就把自己当成了两位老人的闺女,她给两位老人缝制新衣服,在老人不能自理的时候,端屎端尿,从来没有一声怨言。

从20世纪90年代后期开始,闫平德夫妇坚持不懈地照顾安德志夫妇,直到2011年10月,老两口先后去世为止,而这段现代版"结草衔环"的故事,也渐渐在二二一团传开了。

生活故事

蒋元洪教女

讲述者：严平，男，汉族，73岁，第十二师二二一团退休职工
采录者：卢艳红
采录时间：2020年4月
采录地点：第十二师二二一团
流传地区：吐鲁番

20世纪60年代，二二一团职工们的日子都过得很艰苦，大家白天努力开荒种地，晚上回家，点起煤油灯，开始了简单朴素的生活。

抗美援朝的一等功臣蒋元洪，曾隐功埋名在机车组担任组长，按理说，从单位弄点柴油回家点灯用不是很困难的事情，但公家的便宜，他是一点也不占。

蒋元洪大公无私的精神让机车组的同事很是敬佩，可大女儿蒋晓岚当初不能理解他。当时，家里生活困难，连做饭的柴火都没有，蒋晓岚每天天不亮就要到戈壁滩上找柴火。戈壁滩上，最多的是红柳和梭梭，红柳在治理沙漠中有抗风沙的功效，自然不能当柴烧，梭梭是非常好的燃料，即使是新鲜的梭梭，也能燃火。可是，梭梭的根埋在沙漠里，得挖呀，把梭梭挖出来，再捆好成堆，她通常会累得半死。

一个冬天的傍晚，蒋晓岚在戈壁滩上打了不少柴火，觉得太累了，实在

丝路明珠 红色记忆
——新疆兵团第十二师民间故事荟萃

背不回家,就走路回家想请父亲开拖拉机帮忙拉柴火。

砍柴火的时候,她累出了一身汗,走路回家,身上的汗珠在零下二十几摄氏度的低温里很快结成了冰,弄得她的身体非常不舒服,脑袋也忽冷忽热的,一进家门,就瘫倒在地上。

她央求蒋元洪:"爸爸,你是机车组长,就开上拖拉机给咱家拉一回柴火吧。现在是冬天,拖拉机不忙。"

蒋元洪的妻子也在一旁帮女儿说话,她说:"你就动用一次公家的拖拉机怎么了?你为国家立过那么大的功劳,却从来没有和外人提起过,如今,大家你顾得很好,但我们这个小家,儿子工作没着落,女儿提的一点小要求你也不肯答应,你就不能多为这个家想想吗?"

蒋元洪安慰妻子,说:"我是共产党员,共产党员大公无私是本分。"

接下来,他心痛地抚摸着女儿冻得红肿的双手说:"孩子,你不要像你妈那样,觉得爸爸是抗美援朝的功臣,就想以此让组织上照顾,我的战友们为朝鲜人民和祖国人民把命都搭上了,想想他们,我们活着的人怎能拿着这些东西向组织提要求?机车是公家的,不能干私活,我们不能占这点便宜。另外,争气的孩子是不会躺在长辈的功劳簿上等饭吃,要靠自己的双手挣饭吃。"

教育完女儿,蒋元洪打算自己去戈壁滩上,把那些柴火一捆捆背回来。

"爸爸,等等我。"走在路上的蒋元洪突然听到女儿的呼喊声。他回头一看,缓过劲来的蒋晓岚,坚定地跟在了他的身后。

丝路明珠 红色记忆
——新疆兵团第十二师民间故事荟萃

一封信的托付

讲述者：杜传英，女，苗族，62岁，第七师退休干部
采录者：吴永煌
采录时间：2020年5月
采录地点：乌鲁木齐市
流传地区：第十二师二二二团、乌鲁木齐垦区、第七师一二八团、车排子垦区

朱建新是新疆新闻界和编辑界的老同志，曾经在二二二团宣传科工作了很长一段时间，由于他在团场宣传科的出色成绩，到了改革开放时期，就调到当时的新疆青年杂志社工作。

他在二二二团宣传科工作的时候，就与乌鲁木齐有着很多联系。

改革开放不久，一位十四五岁的女孩子问了很多人，找到他的办公室。

"你找谁？有什么事？"朱建新看着女孩子问。

"找朱建新编辑。"

"我就是。"

"我们安老师让我来找你，想请你帮个忙。"女孩子把一封信递给朱建新。

朱建新接过信，打开一看，是一位叫安新的老师写给他的。

原来，这个女孩子叫马娟梅，是一二八团第二中学的学生，因患了包虫

病，在奎屯无法治疗，想到乌鲁木齐大医院看看，可人生地不熟。马娟梅父女俩想到了安新老师。安新老师爱写点东西，也在报刊上发表过作品。想必安新老师认识一些编辑，就求安新托新闻记者和编辑帮帮忙。安新老师也是热心人，但与团场外面的其他新闻记者和编辑没有联系，只是有一两次因新闻稿件与朱建新有点书面交流，彼此并没有见过。安新老师就抱着试试的态度，冒昧地给朱建新写了这封信。

朱建新看完信，犹豫了一下，毕竟他也只是一个从二二二团宣传科刚刚到乌鲁木齐工作的新人，虽然说团场与乌鲁木齐比较近，也有数不清的往来，可从来没有与乌鲁木齐大医院的医生打过什么交道。受人之托，使人有望。虽然他和安新没有见过，连文友都谈不上。但朱建新也是热心人，他的职业让他不忍看着马娟梅无法就医治疗。

"这样，你们先找个旅馆住下来，我明天就专门去帮你跑跑看。"朱建新对马娟梅说。

第三天，朱建新来到新疆军区总医院，冒昧地找到张守竹院长。

张守竹院长是位医疗专家，虽然在特殊年代经历了挫折，但医者仁心没有丝毫挫伤，听完马娟梅的情况后，觉得应该赶紧收住下来。一个十几岁的女孩子，打老远的团场过来，渴望有人相助，有人医治。张院长马上安排医院把马娟梅收住进院治疗。

住进了新疆的大医院，父女俩感激不尽。

朱建新也为马娟梅能够住进医院救治，感到轻松下来。在告别马娟梅父女俩时，他还说："安新老师托我的事算落实了。祝早日康复！回去见到安新老师，代问好！"

生活故事

特别的看望

讲述者：李颜镇，男，汉族，66岁，昌吉州退休干部
采录者：吴永煌
采录时间：2016年7月
采录地点：昌吉市
流传地区：第十二师二二二团、乌鲁木齐垦区、第七师一二八团、车排子垦区

朱建新还在二二二团宣传科时，就读到过安新的文章。

他刚从二二二团宣传科调到新疆青年杂志社，就收到一篇类似小报告文学的文章《通向领奖台的路》。

这篇文章大约有3000字，作者是兵团农七师一二八团第二中学的一位叫安新的老师。

文章里的主人公是这所学校的物理老师李彦镇。李老师发挥自己所教学科的优势，运用物理原理，先后发明了收音机定位器，进行了干电池衔接小改革，获全国五小发明奖，并被吸收为中国发明协会首批会员。会员证由周恩来总理夫人、革命家邓颖超题词。李老师还受邀赴山东烟台参加全国颁奖大会。这发明过程，倾注了李老师的很多心血和才智。

李老师的发明奖是新疆所获两个奖项之一，兵团仅他一项。与李老师年龄相仿的朱建新看了这篇文章，感到非常骄傲和振奋，决定向主编李奇渊

丝路明珠 红色记忆
——新疆兵团第十二师民间故事荟萃

推荐该文。

《通向领奖台的路》在1985年第3期《新疆青年》刊登发表了。作为杂志社的编辑,特别是这篇文章的编辑,朱建新心情还是不能平静,他要去看看作者,看看主人公。

这年夏天到了,朱建新和同在新疆青年杂志社的矫健编辑一同来到一二八团。那时的一二八团没有往返乌鲁木齐的班车,往返奎屯的班车一天也只有一趟。他们一路辗转,不辞辛劳,在一二八团见到了作者安新和主人公李彦镇。

朱建新见到安新和李老师,很是高兴,作者和主人公两位年轻人,有活力,有理想,给他留下了很深的印象。在临别时,朱建新真诚地说:"我们这次是专门过来看看你们俩人的,也算是一次特殊的看望。"

这次特殊的看望,给了作者和主人公更大的勇气和力量,安新坚持在创作的道路上不懈前进,成为中国民间文艺家协会会员,李彦镇也成为昌吉州首批拔尖优秀人才。

在往后的日子里,朱建新在信中告诉安新,他生在兵团,长在二二二团,是北亭的父老乡亲培养了他,在他的骨子里铸进了老军垦的生活激情和对生活的憧憬。即使工作需要,离开了二二二团,但没有忘记二二二团的恩情,没有忘记兵团的恩情。

这,也成了安新和李彦镇两位老师比较特别的记忆。

丝路明珠 红色记忆
——新疆兵团第十二师民间故事荟萃

爱的力量

讲述者：高彩霞，女，汉族，81岁，第十二师二二二团退休干部
采录者：恩清
采录时间：2020年4月
采录地点：第十二师二二二团
流传地区：第十二师二二二团

1974年4月的一个早上，天色灰蒙，雨水冰冷，在天山北麓、准噶尔盆地南缘，李彬穿着雨衣和雨靴在泥泞的道路上艰难地行走着。钟声响了两遍后，他走到了教室的门前。喊声报告，得到回应后，他走进教室，看着他的班主任老师，一位女知青，服饰鲜艳，面容靓丽，可说出的话，让人吃惊。

"出身不好还迟到！"她说，"站在墙边，看着黑板。"

李彬懵圈了，自尊心降到了极点，他不敢看全班54双眼睛，对班主任老师的态度也从爱瞬间变成了恨。

下课后，他不再听下面的课，他走到田边，在机井房前停了下来。

中午的时候，一个小姑娘探进头来，是他们班的学习委员；接着一个30出头的妇女探进头来，是他们的美术老师，她俩进屋，带来了饭菜和开水。

老师说："出身不能选择，但道路可以选择。"

学习委员说："回去上课吧，同学们不会轻视你的。"

李彬感到了温暖,他决定回去上课。

这个女教师便是二二二团中学的高彩霞老师。她1941年生于陕西咸阳市,喜欢美术,酷爱剪纸。毕业后分配来到二二二团。她教她的学生们,从叠纸开始,"包子""饺子"……能够变化的"衣服""裤子""桌子""板凳""轮船""飞机"……然后剪纸,花草鸟兽鱼虫,还有人物。

李彬一直以为剪纸就是玩玩而已,并不是什么高深的艺术。

直到他大学毕业,喜欢的那个女生也大学毕业。他留在了乌鲁木齐,而那个女生去了纽约。

老师剪了那个女生的像,真像。他想要,但害怕老师发现了他的秘密,没想到老师早就把他看透,说:"剪纸不光有形,还要有魂,留下它,祝福她,她的每一个幸福,就是你的幸福。"

说得太好了。刚才李彬还很难过,转眼间就变得欢快起来。他开始关注老师的剪纸艺术,不同的形式,不同的意义,在朴实中寻找生动,在魅力中迈向顶峰。美术老师的作品在兵团、新疆、北京、上海多次获得过大奖,还走进了日本,各大媒体追踪报道,弟子满天下,头衔一大堆,为二二二团争得了不少荣誉。

　　高老师的爱,对人的,对艺术的,都给了李彬努力的力量,他也成了新疆知名作家,用文字向人间传播真爱。

生活故事

沙海老兵的第一次旅行

讲述者:舒万福,男,汉族,60岁,第十二师代管四十七团敬老院院长

采录者:党荣理

采录时间:2020年4月23日

采录地点:第十二师代管四十七团老兵镇

流传地区:第十四师

有一年兵团党委来慰问1949年进疆的老兵们:你们去过和田吗?你们去过乌鲁木齐吗?你们坐过火车吗?

首长一连问了三个问题,得到了三个"没有"的回答,首长流泪了。回到兵团后,立即安排有关部门将17位老兵接到乌鲁木齐参观游览。

舒万福是老兵之家的服务人员,长年照看着老兵们的衣食住行。这次由他陪着沙海老兵们出门。城市里拥挤的人群,宽阔的马路,高大的建筑,无不让老兵们眼花缭乱。

老兵们住进了宾馆,看到房间整齐干净,看到自动冲水马桶,看到洁白簇新的床单平展得没有一丝褶皱,老兵们激动的心久久无法平抚。第二天服务员检查房间,看着没有动过的床单,没有用过的牙具,被深深震撼。他们想象不出,现在还有人没有见过现代化的冲水马桶,没有住过宾馆。然而这些沙海老兵们的确是这样。在整齐干净的房间里他们手足无措。他们和

丝路明珠 红色记忆
——新疆兵团第十二师民间故事荟萃

衣在地毯上过了一夜！

在石河子，见到王震司令员的塑像，老兵们像见到久违的亲人。他们站成一排，向王震司令员行了一个标准的军礼。李炳清代表沙海老兵向司令员汇报："报告司令员，我们是二军五师十五团的战士，我们胜利完成了你交给我们的屯垦戍边任务。你要求我们扎根边疆，子子孙孙建设新疆，我们做到了。现在我们的儿女都留在了新疆，都留在了和田。我们没有离开四十七团。"

"我们是人民的军队，扩大生产为人民，遵守纪律团结各民族，建设我们的新疆……"热泪盈眶，歌声哽咽，那么多沧桑的岁月就过去了。风中久久回荡着老兵们的歌声。他们看到了伟大祖国的变化，他们没有辜负党和人民的期望，扎根新疆戍边为民。

"肩负使命，我们永远是党的兵！"李炳清大声地说出了四十七团沙海老兵们的心声。

舒万福目睹着这激动人心的一幕，更深刻地理解了沙海老兵们的英雄情怀。无论是在烽烟四起的战争年代，还是在屯垦戍边的和平年代，他们永远是党最忠诚的战士。

这让舒万福更加坚定了为沙海老兵们服务的想法。

丝路明珠 红色记忆
——新疆兵团第十二师民间故事荟萃

最后一件军装

讲述者：王亚平，男，汉族，61岁，第十二师代管四十七团退休职工
采录者：党荣理
采录时间：2020年4月24日
采录地点：第十二师代管四十七团老兵镇
流传地区：第十二师代管四十七团老兵镇

从历经战火的八路军、解放军战士，到屯垦戍边的军垦战士，王二春一生都认为自己是一名军人，他酷爱军装，即便是离休后的晚年，他也常常是一身军装。在女儿王力蓓的记忆中，父亲生前穿着最后一件军装的形象是清晰的、深刻的，至今，那件军装依然被王力蓓珍藏着。

那件军装是王二春去世的前一年买来的，那时的他胃病已经很严重了，常常痛得整个身体都蜷缩在床上，但凡是能下地的时候，他依然要挑选一件整洁的军装穿在身上。

那天，王二春的精神不错。他叫来王力蓓，说想要一套新的军装收藏。王力蓓没有怠慢，赶紧去和田的市场上买来一套崭新的军装，她没有过多地询问父亲购买这套军装的缘由，但心里悲痛地猜想着，父亲或许是想用它来做自己的寿衣。

军装买回来后，王二春特别喜欢，说是试一下，可穿在身上后就不愿脱下来了。父亲去世后，王力蓓并没有让父亲穿着那件军装离开他们，她想给

母亲和自己留下念想。

王二春,汉族,河北宁晋人,生于1912年,1941年参加革命,横穿塔克拉玛干沙漠时任十五团三连连长,后为四十七团团长。晚年那张照片的说明增加了这样的信息:为和田农垦事业的发展做出了杰出的贡献。

王二春出生在河北省宁晋县孙家庄石柱村一个贫苦的农民家庭,从小受剥削阶级的压迫,在地主的皮鞭下长大。1941年8月,王二春参加了八路军,1942年7月加入中国共产党。

抗日战争中,王二春先后在冀中军区警备旅一团三营九连、晋绥军区十一团一营二连任战士、班长、排长等职;解放战争中,先后在吕梁军区独立四旅十一团一营二连、陕甘宁边区三五九旅七一九团一营二连、教导团、二军五师十五团一营三连任排长、副连长、区队长、连长、副营长等职。

1949年12月,王二春随十五团率领三连战士徒步横穿塔克拉玛干沙漠。1950年后,他先后在十五团生产大队、农一师机耕队、农一师后勤处运输科、农一师前进农场墨玉分场、农一师四管处昆仑农场、农三师四十七团任大队长、协理员、科长、教导员、场长、团长等职,并担任过中共农一师四管处党委、农三师党委、墨玉县党委委员。

1981年6月,王二春离休。1995年4月,经兵团党委组织部批准,王二春享受副师级政治生活待遇。1999年12月,王二春因病医治无效去世,享年87岁。

丝路明珠 红色记忆
——新疆兵团第十二师民间故事荟萃

抓虱子

讲述者：车军冬，男，汉族，52岁，墨玉县人民武装部干部
采录者：党荣理
采录时间：2020年4月24日
采录地点：第十二师代管四十七团老兵镇
流传地区：第十二师代管四十七团老兵镇

十五团刚开始驻守开荒的时候，大家劲大啊。没有犁，连木犁都没有，战士都是用镢头、用坎土曼挖，不少战士一天能挖一亩地，有人一天挖两亩。

后来还种上了水稻，那里的蚊子那叫个多啊，每个战士的头顶上都有黑黑的一团，飞来飞去，掌拍在脸上或脖子上，手掌都是红的。收水稻，连里开展了担运比赛，即担一百斤，跑一百里路，把收割的水稻挑到打谷场。有人累得走在半道上就睡着了。

白天劳动，晚上还要学文化，哪有时间整理内务，所以战士身上的虱子成团了，反正虱子多了不痒。1951年开春，全团开展卫生大检查，有一天团卫生队的医生来检查卫生，一看有几个女医生，大家不知咋的，心里一阵慌乱，脸上火烧火燎地发烫。

车凤岗偷偷地跑到厕所，脱下棉衣，用指甲盖顺着针线缝抿虱子，只听噼噼啪啪地响，指甲盖都染红了。那时他年轻，又有点文化，也许心理活动

比别人丰富些吧,不想让年轻的女医生看到他那副窘态。那次检查,五连的脸(我指导生产的那个连)可丢大了,连长、指导员身上也是虱子。

当天,连里在院里支起几口大锅,锅上再支上木架子,战士的衣服都挂在木架上,木架下烧着一锅滚烫的水,只见那虱子粉末般地落在沸水里,漂了一层。

此后,团里连里都定了卫生制度,要求战士要经常洗澡、勤洗衣服、清理虱子。

丝路明珠 红色记忆
——新疆兵团第十二师民间故事荟萃

盐水当菜

讲述者:车军冬,男,汉族,52岁,墨玉县人民武装部干部
采录者:党荣理
采录时间:2020年4月22日
采录地点:第十二师代管四十七团老兵镇
流传地区:第十二师代管四十七团老兵镇

1950年,原十五团共有700余人参加了和田第一个水利工程建设。那时,十五团已经几个月没有发菜金了,团里用部队的菜金作为投资,在地方各县办起了供销合作社,为老百姓供应生产资料、日用百货,收购土特产品。为稳定当时和田地区物价,支援和田地区经济建设起到了重要作用。

这可是从战士的口中省出的钱呀。没有菜吃,挖野菜,到后面连野菜也挖不着了。挖渠的700余人50多天没吃一口菜,全是盐水就窝头。日夜奋战,苦战两个月,挖成了长27公里的引水大渠。

有一天,挖渠工地上突然传来一个好消息,说团里搞来一批红糖,平均每个战士二两,晚上伙房做糖包子。战士们听到这个甜甜的消息,干劲倍增。

由于没菜吃,没油水,战士的饭量极大,一顿吃七八个窝窝头算是中等水平。有时,伙房搞来一些苜蓿嫩苗,就做一大锅汤,滴上几滴清油,战士们

就叫它"苜蓿营养汤"。

1950年,十五团共开垦荒地2.3万亩,播种2.2万亩,当年粮食自给七个月零十六天。同时,全团年末有猪157头、羊602只、牛87头。

在那样艰苦的环境下,十五团全体官兵创造出了奇迹。

丝路明珠 红色记忆
——新疆兵团第十二师民间故事荟萃

找对象

讲述者：孙希荣，女，汉族，88岁，第十二师代管四十七团采矿连退休职工
采录者：党荣理
采录时间：2020年4月22日
采录地点：第十二师代管四十七团老兵镇
流传地区：第十二师代管四十七团老兵镇

　　山东女兵孙希荣1952年来到和田时，正好过十一，那时她还不知道十一是啥节。来后分到各个连队，一驾马车拉了七八个山东姑娘，从早出发，走呀走呀，半晌午时，她们问赶车人，还有多远？赶车人说快了。中午同样，还是快了快了，直到天黑前才到三营三连。下车一看，妈呀，怎么全是"老头"。大家哭起来。半年后情绪才稳定下来。

　　盛成富那时年轻，才20多岁。当时，提倡自由恋爱，但领导对支边女青年的倡导是，找对象有三个优先条件：一是30岁以上的老革命，二是排长以上的干部，三是党员。也巧了，开荒分组，孙希荣和盛成富分到了一个组，一个扶犁，一个牵马，都是年轻人，很快有了感情。这时领导给孙希荣介绍了一个老同志，她说啥都不同意，她就认定盛成富了，态度十分坚决，领导也就批准他俩结婚了。

　　那时的日子真苦啊，孙希荣怀孕8个月还在打土块，还去拾棉花，就怕拉

了班里后腿,出勤率上不去,全班人跟着吃不上"英雄宴"。所以,后面有了孩子,大家都是在工休时跑着回家给孩子喂奶。

邢桂英是典型的山东人性格,1952年来疆时只有19岁。来后就发誓3年不找对象,等3年攒足了路费,就回山东老家。可不到一年,就有女兵找对象了。后来,找对象的女兵越来越多,她也动心了,算了,就在这安家吧。

因为有了女人,军垦战士真正有了自己的家;因为有了女人,屯垦戍边的事业才能代代相传。

丝路明珠 红色记忆
——新疆兵团第十二师民间故事荟萃

哑巴媳妇会说话

讲述者：张龙，男，汉族，61岁，第十二师代管四十七团四连退休职工
采录者：党荣理
采录时间：2020年4月22日
采录地点：第十二师代管四十七团老兵镇
流传地区：第十二师代管四十七团老兵镇

张远发从小被送到张远秀父母家，成了张远秀无血缘关系的哥哥。远发1949年参军，后到了新疆和田，成了一名屯垦战士。后来远秀到了找婆家的时候，姑姑突然一拍脑门，说：远秀谁也别找了，家里不是有个现成的，就他哥远发得了。你们家把远发养大，远秀又是他的妹子，他能对远秀不好吗？家里人一商量觉得成。

1956年远秀18岁了，妈妈领着她到新疆找远发哥成亲。

谁知，走到兰州兵团办事处，妈妈就病故了。临去世前，妈妈拉着远秀的手说："我可能去不了新疆了，你一人到新疆去找远发吧，行就成亲，不行你再回老家。"当时兰州的民政部门用一口水泥棺材将妈妈葬了。妈妈走了，远秀就一个人来到乌鲁木齐，脚也冻烂了，身上带着证明，好心人把她送到了兵团招待所。

巧的是，远发所在的四十七团团长王二春就在乌鲁木齐开会，就住在这

个招待所。他了解到远秀是找坎土曼大王张远发的。可不管王团长咋问她,她就是不吭声。第二天,远秀跟王团长坐车回四十七团。在车上,王团长将自己的棉鞋脱下来给她穿上。到了四十七团,王团长将她安排到一四川籍的职工家里,他对那家人说,这丫头是张远发的媳妇,人长得挺俊,可惜是个哑巴。

第二天,哥哥张远发挑着一副担子来接她,远秀一见他,泪水一下涌出来,叫了一声哥,就扑到他的怀里。那家人的老婆笑着说,王团长也会胡咧咧,丫头明明会说话,偏偏说人家是哑巴,张远发那二杆子知道还不跟团长拼命呀。

自妈妈死后,这是远秀说的第一句话。远发上午把她接回连队,下午就成了亲。在连队的把子房里结的婚,连长、指导员买了些瓜子、糖散给大家,他们就算成亲了。